플루타르코스
영웅전
10

플루타르코스 영웅전 10

플루타르코스 지음 | 이다희 옮김 | 이윤기 기획

1판 1쇄 발행 | 2015. 8. 1.

발행처 | **Human & Books**
발행인 | 하응백
출판등록 | 2002년 6월 5일 제2002-113호
서울특별시 종로구 경운동 88 수운회관 1009호
기획 홍보부 | 02-6327-3535, 편집부 | 02-6327-3537, 팩시밀리 | 02-6327-5353
이메일 | hbooks@empal.com

Translation copyright ⓒ이다희

플루타르코스 영웅전 10

플루타르코스 지음
이다희 옮김 ― 이윤기 기획

Human & Books

에페이로스

텟살리아

프티오티스

에우보이아

아이톨리아

보이오티아

아카이아

엘리스

이스트모스

메가라

앗티케

시퀴온 •
코린토스 •

• 아테나이

자퀸토스

아르카디아

• 만티네이아

• 아르고스

메갈로폴리스

• 멧세네

멧세니아

셀라시아 •
스파르테 •

라코니아

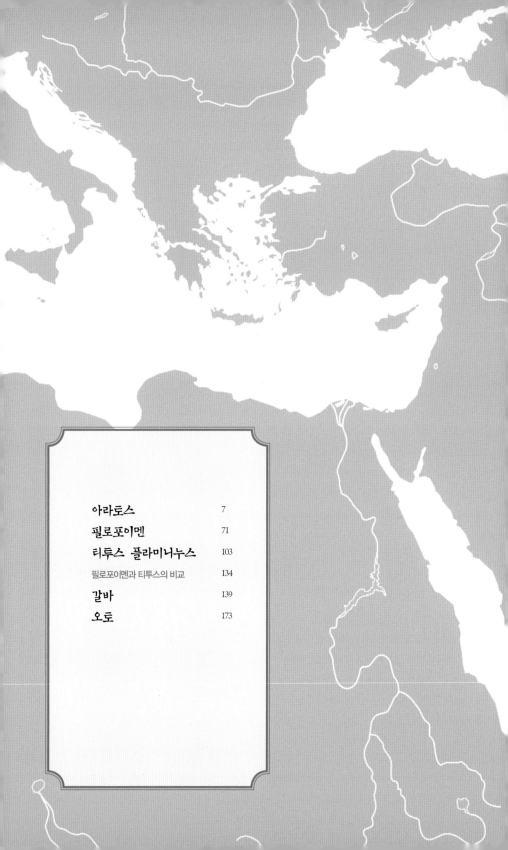

일러두기

I. 이 책은 1914년 출간된 페린(Bernadotte Perrin)의 영역본 『PLUTARCH LIVES』(Harvard University Press) 를 바탕으로 번역하였다. 페린의 영역본은 영미권에서 가장 권위 있는 플루타르코스 영웅전 번역본 으로 알려져 있다. 이 영역본은 그리스어와 영어가 원전 대비 형태로 편집되어 있다. 따라서 이 책 의 번역도 영역을 기준으로 하되, 애매한 부분은 그리스어 표현을 참고하였다.

II. ＊ 표시가 된 부분은 책의 가독성을 위해 생략한 부분을 표시한 것이다. 대부분 언어의 기원, 관습 의 유래 등을 설명하는 내용들로 이야기의 흐름에 크게 지장을 주지 않을 부분만 생략했다.

III. 그리스 인명과 신의 이름은 그리스식으로, 로마 인명과 신의 이름은 로마식으로 표기하였다. 지명 도 고대식으로 표기하였으며, 설명이 필요한 곳에서는 현대식 표기를 덧붙여 두었다.
   ex. 이집트 → 아이귑토스, 아테네 → 아테나이, 피타고라스 → 퓌타고라스

아라토스

아 라 토 스

I.

폴뤼크라테스*, 예로부터 전해오는 속담이 하나 있는데 철학자 크뤼십포스는 이 속담을 있는 그대로 전하지 않고 마음대로 바꾸어서 말한다.

"아들들이 행복하지 않고서야 아버지를 칭송하겠는가?"

그러나 트로이젠의 디오뉘소도로스는 이를 바로잡아 원래대로 전한다.

"아들들이 불행하지 않고서야 아버지를 칭송하겠는가?"

형편없는 자들은 일부 조상의 덕에 기대어 언제나 조상을 칭송하곤 하는데 바로 이런 자들의 입을 막기 위한 속담이라고 디오뉘소도로스는 말한다. 그러나 핀다로스의 말을 빌리자면 '조상으로부터 물려받은 고귀한 기상이 자연히 드러나는' 사람의 경우, 그러니까 폴뤼크라테스 그대처럼 가문의 가장 훌륭한 본보기에 따라 삶을 계획하는 사람의 경우 누구보다 고귀했던 조상을 회상하고 계속해서 그들의 이야기를 듣거나 들려

• 플루타르코스는 「테세우스」 편에서 글을 친구 소시우스에게 헌정하고 있으나, 이번 글은 친구 폴뤼크라테스에게 헌정한 것으로 보인다.

줄 수 있다는 것은 즐거운 일일 것이다. 그런 사람은 조상보다 뛰어난 점이 없어서 조상을 칭송함으로써 명성을 얻고자 하는 것이 아니다. 오히려 자신의 생애를, 가문을 세우고 삶의 본보기가 된 위대한 조상의 생애와 연관 지으려고 하는 것이다.

그래서 폴뤼크라테스, 그대의 동포이자 선조인 아라토스의 생애에 대해 기록을 마친 지금, 명성과 영향력에서 선대에 약간의 누도 끼치지 않고 있는 그대에게 이 글을 보낸다. 그대가 위대한 선조의 업적에 대해 정확하게 알고자 처음부터 몹시 애썼다는 것을 모르는 내가 아니다. 다만 그대의 아들 폴뤼크라테스와 퓌토클레스가 가문의 모범이 되는 조상들에 대해 때로는 듣고 때로는 읽으며 모방하면 좋을 것 같아서 보내는 것이다. 언제나 자신이 남보다 낫다고 여기는 사람은 선을 사랑하는 사람이 아니라 자신을 사랑하는 사람이기 때문이다.

II.

시퀴온의 순수했던 도리아 식 귀족정이 어느새 융해된 화음처럼 변해 버리자 이 도시는 파벌 싸움과 민중 선동가의 야심 찬 계략의 먹이가 되었다. 그리하여 시퀴온에서는 병폐와 분란이 멈출 줄 몰랐고 폭군이 뒤를 이었다. 그러다 클레온이 죽임을 당하고 시민 가운데 가장 큰 명성과 영향력을 자랑하던 티모클레이데스와 클레이니아스가 최고 관리로 선출되었다.

그러나 체제가 어느 정도 안정되었다고 여겨지자마자 티모클레이데스가 죽었고 파세아스의 아들 아반티다스가 참주가 되고자 클레이니아스를 죽였으며 클레이니아스의 가족과 친지 가운데 일부는 추방하고 일부는 죽였다. 그는 일곱 살에 아버지를 여읜 클레이니아스의 아들 아라토스 또한 죽이려고 했지만, 집안이 혼란에 빠지자 아라토스는 다른 도망자들과 함께 빠져나갔고 두려움이 가득한 채 의지할 곳 없이 시내를 방황했다. 그러던 가운데, 아반티다스의 누이였으나 클레이니아스의 형제 프로판토스의 아내이기도 했던 소소의 집으로 눈에 띄지 않고 흘러들었다. 소소는 기품 있는 여인이었고 아라토스가 자신의 보호 아래 놓이게 되었다는 사실을 신의 뜻으로 여겼으므로 아라토스를 집 안에 숨기고 밤을 틈타 은밀히 아르고스로 보냈다.

III.

이같이 아라토스는 닥쳐온 위험에서 빠져나오게 되었다. 아라토스를 논하면서 빼놓을 수 없는 폭군에 대한 맹렬하고 불타는 증오는 바로 이때부터 그의 일부가 되었고 그가 성장함에 따라 함께 커져갔다. 아라토스는 아르고스에 있는 아버지의 집에서 아버지의 손님과 친구들 사이에서 자유 시민으로서의 교양을 닦았고 몸이 성장함에 따라 키가 크고 튼튼해지자 팔라이스트라*에서 운동을 하는 데 열중했다. 5종 경기달리기, 멀리뛰기, 창던지기, 권투, 씨름에서 승리의 관을 쓸 정도였다.

아라토스의 조각상만 봐도 건강한 외모가 분명히 드러나며 얼굴에서 나타나는 기지와 기품은, 식욕이 왕성했고 곡괭이를 곧잘 휘두르던 이 건장한 운동선수의 모습과 조화를 이룬다. 그러나 연설 공부에는 보통의 정치가만큼 많은 시간을 할애할 수 없었다고 한다. 일부는 아라토스가 남긴 회고록을 기준으로 그의 말솜씨를 판단하는데 실제로는 그가 수사적으로 더 뛰어났다고 하는 사람들도 있다. 회고록은 부차적인 기

---

* 헬라스 소년들이 규칙적으로 육상, 씨름, 원반던지기, 창던지기 등 운동을 배우던 사립 기관. 사립이라는 점에서 나라에서 운영하던 곰나시온과 비교된다.

록이었으며 급히, 즉흥적으로, 그리고 열띤 경쟁 상황 속에서 처음으로 떠오른 말들로 작성되었기 때문이다.

아라토스가 도망을 친 뒤 얼마 후 아반티다스는 데이니아스와 논리학자 아리스토텔레스의 손에 죽었다. 아반티다스는 시장에서 벌어지는 논쟁을 지켜보고 논쟁에 참여하기 좋아했는데, 두 사람은 이 취미를 부추기면서 계략을 꾸민 끝에 아반티다스를 살해할 수 있었던 것이다. 아반티다스의 아버지 파세아스도 최고 권력을 이어받은 뒤 니코클레스의 배신으로 죽임을 당했다. 니코클레스는 스스로를 참주로 선포했다. 니코클레스는 큅셀로스의 아들 페리안드로스와 흡사했다고 한다. 암피아라오스의 아들 알크마이온이 페르시아 사람 오론테스와 흡사했고, 뮈르틸로스가 언급했던 스파르테 젊은이가 헥토르와 흡사했던 것과 마찬가지였다. 뮈르틸로스에 따르면 젊은이가 헥토르와 닮았다는 사실을 깨달은 군중은 그 즉시 젊은이를 밟아 죽였다고 한다.

IV.

니코클레스는 넉 달 동안 참주로 있으면서 시퀴온에 상당한 피해를 줬으며 아이톨리아가 도시를 사로잡으려고 계획했을 때 하마터면 빼앗길 뻔했다. 이 무렵 어느새 성인이 되어 있었던 아라토스는 고귀한 태생과 기상 덕분에 이미 상당한 존경을 받고 있었다. 아라토스의 기상은 보잘것없지도, 소극적이지도 않았고 진중했으며 나이를 넘어서는 판단력을 알맞게 보여주고 있었다.

따라서 시퀴온에서 쫓겨난 시민들은 누구보다 아라토스를 주목하고 있었으며 니코클레스도 이를 모르고 있지 않았으므로 아라토스를 몰래 지켜보고 감시했다. 아라토스가 이후 벌이게 되는 위험하고 담대 무쌍

한 행위를 염려했기 때문은 아니다. 니코클레스는 단지 아라토스가 아버지와 우호, 친선 관계에 있었던 군주들과 연락을 하고 있다고 의심했다. 아라토스가 다른 왕과 연락을 시도하지 않은 것은 아니다. 그러나 안티고노스가 약속을 어기고 시간만 끌었고 아이귑토스의 프톨레마이오스 왕으로부터 도움을 얻자니 너무 멀리 있었기 때문에 아라토스는 저만의 힘으로 폭군을 끌어내리기로 결심했다.

V.

아라토스가 처음으로 계획을 털어놓은 사람은 아리스토마코스와 엑델로스였다. 아리스토마코스는 시퀴온에서 추방된 사람이었고 엑델로스는 아르카디아의 메갈로폴리스 출신으로 철학 학도이자 활동가였으며 아테나이아에 있는 아카데메이아 학파 아르케실라오스의 절친한 친구였다. 두 사람은 아라토스의 제안을 적극적으로 받아들였으며 다른 망명 시민과도 논의를 시작했다. 일부는 기대를 가져준 상대를 실망하게 하지 않기 위해 모의에 가담했다. 그러나 대부분은 물정에 어두운 아라토스가 겁없는 시도를 한다며 만류하려 들기까지 했다.

아라토스는 먼저 시퀴온 영토에 있는 요새를 차지한 다음, 그곳을 거점으로 니코클레스를 공격할 계획을 세우고 있었다. 그때 감옥에서 탈출한 시퀴온 사내 하나가 아르고스로 왔다. 망명 시민 크세노클레스의 형제였다. 크세노클레스의 손에 이끌려 아라토스를 만나러 온 사내는 자신이 성벽을 뛰어넘은 지점에 대해 이야기했다. 가파르고 바위가 많은 지형과 맞닿아 있는 이 지점의 성벽은 안에서 볼 때 지면과 거의 같은 높이였다. 그리고 밖에서 보았을 때 사다리를 이용하면 오를 수 있을 정도의 높이였다.

아라토스는 이 소식을 듣자마자 두 하인, 세우타스와 테크논을 크세노클레스에게 딸려보내 성벽을 살펴보고 오도록 했다. 아라토스는 가능하다면 은밀하고 신속하게 거사를 치르고 싶었으며, 긴 전쟁이나 정규전을 벌임으로써 참주와 자원 경쟁을 하고 싶지 않았다. 곧 크세노클레스 일행은 성벽의 측량자료를 가지고 돌아와 해당 지점에서 성벽을 넘기는 불가능하지도 어렵지도 않다고 보고했다. 그러나 정원사가 키우는, 작지만 몹시 사납고 맹렬한 개들 때문에 들키지 않기가 어렵다고도 했다. 아라토스는 그 즉시 거사를 실행에 옮기기 시작했다.

VI.

먼저 무기를 사재기했는데, 이 행위는 시선을 끌지 않았다. 당시 약탈이나 강도짓을 하지 않는 사람이 거의 없었기 때문이다. 한편 기술자 에우프라노르는 드러내놓고 사다리를 제작했는데 본래 이 같은 일을 직업으로 삼고 있었던 만큼 의심을 받지 않았다. 에우프라노르도 시퀴온에서 망명 온 시민이었다. 병력으로 말할 것 같으면 아르고스에 있는 아라토스의 친구들이 얼마 되지 않는 부하 가운데 열 명을 제공했고 아라토스는 제 하인 서른 명에게 무기를 주었다. 또한, 제일가는 도적 두목 크세노필로스를 통해 병사 소수를 고용했다. 병사들에게는 시퀴온의 영토에서 안티고노스의 말들을 사로잡기 위해 약탈을 나갈 것이라고 말해두었다.

병력 대부분은 작은 무리로 나뉘어 미리 폴뤼노토스 성탑으로 갔고 지시에 따라 성탑에서 대기했다. 아라토스는 또한, 가볍게 무장한 카피시아스에게 동료 넷을 붙여 선발대로 보냈다. 어두워진 뒤 나그네를 가장해 정원사의 집을 찾아가서 그 집에 묵으며 정원사와 개들의 입을 막는 것이 카피시아스의 임무였다. 들키지 않고 지나갈 다른 도리가 없었기 때문이다. 분리가 가능한 사다리는 상자 안에 숨긴 뒤 일찌감치 수레에 실어 보냈다.

한편 니코클레스가 보낸 염탐꾼 일당이 아르고스에 나타났고 은밀히 아라투스의 움직임을 관찰하고 있다는 소식이 들려왔다. 따라서 날이 밝자마자 아라토스는 집에서 나와 시장에 모습을 드러냈으며 동료들과 대화를 나누었다. 그런 다음 귐나시온에서 몸에 기름을 바르고 팔라이스트라에 있던 젊은이들을 데리고 집으로 갔다. 곧잘 어울려 술잔을 기울이고 휴일을 보내곤 하던 젊은이들이었다. 얼마 지나지 않아 아라토스의 어린 시종이 꽃을 들고 시장을 누볐고 다른 하인은 초를 사는가 하면 또 다른 하인은, 연회에서 현을 뜯고 피리를 부는 여인들과 이야기를 나누었다. 니코클레스의 염탐꾼은 이를 보자마자 감쪽같이 속아 넘어갔으며 큰 웃음을 터뜨리며 말했다.

"이보게, 폭군만큼 겁이 많은 자도 없네. 니코클레스는 그토록 큰 도시와 병력을 손에 넣고도 유흥과 낮술에 망명 자금을 낭비하는 애송이를 두려워하지 않는가."

VII.

속아 넘어간 염탐꾼 일당은 아르고스를 떠났다. 그러나 아라토스는 아침 식사를 마치자마자 길을 떠났고 폴뤽노토스 성탑에서 병력과 합류해서는 병력을 이끌고 네메아로 갔다. 그리고 네메아에서 참주를 타도할 계획을 밝혔으며 용기를 북돋우고 여러 가지 약속을 했다. 병사 대부분은 이때 처음으로 아라토스의 계획을 알았다. 그런 다음 아라토스는 암호 '승리의 아폴로'를 알려주고 시퀴온으로 전진했다. 그는 달의 움직임에 따라 속도를 늦추거나 올리거나 했다. 달빛을 맞으며 행군을 하다가 달이 질 때쯤 성벽 가까이에 있는 정원에 다다르고자 했기 때문이다.

정원에 도착하자 카피시아스가 아라토스를 만나러 나왔다. 카피시아스는 정원사는 감금했지만, 개들은 붙잡기도 전에 흩어지는 바람에 가두지 못했다고 말했다. 이에 낙담한 아라토스의 부하 대부분은 아라토스에게 철수하자고 부추겼다. 그러나 아라토스는 부하들을 격려하며 만약 개들이 너무 크게 짖으면 반드시 철수하겠노라고 약속했다. 그러는 동시에 사다리를 든 사람들을 앞장세웠으며 엑델로스와 므나시테오스에게 지휘를 맡겼다. 아라토스는 뒤에서 천천히 뒤따라갔다. 어느새 개들이 나타나 엑델로스 일행과 함께 달리며 큰 소리로 짖기 시작했다.

그러나 엑델로스 일행은 무리 없이 성벽에 당도해 사다리를 심었다. 첫 번째 조가 사다리를 오르려는데 새벽 보초를 담당하는 병사가 종을 들고 순찰을 시작했다. 여기저기 불빛도 나타났고 여러 보초병이 다가오는 소리도 들렸다. 다행히 엑델로스 일행은 사다리에 오른 채 몸만 웅크렸고 무리 없이 보초병들의 눈을 피했다. 그러나 또 다른 보초병이 첫 번째 보초병을 만나러 다가오고 있었기 때문에 일행은 심각한 위험에 처했다. 하지만 이 보초병 또한 아무것도 눈치채지 못하고 지나갔으며 므나시테우스와 엑델로스는 단번에 성벽을 올라 길목의 양측을 확보한 뒤 아라토스에게 테크논을 보내 서둘러 올라오라고 전했다.

VIII.

정원에서 성벽까지의 거리는 멀지 않았고 망루 또한 멀지 않았다. 이 망루에서는 거대한 사냥개가 망을 보고 있었다. 사냥개는 본성이 둔해서였든 낮의 피로가 쌓여서였든 아라토스 일행이 다가오는 것을 눈치채지 못했다. 그러나 정원사의 개들이 아래에서 짖기 시작하자 사냥개는 그에 맞서 으르렁거리기 시작했다. 처음에는 들릴 듯 말 듯 조용하게 했으나 일행이 지나가자 좀 더 크게 짖기 시작했다. 곧 개가 짖는 소리가 온 사방에 울려 퍼졌으므로 반대편에 있던 보초는 사냥꾼에게 개가 왜 그렇게 사납게 짖는지, 무슨 일이 일어난 것은 아닌지 큰소리로 외쳐 물었다. 그러자 망루에 있던 사냥꾼은 걱정할 것이 없다며 보초병들의 불빛과 종소리에 놀라서 그럴 뿐이라고 대답했다.

무엇보다 이것이 아라토스 일행의 용기를 북돋았다. 일행은 사냥꾼이 일행의 계획을 알고 일행을 숨겨주려 한다고 생각했으며 성안에 도움을 줄 사람이 더 있을 것으로 생각했다. 그러나 남은 일행이 성벽을 넘는 동안 위험은 줄지 않았고 좀처럼 끝나지도 않았다. 사다리가 흔들리는 바람에 한 사람씩 천천히 올라야 했기 때문이다. 뿐만 아니라 시간도 부족했다. 수탉이 울기 시작했고 곧 지방 사람들이 시장에서 농작물을 팔기 위해 성으로 모여들 시각이었다.

부하 마흔 명이 성벽을 넘고 나자 아라토스 자신도 황급히 성을 넘었다. 아래에 남은 무리까지 전부 다 성벽을 넘자 아라토스는 니코클레스의 집, 그리고 용병 부대의 숙소로 향했다. 아라토스는 먼저 용병 부대를 습격하여 전부 사로잡았으나 한 명도 죽이지 않았다. 이 직후 아라토스가 친구들의 집으로 전갈을 보내자 온 사방에서 친구들이 모여들었다. 어느새 날이 밝고 있었고 불안을 느낀 사람들은 극장으로 모여들기 시작했다. 뒤숭숭한 소문이 퍼지고 있었지만 아무도 영문을 모르고 있었던 까닭이다. 곧이어 전령이 앞으로 나왔고 클레이니아스의 아들 아라토스가 시퀴온 시민에게 권하니 함께 자유를 위해 싸우자고 했다.

IX.

그러자 시민은 오래 기다려온 순간이 왔다고 확신하고 한데 뭉쳐 횃불을 들고 니코클레스의 집으로 돌격했다. 엄청난 불길 속에 집은 불탔고 이 불길은 코린토스에서도 목격되었다. 깜짝 놀란 코린토스 시민은 하마터면 도움을 주려고 출격할 뻔했다. 한편 니코클레스는 지하 통로를 이용해 몰래 빠져나가 성을 등지고 도망갔다. 병사들은 시퀴온 시민과 함께 불을 끈 다음 니코클레스의 집을 약탈했다. 아라토스는 이를 막지 않았고 나머지 폭군들의 재산도 시민에게 맡겼다. 죽거나 다친 사람은 공격한 측에도, 상대 측에도 없었다. 운명은 아라토스의 거사가 동족 간의 유혈 사태가 되지 않도록 막아준 것이다.

아라토스는 니코클레스가 추방한 시민 여든 명을 복권했고 그 이전 참주들의 지배 기간 도피했던 5백 명도 불러들였다. 50년 가까이 방황하던 자들이었다. 대부분 가난한 처지였던 이들은 돌아오자마자 과거에 소유했던 재산에 대한 권리를 주장했다. 이들이 과거의 집과 농장을 찾아가자 아라토스는 매우 난처한 처지가 되었다. 바깥사람들은 여전히 시퀴온을 노리고 있었고 안티고노스는 자유를 되찾은 시퀴온을 시기 어린 눈으로 바라보고 있었는가 하면 내부에서는 분쟁과 파벌 싸움이 끊이지 않았기 때문이다.

따라서 아라토스는 시퀴온을 하루빨리 아카이아 동맹에 가담시키는 방법이 최선이라고 여겼다. 그래서 시퀴온 시민은 도리아 민족에 속했지만 자진해서 아카이아의 이름과 체제를 따르게 되었다. 그러나 당시 아카이아는 빛나는 명성도 강력한 힘도 갖고 있지 않았다. 아카이아 사람 대부분은 작은 도시에 살았고 비옥하지도 넓지도 않은 땅을 소유하고 있었으며 인접한 바다에는 항구가 거의 없었고 절벽이나 암석으로 이루어진 해안뿐이었기 때문이다.

　그럼에도 아카이아 사람들은 헬라스에 질서가 지켜지고 조화로운 제도가 정착하고 분별 있는 지도자가 있는 한 헬라스의 힘에 대적할 상대가 없다는 사실을 누구보다 분명히 보여주었다. 아카이아는 헬라스가 과거에 누린 영광에 일조했다고 말하기 힘들고 이 당시 가진 힘을 다 합쳐도 그 세력이 대도시 한 곳의 세력만 못했지만, 서로 협의하고 화합할 줄 알았으며 무리 중에서 덕이 현저히 뛰어난 자가 있으면 그를 시기하기보다 따르고 그에게 복종할 줄 알았으므로 거대한 도시와 세력, 참주 사이에서도 자유를 수호할 수 있었을 뿐만 아니라 다른 헬라스 민족을 지속적으로 구원하고 해방할 수 있었다.

X.

　아라토스는 타고난 정치가였고 포부가 컸으며 사적인 관계보다 공적인 관계에서 더 엄격했다. 또한, 참주를 지독히 증오했고 상대를 친구로 삼을지 적으로 삼을지 결정할 때에는 언제나 공공의 행복을 고려했다. 따라서 충성스러운 친구이기보다는 사려 깊고 관대한 적이었고 나라의 필요에 따라 어느 쪽으로든 입장을 바꾸었으며 무엇보다 국가 간의 화합, 도시 간의 공동체와 회의체에서의 만장일치를 큰 축복으로 여겼다. 명백한 사실은 그가 어쩔 수 없이 공공연한 싸움과 분쟁에 임할 때 용기와 자신감이 부족했던 반면, 몰래 유리한 위치를 선점하고 은밀히 도시와 참주를 주무를 때 능수능란했다는 점이다. 따라서 용기를 발휘했을 때 여러 예상치 못한 승리를 거두기도 했지만 지나친 조심성으로 인해 좋은 기회를 놓친 경우도 적지 않았다.

　어떤 날짐승은 밤에는 시력이 좋지만, 낮에는 아무것도 보이지 않는다. 눈 안이 너무 건조하고 예민하여 빛과의 접촉을 견디어낼 수 없는 까닭이다. 사람 중에서도 백주에 진행되고 널리 공표되는 거래를 할 때에는 지혜와 슬기를 발휘하지 못하고 숨은 곳에서 은밀히 일을 추진할 때는 힘을 되찾는 사람이 있다. 훌륭한 본성을 타고난 사람의 경우라도 철학을 모르면 이같이 일정하지 못한 모습을 보인다. 이런 사람은 학문적 지식 없이 덕을 이루는데, 그 덕은 마치 가꾸지 않은 나무에 저절로 열리는 열매와 같다. 이것은 사례로 입증할 수 있다.

XI.

아라토스는 시퀴온을 아카이아 동맹에 가입시킨 뒤 기병대에서 복무했다. 그가 언제나 기꺼이 복종했으므로 지휘관들은 그를 매우 아꼈다. 그가 자신의 명성과 시퀴온의 세력을 아카이아 동맹에 더하는 큰 기여를 했음에도 평범한 사람과 다름없이 아카이아 사령관에 복종했기 때문이다. 상관이 뒤메 사람이든 트리타이아 사람이든 더 보잘것없는 도시 사람이든 가리지 않았다.

한편, 아이귑토스 왕은 아라토스에게 25탈란톤을 선물로 보냈다. 아라토스는 이를 받자마자 돈이 필요한 동료 시민, 특히 포로를 되찾는 데 드는 비용이 없었던 시민에게 나눠주었다.

XII.

그러나 돌아온 망명 시민들은 계속해서 과거의 재산을 되찾고자 현 소유자들을 괴롭혔고 시퀴온은 격변이 일어날 위험에 처해 있었다. 아라토스는 프톨레마이오스의 아량에서 유일한 희망을 보았다. 따라서 아이컵토스로 배를 타고 가서 왕에게 시민들 간의 분쟁을 가라앉힐 돈을 달라고 빌 작정이었다. 그는 최단거리의 항로를 따라가기 위해 말레아 북쪽의 모토네에서 배를 띄웠다. 그러나 키잡이는 외해에서 밀려 들어오는 강력한 바람과 높은 파도를 헤치고 나아갈 수가 없어 항로에서 벗어나게 되었고 가까스로 적이 점령하고 있는 아드리아에 가닿았다. 아드리아에는 안티고노스의 수비대가 배치되어 있었다.

아라토스는 적의 손에 붙잡히지 않기 위해 상륙하는 순간 동료 티만테스와 함께 배에서 가능한 한 멀리 떨어졌다. 두 사람은 나무가 짙게 우거진 숲으로 들어간 뒤 괴로운 밤을 보냈다. 얼마 후 수비대의 지휘관이 배로 다가와 아라토스를 찾았다. 아라토스의 하인들은 아라토스가 도망쳐 에우보이아로 갔다고, 지시받은 대로 거짓말을 했다. 배와 화물, 아라토스의 하인들은 전리품으로 간주되어 적의 손에 들어갔다.

속수무책으로 괴로운 나날을 보내던 아라토스에게 귀한 행운이 찾아왔다. 아라토스가 머무르며 때로는 망을 보고 때로는 몸을 숨기고 있던 곳에 로마 함선이 정박한 것이다. 함선은 쉬리아로 가는 길이었지만 함선에 오른 아라토스는 선장을 설득해 카리아까지 데려다 달라고 했다. 아라토스는 바다 위에서 전보다 덜하지 않은 새로운 위험과 맞닥뜨리며 카리아까지 갔다. 그리고 오랜 시간 끝에 마침내 카리아에서 아이컵토스로 건너갔다.

왕은 아라토스가 저절로 마음에 들기도 했고, 아라토스가 헬라스에서 여러 그림 작품을 보내준 적이 있었기 때문에 이를 고맙게 여기고 있었다. 아라토스는 그림을 보는 눈이 남달랐고 뛰어난 예술적 재능과 기술을 보여주는 작품, 특히 팜필로스와 멜란토스의 작품을 지속적으로 수집하고 확보하고 있었다. 그리고 그런 작품을 프톨레마이오스에게 보냈었던 것이다.

20

XIII.

당시 시퀴온의 세련되고 아름다운 작품들은 여전히 최고의 명성을 누리고 있었고 이 작품들만이 불멸의 아름다움을 지니고 있다고 여겨졌다. 따라서 이미 높은 존경을 받고 있던 아펠레스도 시퀴온을 찾아와 시퀴온의 예술가들과 교류하기 위해 1탈란톤을 지급했는데, 이는 예술을 나누기보다 명성을 나누기 위해서였다.

한편 아라토스는 시퀴온을 해방할 당시 다른 모든 폭군의 초상화는 없앴지만, 마케도니아의 필립포스가 다스리던 시절 활약했던 아리스트라토스의 초상화를 두고는 한참을 고민했다. 멜란토스가 제자들과 함께 만들어낸 작품으로 아리스트라토스가 승리의 여신이 탄 전차 곁에 서 있는 그림이었다. 지리 작가 폴레몬에 따르면 아펠레스도 이 그림을 그리는 데 일조했다고 한다. 매우 놀라운 작품이었고 아라토스도 작품 속에 담긴 예술적 재능에 감동을 하였다. 그러나 폭군들에 대한 증오가 얼마나 심했으면 이 작품조차 가져가 없애도록 지시했다. 그러자 아라토스의 친구였던 화가 네알케스는 그림을 살리기 위해 눈물을 흘리며 아라토스에게 애원했는데 그래도 설득을 할 수가 없자 폭군을 상대로 전쟁을 벌여도 좋지만, 폭군의 보물은 놔두어야 한다고 말했다.

"그러니 승리와 여신과 전차는 놔두고 아리스트라토스는 내가 그림에서 지우도록 해보겠네."

그러자 아라토스도 양보했고 네알케스는 아리스트라토스를 지우고 그 자리에 야자수 한 그루를 그렸으며 감히 더 그려 넣을 엄두를 내지 못했다. 그러나 전차 밑에 있는 아리스트라토스의 발은 미처 보지 못했기 때문에 그대로 남게 되었다고 한다.

아라토스가 이같이 예술을 아꼈기 때문에 프톨레마이오스는 이미 아라토스에게 애정을 갖고 있었고 애정은 둘이 가까이 지낼수록 더욱 커졌으므로 왕은 시퀴온에 1백50탈란톤을 선물로 내렸다. 아라토스는 이 가운데 40탈란톤을 가지고 펠로폰네소스로 배를 띄웠다. 나머지는 왕이 분할하여 여러 번에 나누어 보냈다고 한다.

XIV.

아라토스는 동료 시민을 위해 이같이 큰돈을 구하는 대단한 성과를 올렸다. 타민족의 지휘관이나 지도자가 다른 왕으로부터 돈을 받은 사례는 있었으나 아라토스에 비하면 그 금액이 매우 적었고 동료 시민을 해하거나 노예로 넘기거나 배신한 대가였다.

그러나 아라토스가 이 돈을 이용해 부유층과 빈곤층 사이의 분쟁을 알맞게 조정하고 민족 전체의 안전과 안보를 가져왔다는 점은 더욱 대단하다. 뿐만 아니라 그토록 커다란 권력을 가지고도 겸손할 줄 알았던 점 또한 탄복할 만하다. 망명 시민의 재산 문제를 독자적으로 중재할 수 있는 절대권이 주어졌을 때, 아라토스는 중재자로서의 임무를 혼자서 수행하지 않았고 동료 시민 열다섯과 함께했으며 그들의 도움을 받아 상당한 노력과 어려움 끝에 동료 시민들 간에 평화와 우정을 확립했다.

이에 대한 대가로 시퀴온 시민 전체가 아라토스에게 공식적으로 적절한 영예를 내렸을 뿐만 아니라 망명 시민도 자진해서 아라토스의 동상을 만들고 거기 다음과 같은 엘레게이아* 형식의 시구를 새겼다.

"헬라스를 위해 이 사람이 보여준 결심, 용맹한 업적과 무용은 헤라클레스의 기둥까지 널리 알려져 있다. 아라토스 그대로 인해 고향으로 돌

• 6보격의 시행과 5보격의 시행이 교차하여 나타나는 형식으로 훗날 애가(哀歌)를 짓는 데 많이 사용되었다.

아올 수 있었던 우리는 그대의 덕과 정의를 기려 구세주 아라토스의 동상을 만들고 구세주 신들께 봉헌하니 그대가 고향에서 신성한 천상의 법치를 실현하였음이라."

XV.

이같이 연이어 위업을 달성한 아라토스를 동료 시민은 시기조차 하지 않았고 그의 은혜에 감사했을 뿐이다. 그러나 안티고노스 왕은 아라토스가 다스리는 방식을 언짢게 여겼으며 그를 철저한 우방으로 삼든가, 아니면 프톨레마이오스와 아주 떨어뜨려 놓고자 했다. 따라서 아라토스에게 여러 친절을 베풀었는데 아라토스는 이를 조금도 반기지 않았다.

하루는 안티고노스가 코린토스에서 신들에게 제물을 바친 뒤, 제물의 일부를 시퀴온의 아라토스에게 보냈다. 이어진 연회에서 여러 손님이 모인 가운데 안티고노스는 모두에게 들리는 소리로 말했다.

"시퀴온의 젊은이가 단지 자유분방하고 동료 시민을 사랑하는 줄로만 알았더니 왕들의 삶과 행위 또한 능히 평가할 줄 아는 친구였더군요. 처음에 이 친구는 우리를 무시하고 다른 데 희망을 걸었지요. 아이귑토스의 코끼리, 함대, 궁전에 대한 이야기를 듣고 그쪽의 재물에 혹했더란 말입니다. 그런데 막후의 사정을 보고 난 뒤 아이귑토스의 모든 것이 연극이자 무대 배경이라는 사실을 깨닫고는 우리에게 완전히 넘어왔습니다. 나는 이 젊은이를 환영하고 최대한 기용할 작정입니다. 그러니 여러분도 이 젊은이를 친구로 삼아 주십시오."

시기심 많고 악의에 찬 사람들은 안티고노스의 말이 끝나자마자 경쟁하듯 프톨레마이오스에게 편지를 써서 아라토스를 통렬히 비난했고 왕은 아라토스에게 사절단을 보내 꾸중했다. 만인이 얻고자 애쓰고 열렬히 갈구하는 왕과 폭군과의 우정에는 이처럼 커다란 시기와 악의가 따라오는 법이다.

XVI.

한편 아라토스는 처음으로 아카이아 동맹의 사령관이 된 뒤 마주 보는 로크리스와 칼뤼돈의 영토를 약탈했으며 1만 병력을 이끌고 보이오티아를 지원하러 갔다. 그러나 카이로네이아 전투에 뒤늦게 합류한 바람에 보이오티아는 이미 지휘관 아보이오크리토스와 병사 1천을 잃고 아이톨리아에게 패배한 뒤였다. 이듬해 다시 사령관이 된 아라토스는 아크로코린토스를 되찾기 위한 과업에 착수했는데, 이것은 단지 시퀴온이나 아카이아를 위한 일만은 아니었고 온 헬라스를 공통으로 지배하고 있었던 마케도니아 수비대를 요새로부터 몰아내기 위한 일이었다.

아테나이 사람 카레스는 안티고노스의 부하 장군들과 싸워 승리한 뒤 아테나이 시민에게 편지를 보내 '마라톤 전투의 자매'와 다름없는 전투에서 이겼다고 말한 적이 있다. 아라토스의 업적은 테바이 사람 펠로피다스와 아테나이 사람 트라쉬볼로스가 이룬 업적의 자매와 다름없다고 말해도 손색없을 것이다. 그런데 폭군을 무찔렀다는 점은 동일하나 아라토스의 시도는 상대가 헬라스 사람이 아닌 이방의 낯선 세력이었다는 점에서 더 뛰어났다고 할 수 있다.

코린토스의 이스트모스지협는 두 바다를 가로막으면서 두 땅덩어리를 연결함으로써 우리 대륙을 하나로 만들어준다. 이 헬라스의 중심에 솟아오른 높은 언덕인 아크로코린토스가 수비대에게 점령을 당하면 이스트모스 남부 지방은 교류나 통행에 어려움을 겪고 육지에서도 해상에서도 군사 활동을 펼치기 어려워진다. 그래서 수비대를 이용해 이 지점을 점령하는 사람은 헬라스 전체를 호령하게 된다. 따라서 마케도니아의 필립포스가 코린토스를 '헬라스의 족쇄'라고 불렀을 때 이것은 농담이 아닌 진실이었다.

• 아크로코린토스.
•• 아크로코린토스에서 바라본 코린토스 만.

* 이스트모스에는 훗날 이 그림에서처럼 운하가 생겼다. 콘스탄티노스 볼라나끼스(Constantinos Volanakis)의 그림.

XVII.

따라서 이 지점은 언제나 왕과 군주들의 경쟁 목표였고 특히 이 지점을 확보하고자 하는 안티고노스의 열의는 지독한 광기가 어린 욕망에 다름없었다. 게다가 그는 속임수를 이용해 아크로코린토스를 빼앗고자 온갖 계략을 짰다. 드러내놓고 공격하는 방법에는 가망이 없었기 때문이다.

이곳을 점령하고 있던 알렉산드로스코린토스의 참주는 소문에 의하면 안티고노스의 사주로 독살을 당했다고 한다. 그러자 아내 니카이아가 권력을 물려받고 요새를 방어했는데 안티고노스는 그 즉시 계획된 대로 아들 데메트리오스를 니카이아에게 보냈다. 니카이아에게 왕족과의 혼사, 그리고 나이 든 여인에게 친절할 것 같은 젊은이와의 결혼 생활에 대한 희망을 불어넣은 안티고노스는 아들을 흡사 미끼처럼 이용해 니카이아를 사로잡은 것이다. 그럼에도 니카이아는 요새를 넘기지 않았고 계속해서 철통 같은 수비를 유지했다.

그러자 안티고노스는 요새에 아무 관심도 없는 척 코린토스에서 아들 부부의 혼인을 축하하는 잔치를 벌였다. 매일 볼거리를 제공하고 연회를 열면서, 기쁨과 온정에 넘쳐 오로지 즐거움과 편안함만 추구하고 있다는 듯 행동한 것이다. 그러나 결정적인 순간이 찾아오자 아모이베오스가 극장에서 노래를 시작할 무렵 안티고노스는 직접 니카이아를 데리고 극장으로 갔다. 니카이아는 왕의 보물로 장식한 가마를 타고 새로이 얻은 지위를 만끽하고 있었으며 앞으로 벌어질 일을 조금도 눈치채지 못했다.

일행이 요새로 이어지는 갈림길에 이르렀을 때 안티고노스는 니카이아를 극장으로 데리고 가도록 지시하는 한편, 자신은 아모이베오스에게 작별을 고하고 아들 부부의 혼인 잔치에도 작별을 고하면서 나이를 의심케 하는 빠른 속도로 요새로 올라갔다. 요새의 문은 잠겨 있었으나 그는 지팡이로 문을 때리며 열라고 지시했다. 요새 안의 경비병은 어안이 벙벙하여 문을 열었다.

요새를 차지한 안티고노스는 기쁨을 주체하지 못하고 길거리에서 술을 마시고 즐겼으며 머리에는 꽃을 얹고, 악기를 연주하는 소녀들을 데리고 다녔다. 파란만장한 운명을 겪었던 이 노인은 얼마나 기뻤으면 흥청거리는 발걸음으로 시장을 누비며 만나는 사람에게 각각 인사를 하고 손을 꼭 잡을 정도였다. 여기서 우리는 슬픔도 두려움도, 예기치 못한 기쁨만큼 영혼을 뒤흔들고 움직일 수 없다는 사실을 알 수 있다.

XVIII.

이같이 아크로코린토스를 손에 넣은 안티고노스는 방어를 구축하고 가장 신뢰하는 부하들을 배치했다. 그리고 철학자 페르사이오스를 지휘관에 앉혔다. 아라토스는 알렉산드로스가 살아 있는 동안에도 아크로코린토스 탈환을 구상했으나 아카이아와 알렉산드로스가 동맹을 맺었었기 때문에 단념했다. 그러나 곧 아라토스에게 거사를 추진할 새로운 근거가 생겼다.

코린토스에는 쉬리아 출신의 네 형제가 살고 있었다. 이 가운데 디오클레스는 용병으로서 요새에서 근무하고 있었다. 나머지 셋은 왕의 황금 접시를 훔친 뒤 시퀴온의 은행가 아이기아스를 찾은 적이 있는데 마침 아라토스와 거래를 하는 은행가였다. 형제는 황금 일부는 한꺼번에 처분했으나 나머지는 세 형제 가운데 에르기노스를 통해 여러 차례에 걸쳐 조금씩 돈으로 바꾸었다.

그리하여 에르기노스는 아이기아스와 가까운 사이가 되었고 둘은 어느 날 요새의 수비대에 대한 이야기를 나누게 되었다. 에르기노스는 디오클레스를 만나러 가다가 절벽에 비스듬한 틈을 발견했고 이 틈이 성벽의 가장 낮은 부분으로 이어진다는 사실을 알았다고 했다. 그러자 아이기아스는 농담을 던지듯 말했다.

"당신같이 대단한 사람이 고작 황금 접시 몇 개를 얻고자 왕의 보물을 도둑질하다니. 보아하니 단 한 시간만 일해도 훨씬 더 큰돈을 벌 수 있는 능력을 가지고 있지 않습니까? 어차피 도둑이나 역적이나 붙잡히면 죽는 것은 마찬가지입니다."

에르기노스는 웃음을 터뜨리며 다른 형제는 믿을 수 없으니 일단 디오클레스를 시험해보겠다고 했다. 그리고 며칠 뒤 돌아와 성벽이 15푸스*가 넘지 않는 지점으로 아라토스를 안내하고 디오클레스와 함께 나머지 일을 돕겠다며 흥정을 했다.

XIX.

한편 아라토스는 성공할 경우 두 사내에게 60탈란톤을 주기로 약속했고 실패할 경우 무사히 달아날 수만 있다면 각각 1탈란톤과 집 한 채를 약속했다. 이를 위해 아이기아스에게 담보로 60탈란톤을 맡겨야 했던 아라토스는 그만한 돈을 가지고 있지 않았고 남에게 빌렸다가 괜한 의심을 사고 싶지도 않았으므로 집안의 식기와 아내의 황금 장신구 등을 가져다가 아이기아스에게 돈 대신 맡겼다.

아라토스의 의욕이 이처럼 높고 고귀한 업적에 대한 열망이 이처럼 컸던 것이다. 그는 뇌물을 거절하고 돈에 명예를 팔기를 거부했던 포키온과 에파메이논다스가 가장 정의롭고 훌륭한 헬라스 인으로서 명성을 누렸다는 사실을 모르지 않았다. 그러므로 그는 무슨 일이 벌어지는지도 모르고 있을 시민 전체를 위해 홀로 목숨을 걸면서 은밀히 자기 재산으로 선금까지 지급했다. 그토록 비싼 값을 치르고 그토록 커다란 위험을 사들인 사람의 도량을 존경하지 않고 지금이라도 도움의 손길을 건네지 않을 사람이 어디 있겠는가? 아라토스는 밤사이 적진으로 들어가 목숨을 걸고 싸울 수 있도록 가장 값나가는 재산을 저당 잡혔으나 동포들로부터는 고귀한 업적을 이룰 기회를 제외한 그 어느 것도 담보로 받지 않았다.

• 푸스는 사람의 발 길이를 토대로 하는 측정 단위.

XX.

한편 이 일은 그 자체로도 위험했으나 무지가 초래한 실수 때문에 초반부터 위기를 맞았다. 아라토스의 하인 테크논은 디오클레스와 성벽을 검토할 임무를 맡고 갔으나 디오클레스를 직접 만난 일이 없었다. 그러나 머리가 곱슬머리이며 피부는 가무잡잡하고 수염이 없다는 에르기노스의 말에 테크논은 디오클레스를 알아볼 수 있으리라고 생각했다. 테크논은 코린토스 성벽에서 멀리 떨어지지 않은 오르니스라는 곳에서 정해진 대로 에르기노스와 디오클레스를 기다렸다.

그런데 하필 에르기노스와 디오클레스의 큰형 디오뉘시오스가 다가왔다. 그는 아라토스의 거사에 가담하고 있지 않았고 거사에 대해 전혀 모르고 있었으나 생김새가 디오클레스와 매우 비슷했다. 따라서 테크논은 겉모습이 비슷한 디오뉘시오스에게 다가가 에르기노스와 아는 사이인지 물었다. 디오뉘시오스는 자신이 에르기노스의 형이라고 대답했다. 그러자 테크논은 상대가 디오클레스라고 확신하고 이름을 묻지도 않고 다른 어떤 시험도 하지 않고 손을 내밀었으며 에르기노스와 협의했던 사항에 대해 이야기를 하고 질문을 하기 시작했다.

그러자 디오뉘시오스는 상대의 실수를 밝히지 않고 이를 교묘하게 역이용했다. 테크논의 말에 고개를 끄덕이는가 하면 아무런 의심도 하고 있지 않은 테크논과 대화를 나누며 서서히 성벽을 향해 걷기 시작한 것이다. 그러나 성벽에 다다른 그가 테크논을 붙잡으려는데 또 우연히 에르기노스가 나타났다. 에르기노스는 형의 속임수와 테크논이 처한 위기를 알아차리고 테크논에게 도망치라고 손짓했으며 두 사람 모두 달아나 무사히 아라토스에게 갔다. 그러나 아라토스는 희망을 버리지 않았고 그 즉시 에르기노스를 디오뉘시오스에게 보내 입을 열지 않는 대가로 돈을 주도록 했다. 에르기노스는 형에게 돈을 주러 갔을 뿐만 아니라 형을 아라토스에게 데리고 오기까지 했다. 일행은 디오뉘시오스가 손안에 들어오자 놓아주지 않았으며 포박해서 실내에 감금한 뒤 공격 준비를 계속했다.

XXI.

모든 준비가 완료되자 아라토스는 병력으로 하여금 무장한 상태로 밤을 보내도록 하고 자신은 정예 병사 4백을 데리고 나섰다. 이들 가운데 사정을 아는 병사는 거의 없었다. 아라토스는 부하들을 이끌고 헤라 신전과 가까운 코린토스 성문으로 갔다. 한여름이었고 보름달이 뜬 밤이었으므로 병사들은 무기에 달빛이 비쳐 보초의 눈에 띌까 염려했다. 그러나 선두가 성벽에 근접할 무렵, 바다에서 구름이 올라와 도시와 주변을 에워쌌고 어둠이 내려앉았다.

그러자 병사들은 바닥에 앉아 신발을 벗기 시작했다. 맨발로 사다리를 오르면 소리도 나지 않고 미끄러지지도 않기 때문이다. 한편 에르기노스는 나그네로 가장한 젊은이 일곱을 데리고 몰래 성문에 접근했으며 여기서 문지기와 보초병 여럿을 무찔렀다. 같은 순간 아라토스는 성벽에 사다리를 갖다 붙이도록 했고 부하 백 명을 성벽 너머로 보낸 뒤 나머지에 서둘러 뒤따라올 것을 지시했다. 그런 다음 사다리를 끌어올리고 부하 백 명과 함께 시내를 가로질러 요새를 향해 전진했다. 아라토스는 발각되지 않았다는 사실에 기쁨에 찼고 성공을 확신했다.

멀지 않은 곳에는 불을 든 보초 넷이 있었다. 아라토스 일행은 여전히 달빛을 가린 그림자 속에 머무르고 있어 상대의 눈에 띄지 않았지만, 보초병이 반대편에서 다가오는 모습은 뚜렷이 볼 수 있었다. 따라서 성벽과 건물 아래 숨어 있다가 이들을 습격했다. 세 명은 죽임을 당했으나 한 명은 칼에 맞아 머리에 상처를 입은 채 도망치면서 큰 소리로 적이 침입했다고 외쳤다. 곧이어 나팔이 울렸고 성안은 야단법석이었다. 사람들이 거리로 나와 우왕좌왕했고 성안에서도 요새 위에서도 온갖 불빛이 번쩍였으며 사방팔방에서 혼란스러운 고함소리가 들려왔다.

XXII.

한편 아라토스는 가파른 절벽 길을 온 힘을 다해 오르고 있었다. 처음에는 몹시 고달팠고 속도도 나지 않았고 자꾸만 길을 벗어났다. 튀어나온 절벽이 드리운 그림자가 길을 가린 데다 요새의 성벽에 다다르는 길은 몹시 구불구불했기 때문이다. 그런데 정말 놀랍게도 아라토스가 가장 복잡한 구간에 다다랐을 때 달이 구름을 가르고 모습을 드러냈다. 달이 길을 비추어준 덕분에 아라토스는 성벽의 원하는 지점에 도달할 수 있었다. 그리고 그가 목적지에 당도하자 구름은 다시 모여들어 모든 것을 어둠 속에 숨겼다.

한편 성밖의 헤라 신전 근처에 남겨졌던 아라토스의 부하 3백 명이 성안으로 들이닥쳤을 때 성안은 이미 불빛이 환하고 몹시 떠들썩했다. 3백 명은 아라토스 일행을 따라갈 수도 없었고 일행이 어느 길로 갔는지 알수도 없었다. 결국 그림자가 드리운 절벽의 측면에 웅크리고 모여앉아 몹시 불안해하며 마음을 졸였다. 아라토스 일행이 어느새 요새에서 날아오는 화살을 맞으며 싸움을 하고 있었고 전투에 임하는 병사들의 목소리가 절벽 아래로 울려 퍼지고 있었기 때문이다. 고함 소리가 언덕에 부딪혀 메아리치자 어디서 오는 소리인지 뭐라고 하는 소리인지 알 수 없었다.

32

3백 명이 어쩔 줄을 몰라 가만히 있을 때 안티고노스의 부하 사령관 아르켈라오스가 왕의 병사들을 이끌고 절벽을 오르기 시작했다. 고함을 치고 나팔을 울리면서 아라토스 일행을 향해 전진하던 아르켈라오스의 무리가 마침 숨어 있던 3백 명을 지나치게 된 것이다. 3백 명은 기다렸다는 듯 적을 덮쳤고 적병을 죽였다. 그러자 아르켈라오스를 포함한 나머지는 황급히 후퇴했고 3백 명은 적이 뿔뿔이 흩어질 때까지 추격했다.

이즈음 요새 위에서 싸우던 에르기노스가 아래로 내려와 아라토스가 적과 싸우고 있으나 적이 완강히 버티고 있다고 전했다. 그리고 성벽에서 엄청난 분투가 벌어지고 있으니 빨리 도움을 주어야 한다고 했다. 3백 명은 그 즉시 에르기노스에게 길을 안내하라고 했고 절벽을 올랐다. 그리고 지원군이 가고 있다는 사실을 알리고 아군을 격려하기 위해 고함을 쳤다. 게다가 보름달이 길게 늘어선 병력을 비추자 무기가 실제보다 더 많은 것처럼 보였고 밤의 메아리는 고함 소리가 실제보다 훨씬 더 많은 병사로부터 비롯된 것 같은 느낌을 주었다. 마침내 한데 모인 아라토스의 병력은 적을 무찌르고 요새를 손에 넣었으며 수비대를 사로잡았다. 어느새 동이 텄고 태양이 승리를 밝혔다. 아라토스의 남은 병력이 시퀴온에서 당도하자 코린토스 시민은 성문을 통해 병력을 기꺼이 들여보냈고 함께 안티고노스의 잔당을 붙잡았다.

XXIII.

모든 것이 안정을 되찾자 아라토스는 요새에서 내려와 극장으로 갔다. 엄청난 군중이 극장으로 모여들고 있었다. 군중은 아라토스가 간절히 보고 싶었고 그가 코린토스 시민에게 무슨 말을 할지 몹시 궁금했다. 아라토스는 아카이아 병사들을 양측 출입구에 배치하고 무대 뒤에서 무대 앞 합창단석까지 나아갔다. 흉갑을 찬 차림 그대로였고 피로와 수면 부족에 시달린 얼굴이었다. 그는 몸이 너무 지쳤던 나머지, 들뜨거나 기쁜 내색을 할 수가 없었다.

그런데 군중이 연설하러 나온 아라토스에게 넘치는 호의를 표시하자 아라토스는 오른손에 창을 쥐고 무릎과 몸을 살짝 기울여 창에 의지한 채 한동안 말없이 이 같은 자세로, 관중이 보내는 박수와 환호, 용기에 대한 칭찬, 승리에 대한 축하를 받았다. 그러나 관중이 환호를 멈추고 조용해지자 힘을 끌어모아 아카이아 동맹을 대표해 업적에 뒤지지 않는 연설을 했으며 코린토스 시민에게 아카이아 동맹에 가입할 것을 권유했다. 그런 다음 코린토스 시민에게 성문의 열쇠를 돌려주었는데 성문의 열쇠가 시민의 손으로 돌아간 것은 마케도니아 왕 필립포스의 시대 이후 처음이었다.

안티고노스의 지휘관 가운데 포로로 붙잡힌 아르켈라오스는 풀려났으나 맡은 자리를 떠나려 하지 않았던 테오프라스토스는 처형됐다. 페르사이오스는 요새가 사로잡히는 순간 켄크레아이로 도망쳤다. 훗날 한가한 여생을 보내던 페르사이오스는 현명한 자만이 훌륭한 지휘관이 될 수 있다는 누군가의 말에 이렇게 대답한 적이 있다.

"나 또한 제논의 그 가르침을 특히 좋아하던 때가 있었습니다. 그렇지만 시퀴온의 젊은이로부터 교훈을 얻은 뒤 생각이 달라졌습니다."

페르사이오스의 이 말은 여러 기록에 남아 있다.

XXIV.

한편 아라토스는 즉시 헤라 신전과 레카이온 항구를 손에 넣었다. 여기서 왕의 함선 25척을 사로잡았고 말 5백 마리, 쉬리아 사람 4백 명을 팔아넘겼다. 아크로코린토스에는 아카이아 수비대를 주둔시켰는데 중장비 보병 4백, 경비견 50마리, 경비견을 관리하는 사람 50명이 수비대를 이루고 있었다.

로마인들은 필로포이멘을 칭송하면서 그를 최후의 헬라스 인이라고 부른다. 필로포이멘 이후 더 훌륭한 헬라스 사람이 나타나지 않았다는 의미다. 그러나 나는 아라토스의 아크로코린토스 탈환이 헬라스 인의 마지막이자 가장 최근의 업적이라고 말하고 싶다. 이 업적은 헬라스 최고의 업적에 견주어도 손색이 없을 정도로 대담했고 이후 이어진 일들을 고려할 때 여러 좋은 결과를 가져왔다.

먼저 메가라가 안티고노스로부터 분리되어 나와 아카이아 동맹에 가담했다. 또한 아라토스는 처음으로 먼 원정을 떠나 앗티케를 침략했고 해협을 건너 살라미스를 약탈했다. 아라토스가 이끄는 아카이아 병력은 마치 감옥에서 풀려난 사람들처럼 아라토스의 모든 지시에 복종했다. 아라토스는 살라미스에서 포로로 잡은 적병 가운데 자유민의 경우 몸값을 받지 않고 아테나이로 돌려보냈다. 이로써 안티고노스에 대한 아테나이 반란의 기초를 마련했다. 또한, 프톨레마이오스 왕을 아카이아 동맹의 우방으로 삼았으며 왕이 육지와 해상에서 지휘권을 가질 수 있도록 했다.

아라토스가 아카이아 동맹에서 얼마나 큰 영향력을 행사했으면, 아카이아 사람들은 아라토스를 2년마다 사령관에 임명했다. 연임이 불가능했기 때문이다. 그러나 언제나 그를 지도자로 생각하고 조언을 구했다. 아라토스가 부나 명성, 왕과의 우정, 고향 시퀴온의 입장이 아닌 아카이아 동맹의 성장을 가장 우선시하고 중요하게 여긴다는 사실을 알았기 때문이다.

아라토스는 헬라스의 약소국들이 공동의 이익을 위해 뭉치면 상호 지지를 통해 나라를 지킬 수 있다고 생각했다. 생명과 숨을 공유하는 신체 부위가 결합한 상태에서는 함께 성장하지만 서로 떨어지고 분리되면 시들고 썩는 것처럼 다수의 국가도 공동의 결속을 끊으면 멸망하지만 커다란 전체의 일부가 되어 전망을 공유하면 상호 지지를 통해 굳세어진다고 생각했다.

XXV.

그런데 뛰어난 여러 이웃 민족이 자주적으로 살아가는 동안 아르고스만은 예속 상태에 있었다. 마음이 불편했던 아라토스는 아르고스의 참주 아리스토마코스를 죽일 계략을 짰다. 저를 키워준 도시에 자유를 되찾아주고 아카이아 동맹으로 끌어들이려는 큰 뜻을 품었다. 그래서 거사를 도울 사람들을 찾았는데 그 우두머리로 아이스퀼로스와 예언자 카리메네스가 선택됐다. 그러나 아리스토마코스가 칼을 가진 사람에게 무거운 벌금을 매겼으므로 공모자들에게는 무기가 없었다. 따라서 아라토스는 코린토스에서 작은 단검을 제작해 길마 속에 바느질을 해 넣었다. 그리고 평범한 집기를 운반하는 짐승에 얹어 아르고스로 보냈다.

그러나 예언자 카리메네스가 마음대로 협력자를 끌어들였는데, 이에 격분한 아이스퀼로스와 동료들은 카리메네스를 무시하고 따로 일을 진행하기 시작했다. 그러자 이번에는 카리메네스가 화를 냈다. 카리메네스는 결국 아이스퀼로스 일행이 참주를 공격하러 나서려는 찰나, 정보를 누설했다. 그럼에도 공모자 대부분은 시장에서 빠져나와 코린토스로 도망칠 수 있었다.

그런데 얼마 지나지 않아 참주 아리스토마코스가 노예들의 손에 죽었고 곧이어 더욱 사악한 폭군 아리스팁포스가 권력을 빼앗는 데 성공했다. 아라토스는 그 즉시 가까이에 있는, 복무 연령이 된 모든 아카이아 남자를 데리고 신속하게 아르고스를 도우러 갔다. 아라토스는 아르고스의 환영을 받을 것으로 기대했다. 그러나 아르고스 시민 대부분은 어느새 예속 상태에 익숙해져 있었고 감내할 수 있다고 생각했으므로 단 한 명도 아라토스 측으로 넘어오지 않았다. 아라토스는 결국 철수했고 아카이아 동맹은 평시에 군대를 동원한 혐의로 고발을 당했다.

결국, 아카이아 동맹은 만티네이아 시민 앞에서 스스로를 변호해야 했고 아라토스는 그 자리에 참석하지 않았다. 아카이아 동맹을 고발한 아리스팁포스는 승소했고 아카이아 동맹은 벌금 30므나*를 지급해야 했다. 한편 아리스팁포스는 아라토스를 증오하고 또한 두려워하며 안티고노스 왕의 도움을 받아 아라토스를 죽일 궁리를 했다. 곧 폭군의 사주를 받아 기회를 노리는 사람들이 사방에 깔리게 되었다.

그러나 지도자의 가장 확실한 방어 수단은 지지자들의 참되고 꾸준한 호의이다. 평민과 주요 시민들이 지도자를 두려워하지 않고 오히려 지도자가 잘못될까 두려워하게 되면 그 지도자는 수많은 눈으로 보고 수많은 귀로 듣는 것이나 마찬가지이며 늦기 전에 상황을 파악할 수 있게 된다. 그러므로 일단 여기서 이야기를 멈추고, 만인이 부러워하는 참주라는 지위, 세상이 찬미하고 축복으로 여기는 왕정의 허울과 허영이 빚은 아리스팁포스의 생애에 대해 논할까 한다.

XXVI.

안티고노스와 동맹을 맺은 아리스팁포스였고 수많은 호위병의 경호를

---

* 명목상의 벌금에 불과한 매우 적은 액수였다.

받고 있었을뿐더러 성안에는 반대파가 단 한 명도 남아 있지 않았지만, 그럼에도 아리스팁포스는 창병과 경비병을 주랑에서 노숙을 시켰다. 그리고 저녁 식사가 끝나면 하인들도 전부 몰아냈다. 그런 다음 안채의 문을 다 잠그고 정부와 함께 작은 다락방으로 올라갔다. 그리고 바닥에 난 다락방 입구를 침상으로 막고 잠을 잤다. 그러한 정신 상태에서 잠이 편안할 리 없었고 발작과 경련, 공포감이 끊이지 않았다.

밤마다 정부의 어머니는 다락으로 올라가는 사다리를 치우고 다른 방에 넣어 문을 잠갔는데 다음 날 아침 사다리를 제자리에 놓고 이 기이한 폭군을 깨우면 아리스팁포스는 마치 구멍을 기어나오는 벌레처럼 다락에서 내려오곤 했다.

반면 아라토스는 무력이 아닌 법에 의지해서 그리고 덕을 발휘해서 안정적인 권력을 획득했음에도 평범한 옷과 외투를 입고 다녔다. 그리고 스스로를 모든 참주의 적이라고 공식 선포했다. 또한, 오늘날까지 헬라스에서 가장 높은 명성을 누리는 자손을 남겼다. 그러나 요새를 점령하고 창병을 곁에 두고 신변의 안전을 위해 무력과 대문과 다락문에 의지했던 사람들 가운데 소수만이 마치 겁많은 산토끼처럼 처참한 죽음을 모면했다. 그리고 단 한 명도 기념할 집이나 가족, 무덤을 남기지 못했다.

XXVII.

아리스팁포스를 끌어내리고 아르고스를 사로잡고자 아라토스는 여러 공개적인 시도와 숨은 시도를 거듭했으나 모두 헛수고였다. 하루는 사다리를 세운 뒤 엄청난 위험을 무릅쓰고 소수의 부하와 성벽에 올랐으며 성벽을 수비하던 보초병들을 죽였다. 그런데 날이 밝자 아리스팁포스는 온 사방에서 아라토스를 공격했다. 하지만 아르고스 시민은 아라토스가 아르고스의 해방을 위해 싸우고 있다는 사실을 모르는 양 네메아 제전을 심사하는 심판처럼 손가락 하나 까딱하지 않고 공명정대한 관중 행세를 했다.

완강히 저항하던 아라토스는 허벅다리에 창을 맞았으나 퇴각하지 않았고 밤까지 이어진 적의 근접 공격에도 버티어냈다. 만약 밤새 싸웠다면 아라토스는 원하던 바를 이루었을 것이다. 아리스팁포스가 도주할 생각으로 이미 상당한 세간을 바다로 보낸 상황이었기 때문이다. 그러나 아라토스는 이를 미처 알지 못했고 물이 부족했으며 부상을 입어 제힘을 발휘할 수 없었으므로 부하들을 데리고 철수했다.

XXVIII.

기습적인 방식이 더 이상 통하지 않는다고 여긴 아라토스는 공공연히 군대를 이끌고 아르고스 영토를 침략해 짓밟았다. 그러나 카레스 강에서 벌어진 아리스팁포스와의 치열한 전투에서 싸움을 포기하고 승리를 내팽개쳤다는 비난을 받았다. 나머지 병력이 확실히 우세했고 적을 추격해 이미 멀리까지 나아간 상태였음에도 아라토스는 적에게 밀렸기 때문이 아니라, 승리에 대한 믿음이 없었고 순전히 두려웠던 까닭에 우왕좌왕 진영으로 퇴각한 것이다.

추격을 마치고 돌아온 병력은 몹시 분노했다. 적을 패주시키고 아군 전사자보다 훨씬 더 많은 적군을 죽였음에도 패자가 승전비를 세우게 내버려두어야 했기 때문이다. 그러자 수치를 느낀 아라토스는 승전비를 걸고 다시 한 번 싸워보겠다고 결심하고는 다음 날 다시 한 번 병력을 전투 대형으로 세웠다. 그러나 아리스팁포스의 군대가 전보다 더 커졌으며 더 용감하게 저항하고 있다는 사실을 깨닫자 감히 승패를 가려보려 하지 않았고 협정을 맺음으로써 겨우 아군의 시신을 수습할 수 있는 권한을 보장받고 철수했다.

그럼에도 아라토스는 사람을 다루고 공무를 돌볼 줄 알았고 지지하는 사람도 많았기 때문에 실패를 만회할 수 있었다. 클레오나이를 아카이아 동맹에 끌어들이고 이곳에서 네메아 제전을 개최한 것이다. 아라토스는 네메아 제전을 아르고스가 아닌 클레오나이에서 개최할, 더 오래되고 적절한 근거가 있다고 주장했다. 그러나 경기는 아르고스에서도 동시에 개최되었고 참가 선수에게 늘 주어졌던 면책권과 안전하게 통행할 권리가 최초로 훼손되었다. 아카이아 동맹이, 아르고스에서 열리는 경기에 참여하기 위해 아카이아 동맹의 영토를 지나는 모든 참가자를 적으로 취급해 노예로 팔아넘겼기 때문이다. 폭군을 향한 아라토스의 증오가 이처럼 격렬하고 무자비했다.

XXIX.

이 일이 있고 얼마 지나지 않아 아라토스는 아리스팁포스가 클레오나이를 빼앗을 궁리를 하고 있으나 코린토스에 있는 아카이아 수비대가 두려워 공격을 망설이고 있다는 정보를 접했다. 이에 아라토스는 공개적으로 병사를 모집했다. 그리고 부하들에게 며칠간 먹을 식량을 준비하도록 지시한 다음, 켄크레아이로 이끌고 갔다. 적이 멀리 있다고 안심한 아리스팁포스로 하여금 클레오나이를 공격하게 할 속셈이었다. 일은 아라토스의 계획대로 진행됐다.

아리스팁포스가 그 즉시 병력을 이끌고 아르고스를 나선 것이다. 그러나 아라토스는 밤이 되자마자 켄크레아이를 떠나 코린토스로 돌아왔고 길가에 보초를 줄지어 세운 뒤 아카이아 군대를 이끌고 클레오나이로 향했다. 군대는 행군을 할 때뿐만 아니라 클레오나이에 들어선 뒤에도 질서정연하게 그리고 신속하고 민첩하게 아라토스를 따랐기 때문에 밤이 끝나기 전에 전투 대형을 이루었지만 아리스팁포스는 꿈에도 몰랐다.

동이 트자마자 아라토스는 활짝 열어젖힌 성문을 나와 우렁찬 나팔 신호와 함께 적을 향해 고함을 치며 돌진했다. 그는 적을 단번에 물리치고 아리스팁포스를 보호하고 있을 것으로 보이는 무리를 추격했다. 이 지방에는 갈림길이 매우 많았다. 추격은 뮈케나이까지 이어졌고 데이니아스에 따르면 아리스팁포스는 크레테 사람 트라기코스의 손에 붙잡혀 죽임을 당했다. 그 밖에도 무려 1천5백 명이 죽었다고 한다. 그러나 아라토스는 이처럼 눈부신 승리를 거두었고 부하를 단 한 명도 잃지 않았지만 아르고스를 사로잡지도 해방하지도 못했다. 아기아스와 아들 아리스토마코스가 왕의 군대를 이끌고 아르고스로 쳐들어가 권력을 차지했기 때문이다.

그러나 아라토스가 아리스팁포스를 상대로 거둔 승리는 아라토스에게 쏟아졌던 비방의 대부분, 그리고 참주의 아첨꾼들이 퍼뜨렸던 조롱과 독설을 반박했다. 아첨꾼들은 참주의 환심을 사기 위해 아카이아의 사령관이 전투를 코앞에 두고 항상 배앓이를 했다는 둥, 나팔수가 신호를 내리자마자 무기력과 어지럼증을 호소했다는 둥 떠들어대곤 했다. 또 병력을 줄 세우고 암호를 전달한 아라토스가 부하 지휘관들에게, 주사위가 던져진 이상 사령관이 남아 있을 필요가 있느냐고 묻고는 먼 곳으로 가서 불안에 떨며 승패를 지켜보았다고 했다.

그러나 이 같은 소문은 워낙 널리 퍼져 있었다. 심지어 철학자들은, 위험해 보이는 상황에서 심장이 뛰고 얼굴색이 바뀌고 배앓이를 한다면 그것은 비겁하기 때문인지 아니면 몸에 냉기가 있고 체질적인 문제가 있기 때문인지 묻곤 했다. 그럴 때마다 훌륭한 지휘관이었으나 전투가 임박했을 때마다 그 같은 증상을 겪은 사람의 예로 아라토스의 이름이 언급되었다.

XXX.

아리스팁포스를 처치한 아라토스는 곧이어 나고 자란 메갈로폴리스에서 참주가 된 뤼디아데스를 무찌를 계획을 짜기 시작했다. 뤼디아데스는 태생이 비천하지도 않았고 포부가 없는 사람도 아니었으며 대부분의 참주와 달리 방종과 탐욕에 이끌려 불의의 길을 가게 된 사람도 아니었다. 그러나 어릴 때부터 명예욕이 강했으며 참주정에 관해 나돌던 거짓되고 허황된 가르침을 큰 뜻을 이루고자 하는 열망과 경솔하게 연결지었으므로 참주정이 훌륭하고 축복받은 체제라고 생각하기에 이른 것이다.

그러나 참주가 된 뒤로 뤼디아데스는 홀로 다스리는 일이 얼마나 고된지 빠르게 깨달았다. 따라서 뤼디아데스는 아라토스의 승승장구를 시기한 동시에 아라토스의 음모를 두려워해서 새롭고 매우 존경받을 만한 결정을 내렸다. 먼저 증오와 두려움, 창병과 호위병에게서 벗어나겠다고 결심한 것이며 둘째, 조국의 은인이 되겠다고 결심한 것이다. 따라서 뤼디아데스는 아라토스에게 사람을 보냈고 권력을 내려놓았으며 메갈로폴리스를 아카이아 동맹에 가입시켰다. 그러자 아카이아는 기뻐하며 뤼디아데스를 사령관에 앉혔다.

뤼디아데스는 당장 아라토스의 명성을 뛰어넘고 싶었기 때문에 여러 불필요한 일을 벌였을뿐더러 라케다이몬을 상대로 원정을 선포하기까지 했다. 아라토스는 반대했지만 뤼디아데스를 시기한다고 여겨졌을 뿐이다. 뤼디아데스는 심지어 사령관에 재임되었는데 아라토스가 공공연히 반대했고 다른 사람에게 사령관직을 주려고 애썼지만 소용없었다. 앞서 언급했듯이 아라토스는 2년에 한 번 사령관이 되었다. 세 번째로 사령관에 임명될 때까지 뤼디아데스는 계속해서 지지를 받았고 아라토스와 번 갈아가면서 사령관직을 수행했다. 그러나 아라토스에 대해 공공연히 적 의를 드러냈고 아카이아 동맹 앞에서 종종 아라토스를 비난하자 아카이 아는 뤼디아데스를 제쳐두고 무시했다. 뤼디아데스가 가공의 상대와 겨 루며 순수하고 참된 덕을 부정하고 있다는 사실이 분명해졌기 때문이 다.

아이소포스이솝의 우화에서 뻐꾸기는 저를 버리고 날아가는 작은 새 들에게 왜 떠나는지 묻는다. 새들은 뻐꾸기가 언젠가 매가 될 테니 떠나 가는 것이라고 한다. 뤼디아데스 역시 한 번 참주였던 만큼 다시 변할지 모른다는 의혹에서 완전히 벗어날 수 없었던 것으로 보인다. 그러나 이 는 뤼디아데스의 본모습을 오해한 것이다.

XXXI.

아이톨리아와의 전쟁에서도 아라토스는 뛰어난 명성을 얻었다. 아카 이아 동맹은 메가라 근방에서 아이톨리아와 교전을 벌이고 싶어 안달이 었고 라케다이몬 왕 아기스까지 군대를 이끌고 합세해 아카이아에 전투 를 벌이자고 부추겼다. 그러나 아라토스는 전쟁에 반대했고 적지 않은 사람들이 그를 나약하고 비겁하다고 조롱하고 비난했다. 그럼에도 아라 토스는 겉으로 불명예스러워 보인다고 해서 모두에게 이익이라고 판단 된 결정을 번복하지 않았으며 적이 어떤 저항도 받지 않고 게라네이아 산맥을 건너 펠로폰네소스로 들어가도록 내버려두었다. 그러나 그렇게 지나간 적이 갑자기 펠레네를 사로잡았을 때 아라토스는 더 이상 예전 의 아라토스가 아니었다.

그는 사방에 흩어진 병력 전체가 모일 때까지 기다리지조차 않았고 당장에 거느린 병력만을 데리고 즉시 적을 향해 진격했다. 적은 승리한 뒤 무질서와 방종에 빠져 몹시 취약한 상태였다. 펠레네에 들어서자마자 일반 병사들은 민가를 약탈하느라 서로 밀치고 다투었으며 지휘관을 비롯한 상관들은 돌아다니며 펠레네 시민의 아내와 딸을 붙잡느라 바빴다. 붙잡은 여인의 머리에는 제 투구를 씌웠는데 소유권을 밝히고 다른 사람이 손댈 수 없도록 하기 위해서였다. 아이톨리아 군대가 이런 일로 바쁜 가운데 아라토스가 공격했다는 소식이 들려왔다. 어수선한 상황에서 아이톨리아 군대는 당연히 허둥지둥했고 위험이 닥쳤다는 소식이 모두에게 가닿기도 전에 성문과 성 밖에 있던 병력은 아카이아 군대와 싸움을 시작했으며 굴욕을 당하고 하나같이 도망쳤다. 뒤늦게 무리를 지어 몰려온 아이톨리아 병력도 아군이 황급히 패주하는 모습을 지켜보고 망연자실했다.

XXXII.

한편 이 같은 혼란에 휩쓸린 여인들 가운데 명망 있는 시민 에피게테스의 딸이 있었다. 아름답고 점잖기가 남달랐던 이 여인은 마침 아르테미스 신전에 앉아 있었다. 머리에는 깃 장식이 3중으로 달린 투구를 쓰고 있었는데 여인을 신전에 데려다 놓은 정에 부대 지휘관의 투구였다. 여인은 갑자기 소란이 벌어지자 궁금했던 나머지, 신전의 대문 앞으로 갔고 깃 장식이 3중으로 달린 투구를 쓴 채 높은 곳에서 아래를 내려다보았다. 펠레네 시민이 보기에 여인의 모습에는 인간답지 않은 기품이 어려 있는 듯했고 적의 눈에 여인은 하늘이 보낸 환영 같았으므로 적은 경탄과 공포에 사로잡혀 누구도 제대로 방어할 생각을 하지 못했다.

44

그러나 펠레네 사람들에 따르면 아르테미스 신전에는 여신의 형상이 있었는데 평소에는 아무도 형상을 건드리지 않았으며 여사제가 형상을 신전 밖으로 가지고 나오면 아무도 똑바로 바라보지 않았고 모두 눈길을 돌렸다. 심지어 나무도 이 형상이 지나가면 열매를 떨어뜨렸고 더 이상 열매를 맺지 않았다고 한다. 전투 당시 여사제가 신전에서 바로 이 형상을 가지고 나왔고 아이톨리아 군대를 향해 내보였으므로 아이톨리아 병사들이 혼비백산했다는 말도 있다.

그러나 아라토스는 회고록에서 이 같은 사건에 대해 언급하고 있지 않으며 아이톨리아 군대를 물리친 다음에 도망치는 적을 쫓아 펠레네로 들이닥쳤다고 적고 있을 뿐이다. 주 병력을 이용해 적을 성안에서 몰아낸 다음 적병 7백을 죽였다고 한다. 이 전투는 가장 위대한 업적 중에 하나로 여겨져 칭송을 받았고 화가 티만테스는 전투를 생생히 묘사하는 그림을 그렸다고 한다.

XXXIII.

그럼에도 여러 민족과 군주가 아카이아에 대항해 힘을 합치고 있었기 때문에 아라토스는 즉시 아이톨리아와 친선 관계를 맺고자 했다. 그리고 아이톨리아에서 가장 영향력이 컸던 판탈레온의 도움을 받아 평화 협정을 맺었을 뿐만 아니라 아이톨리아와 동맹 관계가 되었다.

그러나 아라토스는 아테나이를 해방하려는 간절한 바람 때문에 아카이아 인들의 모진 비난을 받았다. 마케도니아와 평화 협정을 맺고 적대 행위를 중단하기로 한 뒤였음에도 페이라이에우스를 사로잡으려고 시도했기 때문이다. 그러나 아라토스 자신은 회고록에서 이를 아크로코린토스의 점령에 기여했던 에르기노스의 잘못으로 돌린다. 아라토스는 에르기노스가 사적인 목적으로 페이라이에우스를 공격했으며 사다리가 부러져 적의 추격을 당할 때 마치 아라토스가 그 자리에 있는 듯 계속해서 아라토스의 이름을 불렀다고 한다. 에르기노스는 이렇게 적을 속이고 결국 몸을 피했다.

그러나 아라토스의 변명은 설득력이 부족하다. 에르기노스는 공적인 직위도 없었고 쉬리아 사람이었으므로 아라토스의 지시 없이 그토록 중대한 일을 벌였을 리 없다. 아마 아라토스가 병력을 지원해주고 공격에 적절한 시기를 알려주었을 것이다. 아라토스 자신의 행위도 이를 뒷받침한다. 그는 마치 절박한 사랑에 빠진 사람처럼 페이라이에우스를 두세 번도 아니고 여러 차례 공격했다. 그리고 연이은 실패에도 포기하지 않았고 오히려 매우 아슬아슬하게 희망을 이루지 못한 까닭에 매번 새로운 용기를 얻게 되었다. 하루는 트리아시온 들판을 가로질러 도망치다가 다리 관절이 탈구된 적도 있었다. 치료를 위해 종종 칼이 사용되기도 했으며 아라토스는 한동안 가마에 들려 원정을 다녀야 했다.

XXXIV.

안티고노스가 죽고 데메트리오스가 왕좌를 물려받자 아라토스는 아테나이의 해방을 더욱 간절히 원했고 마케도니아를 철저히 얕보았다. 한편 아라토스가 퓔라키아에서 데메트리오스의 부하 지휘관 비튀스와 싸우다 패배하자 아라토스가 포로로 잡혔다는 소문과 그가 죽었다는 소문이 파다했다. 그러자 페이라이에우스의 경비를 담당하고 있던 디오게네스가 코린토스에 있는 아카이아 군대로 편지를 보내 아라토스가 죽었으니 철수하라고 명령했다. 편지가 코린토스에 도착했을 때 마침 아라토스가 거기 있었고 디오게네스의 전령은 적지 않은 재미와 웃음을 주고 떠나갔다.

심지어 데메트리오스는 아라토스를 사슬로 묶어 호송하도록 마케도니아에서 배를 보내기도 했다. 한편 마케도니아의 환심을 사는 데만 관심이 있었던 아테나이 시민은 아라토스가 죽었다는 소식을 듣자마자 화관을 쓰는 등 경거망동의 극을 보여주었다. 격분한 아라토스는 그 즉시 아테나이를 향해 진격했고 아카데메이아까지 진군했으나 아테나이의 간청에 따라 아무런 피해도 입히지 않았다.

이리하여 아테나이는 아라토스의 훌륭한 인품을 인정하게 되었고 데메트리오스가 죽자 다시금 자유를 되찾고자 아라토스의 도움을 청했다. 당시 아카이아 동맹의 사령관은 아라토스가 아니었고 아라토스는 쉬이 낫지 않는 병에 걸려 오랫동안 병상에 누워 있는 처지였으나 그럼에도 들것에 실려 어려움에 처한 아테나이를 도우러 갔으며 수비대 지휘관 디오게네스의 설득을 도왔다. 결국, 디오게네스는 1백50탈란톤을 받고 페이라이에우스, 무뉘키아, 살라미스, 수니온을 아테나이 시민에게 돌려주었는데 이 가운데 20탈란톤은 아라토스의 주머니에서 나온 돈이었다.

뿐만 아니라 아이기나와 헤르미오네는 자진해서 아카이아 동맹으로 넘어왔고 아르카디아 대부분도 아카이아 편이 되었다. 마케도니아는 이웃하는 지방과 전쟁을 벌이는 데 정신이 팔렸고 아이톨리아가 아카이아와 동맹 관계였기 때문에 아카이아 동맹의 세력은 대단히 커졌다.

XXXV.

이제 아라토스는 오랫동안 품어왔던 목표를 이루고 싶었고 아카이아와 지나치게 가까운 아르고스에 있는 참주정을 더 이상 지켜볼 수 없었기에 전령을 보내 아리스토마코스를 설득했다. 아르고스를 해방하고 아카이아 동맹에 가입시키라고 권유한 것이다. 아라토스는 뤼디아데스를 예로 들며, 위험과 증오를 감수하며 일개 도시의 참주로 사느니 위대한 국가의 사령관이 되라고 아리스토마코스를 부추겼다.

결국, 설득을 당한 아리스토마코스는 휘하의 군대를 해산하고 고향으로 돌려보내기 위해 50탈란톤이 필요하다고 했고 아라토스는 이 금액을 준비하기 시작했다. 그러자 당시 아카이아 동맹의 사령관이었던 뤼디아데스는 이 거래가 자신의 공으로 인정되기를 바랐으므로 아리스토마코스 앞에서 아라토스를 비난하며 그가 언제나 참주들에게 인정사정없는 적이었다고 했다. 그리고 아리스토마코스를 설득해 자신에게 일을 맡기게 한 뒤 아카이아 의회에 이 건을 상정했다.

그러자 아카이아 의회는 아라토스에 대한 호의와 신뢰를 그 어느 때보다 분명하게 드러냈다. 아라토스가 화를 내며 이 건에 반대하자 아리스토마코스를 돌려보낸 것이다. 그러나 마음을 바꾼 아라토스가 의회에 출석하여 아르고스의 동맹 가입을 추진하자 의회는 아라토스의 제안 전부를 신속히, 그리고 기꺼이 승인했으며 아르고스와 플리우스를 아카이아 동맹으로 받아들이고 1년 후 아리스토마코스를 사령관으로 선택하기까지 했다.

아카이아 동맹의 열렬한 지지를 받게 된 아리스토마코스는 라코니아를 침략하고자 아테나이에 있던 아라토스를 소환했다. 아라토스는 아리스토마코스에게 편지를 써서 원정을 만류했고 아카이아 동맹을 클레오메네스와 적대 관계에 놓는 데 불만을 표시했다. 클레오메네스는 겁이 없었고 세력도 놀랍도록 성장하고 있었다. 그러나 아리스토마코스가 고집을 꺾지 않았으므로 아라토스는 명령을 받들어 직접 원정에 나섰다. 이 당시 팔란티온에서 클레오메네스가 공격해 왔을 때 아리스토마코스가 교전을 벌이지 못하게 말린 사람이 아라토스였다. 아라토스와 사령관직을 놓고 경쟁하고 있었던 뤼디아데스는 이 일로 아라토스를 비난했으나 아라토스는 열두 번째 사령관에 선출되었다.

XXXVI.

같은 해 벌어진 원정에서 아라토스는 뤼카이온 산 부근에서 클레오메네스에게 패하고 도주했다. 그러다가 밤사이 길을 잃는 바람에 죽은 것으로 여겨졌고 다시 한 번 헬라스 전체에 아라토스가 죽었다는 소문이 퍼졌다. 그러나 아라토스는 무사히 빠져나와 부하들을 격려했으며 탈 없이 퇴각한 데 만족할 수 없었으므로 주어진 기회를 최대한 활용하기로 했다. 그래서 그는 아무도 예상하지 못한 가운데 클레오메네스와 동맹 관계에 있던 만티네이아를 습격했다. 만티네이아를 사로잡고 수비대를 주둔시킨 아라토스는 만티네이아 주민에게 시민권을 수여했다. 비록 패배를 겪은 뒤였지만, 승리했어도 거두기 쉽지 않았을 성과를 아카이아를 위해 홀로 당당히 쟁취한 것이다.

또 라케다이몬이 메갈로폴리스로 원정을 왔을 때 아라토스는 메갈로폴리스를 도우러 갔으나 클레오메네스의 뜻대로 접근전을 벌이고 싶지 않았으므로 메갈로폴리스의 간청을 무시했다. 아라토스는 정식 전투에는 전혀 소질이 없었을뿐더러 특히 이 당시에는 수적으로 열세였다. 뿐만 아니라 클레오메네스는 젊고 겁이 없었던 반면, 아라토스의 용기는 절정을 지나 있었고 야망은 누그러져 있었다. 게다가 클레오메네스는 용맹을 발휘해 명성을 얻고자 했지만 아라토스는 이미 명성을 얻은 바 있었고 신중한 행동으로 지켜내야 했다.

XXXVII.

그럼에도 아라토스의 경무장 보병들은 진영을 박차고 나가 상대 진영으로까지 적을 몰아붙였으며 막사 사이로 흩어졌다. 이런 상황에서도 아라토스는 주 병력을 이끌고 적을 치기를 꺼렸다. 그는 적과 아군 사이에 골짜기를 두고 가만히 있었고 중무장 보병대가 이 골짜기를 건너지 못하게 막았다. 그러자 답답했던 뤼디아데스는 아라토스에게 비난을 퍼부으며 기병대를 불러 경무장 보병들을 돕도록 지시했다. 그러면서 승리를 놓치지도 말고 고향을 위해 싸우는 지휘관을 외면하지도 말아 달라고 강조했다.

뤼디아데스의 요청에 여러 용감한 병사들이 모여들었다. 뤼디아데스는 용기를 얻어 적의 우측 날개를 향해 진격했고 패주시켰으며 추격에 나섰다. 그러나 지나친 열정과 야망에 사로잡힌 나머지, 분별력을 잃어버려 나무가 심겨 있고 넓은 참호가 산재한 복잡한 장소로 이끌려 들어가게 되었다. 여기서 클레오메네스가 뤼디아데스를 공격했고 뤼디아데스는 고향 성문 앞에서 눈부시고 지극히 명예로운 싸움을 벌인 끝에 죽음을 맞았다.

남은 병사는 주 병력을 향해 되돌아왔고 중무장 보병대를 혼란에 빠뜨렸으며 전군을 패배로 물들였다. 아라토스는 뤼디아데스를 배신했다고 여겨졌으므로 이 일로 극심한 비난을 받았다. 분노에 찬 아카이아 군대는 전장을 떠나면서 아라토스를 억지로 아이기온까지 데리고 갔다. 그리고 아이기온에서 회의를 열어 아라토스에게 전쟁 자금이나 용병 유지비를 주지 않기로 투표로 결정했다. 아라토스는 이제 전쟁을 벌이려면 비용도 직접 마련해야 했다.

XXXVIII.

모욕적인 처사에 분개한 아라토스는 당장 인장을 포기하고 사령관직을 사임하고 싶었지만 고민 끝에 당분간 참기로 했다. 그리고 아카이아 군대를 오르코메노스로 이끌고 가서 클레오메네스의 양아버지 메기스토노오스와 전투를 벌였고 여기서 승리해 적병 3백을 죽이고 메기스토노오스를 포로로 잡았다.

이어서 다시 사령관에 오를 차례가 되었을 때 아라토스는 2년마다 아카이아 사령관에 올랐던 과거와 달리 정식으로 사령관직을 거절했고 결국 티모크세노스가 사령관이 되었다. 흔히들 아라토스가 민중에 대한 분노로 사령관직을 거부했다고 주장하는데, 이것은 설득력이 없고 아마도 아카이아가 처한 정세가 그 이유를 제공했을 것이다. 클레오메네스의 침략은 전처럼 약하거나 제한되어 있지 않았고 민중의 제재를 받고 있지 않았다. 에포로스들을 죽이고 토지를 분배한 뒤 여러 이민자에게 시민권을 주어 무책임한 권력을 손에 넣은 클레오메네스는 아카이아를 심하게 압박하며 패권을 요구하고 있었다.

사람들은 국가라는 배가 엄청난 파도와 폭풍 속을 떠다닐 때 방향타를 놓고 남에게 맡겼던 아라토스를 비난한다. 설령 민중이 바라지 않더라도 우두머리가 되어 민중을 구했어야 한다는 것이다. 아라토스가 만약 아카이아의 힘과 통치력을 비관했다면 클레오메네스에게 양보했어야 한다. 펠로폰네소스에 다시 마케도니아 수비대를 들여 이방인으로 들끓게 하거나 아크로코린토스를 일뤼리아와 갈리아 무기로 채운 것은 잘못이었다. 아라토스 자신이 언제나 전쟁과 정치의 장에서 정복했고 회고록에서 비난했던 상대를 동맹 관계라는 미명 아래 헬라스 도시들의 주인으로 앉힌 것은 잘못이었다.

클레오메네스가 법을 무시하곤 했고 독단적이기는 했지만 그래도 헤라클레스의 자손이었고 스파르테가 고향이었다. 헬라스 민족의 고귀한 혈통을 조금이라도 중시하는 사람이라면 스파르테의 가장 형편없는 시민이 마케도니아의 최고 시민보다 헬라스의 지도자로서 더 적합하다는 사실을 안다. 심지어 클레오메네스는 아카이아 동맹에 총지휘권을 요구할 때 지휘권이 주어지면 그 명예와 이름에 대한 보답으로 아카이아 동맹에 여러 이익을 주겠다고 약속했다. 반면 안티고노스는 육지와 해상에서 전권을 가진 지도자로 선포된 뒤에도 그 대가로 아크로코린토스를 약속받기 전에는 지휘권을 수락하지 않았다. 안티고노스는 아이소포스의 이야기에 나오는 사냥꾼과 다름없었다.

아카이아가 사절을 보내고 법령을 만드는 등, 등을 내밀고 제발 타라고 해도 안티고노스는 아카이아가 수비대를 받아들이고 볼모를 주기까지, 즉 고삐와 재갈을 허락할 때까지 꿈쩍하지 않은 것이다. 그러나 아라토스는 어쩔 수 없는 상황이었다고 온갖 변명을 한다. 반면 폴뤼비오스는 어쩔 수 없는 상황이 닥치기 오래전부터 아라토스가 클레오메네스의 불같은 성격을 불신했으며 안티고노스와 몰래 교섭을 했다고 말한다. 메갈로폴리스가 아카이아에 안티고노스를 불러달라고 간청한 일도 아라토스가 꾸민 사건이었다고 한다. 당시 클레오메네스가 끊임없이 메갈로폴리스의 영토를 약탈하고 있었으므로 메갈로폴리스는 그 어느 도시보다 큰 시련을 겪고 있었다.

퓔라르코스도 비슷한 주장을 하고 있는데 폴뤼비오스가 같은 주장을 하고 있기에 망정이지 퓔라르코스의 주장은 전적으로 신뢰할 것은 못 된다. 클레오메네스에게 호감을 가지고 있었던 퓔라르코스는 언제나 신이 나서 칭찬만 늘어놓았기 때문이다. 그가 쓴 역사서를 보면 그는 법정에 선 듯 줄기차게 아라토스를 비난하고 클레오메네스를 변호하고 있다.

XXXIX.

아무튼, 아카이아 동맹은 클레오메네스에게 다시금 만티네이아를 빼앗겼고 헤카톰바이온에서 참패한 뒤 망연자실하여 그 즉시 클레오메네스를 아르고스로 불러 지도권을 맡기고자 했다. 그러나 아라토스는 클레오메네스가 군대를 거느리고 레르나에 있으며 아르고스로 오는 길이라는 소식을 듣자마자 앞일이 두려웠다. 그리하여 클레오메네스에게 사절을 보내 동맹국을 방문하듯 병사 3백 명만을 데리고 올 것을 주문했고 불안하다면 볼모를 주겠다고 했다. 클레오메네스는 아라토스가 자신을 깔보고 모욕하고 있다며 군대를 이끌고 돌아갔다. 그리고 아카이아에 아라토스에 대한 신랄한 비난을 담은 편지를 보냈다. 아라토스 또한 클레오메네스를 비난하는 편지를 썼다. 두 사람 간의 비방과 욕설은 상대의 결혼 생활과 아내를 깔아뭉개는 지경까지 이르렀다.

이 결과 클레오메네스는 전령을 보내 아카이아 동맹에 전쟁을 선포했고 역적의 도움으로 시퀴온을 사로잡을 뻔했다. 그러나 시퀴온에 근접해서 방향을 돌린 클레오메네스는 펠레네를 공격해 빼앗았고 펠레네에 있던 아카이아 지휘관은 뺑소니를 쳤다. 클레오메네스는 얼마 가지 않아 페네오스와 펜텔레이온도 사로잡았다. 다음으로 아르고스가 넘어갔고 플리우스는 클레오메네스가 보낸 수비대를 받아들였다. 한마디로 아카이아 동맹이 획득했던 도시 가운데 그 어느 곳도 확실히 아카이아의 편이 아니었고 엄청난 혼란이 갑자기 아라토스를 에워싼 것이다. 아라토스의 눈앞에서 펠로폰네소스가 흔들렸고, 침착할 줄 모르는 선동가들이 일으킨 반란의 움직임에 온 사방의 도시들이 꿈틀거렸다.

XL.

단 한 곳도 조용하거나 현 상태에 만족하지 않았다. 심지어 시퀴온과 코린토스에도 클레오메네스와 교섭을 한다고 알려진 사람들이 많았다. 사적인 지배욕을 가지고 오래전부터 공공의 이익에 은밀한 적개심을 키워왔던 사람들이었다. 이런 자들을 처벌하기 위해 아라토스에게는 절대 권력이 주어졌다. 아라토스는 먼저 시퀴온에서 부패한 자들을 붙잡아 사형에 처했다. 이어서 코린토스에서 같은 부류를 찾아내 벌하려고 하자 민중이 불쾌감을 드러냈다. 민중은 이미 아카이아 동맹의 통치에 대한 불만으로 몹시 언짢은 상태였다.

코린토스 시민은 서둘러 아폴론 신전에 모여 아라토스를 불렀다. 그를 죽이거나 붙잡은 다음 반란을 일으킬 작정이었다. 아라토스는 어떤 의혹도 의심도 없다는 듯 말을 끌고 나타났다. 그러자 시민들은 너 나 할 것 없이 벌떡 일어나 아라토스에게 욕설과 비난을 퍼부었다. 아라토스는 차분한 표정을 유지하며 부드러운 말로 무작정 소리부터 지르지 말고 자리에 앉으라고 했다. 그리고 밖에 있는 사람들도 들여보내라고 했다. 이렇게 말하면서 그는 서서히, 마치 누군가에게 말을 맡기고 올 것처럼 뒷걸음질 쳤다.

이같이 군중을 빠져나온 아라토스는 만나는 코린토스 시민 모두와 차분하게 말을 나누며 아폴론 신전으로 가도록 당부했다. 이런 식으로 상대가 눈치를 채기도 전에 요새 근처까지 왔다. 그런 뒤 말에 올라탄 아라토스는 요새를 지키고 있는 수비대 지휘관 클레오파테르에게 요새를 단단히 방어하라고 이르고는 시퀴온으로 말을 몰았다. 아라토스를 따른 병사는 서른 명에 지나지 않았고 나머지는 그를 버리고 흩어지고 없었다.

곧 코린토스 시민은 아라토스가 도주했음을 깨닫고 추격을 시작했으나 따라잡지 못했다. 시민들은 다음으로 클레오메네스에게 사람을 보내 코린토스를 넘겼다. 클레오메네스는 코린토스를 손에 넣음으로써 얻은 이익보다 아라토스를 놓쳐서 얻은 손실이 훨씬 크다고 생각했다. 이어서 그는 악테 지역의 주민들로부터 도시들을 넘겨받은 뒤 아크로코린토스 주위로 방벽과 울타리를 치기 시작했다.

XLI.

그러나 일부 아카이아 사람들이 시퀴온에서 아라토스와 합류했고 이곳에서 열린 의회에서 아라토스는 전권을 가진 사령관으로 선출되었다. 아라토스는 고향 시민들로 호위대를 구성해 거느렸다. 33년간 아카이아 사람들 사이에서 정세를 돌보고 어떤 헬라스 사람보다 큰 권력과 명성을 누렸던 아라토스였다. 그러나 동맹국들로부터 버림을 받고 처참히 부서진 그는 마치 고향이라는 난파선의 잔해에 올라타 거대한 파도와 위험을 무릅쓰며 표류하는 듯했다.

아라토스는 아이톨리아에 도움을 요청했지만 거절당했고, 아테나이는 아라토스의 은혜에 보답하고 싶었지만 에우뤼클레이데스와 미키온에게 제지를 당했다. 한편 클레오메네스는 코린토스에 있는 아라토스의 주택과 재산에 손을 대지 않았으며 누구도 건드리지 못하게 했다. 그리고 아라토스의 동료와 재산 관리인을 불러 아라토스에게 보고해도 될 만큼 세심하게 재산을 관리하고 보호하도록 했다.

뿐만 아니라 클레오메네스는 비밀리에 트리퓔로스를 아라토스에게 보냈고 이후 양아버지 메기스토노오스도 보냈다. 아라토스가 프톨레마이오스에게 받고 있었던 금액의 두 배였던 12탈란톤을 매년 제공하고 그

밖의 여러 혜택을 주겠다고 두 사람을 통해 약속한 것이다. 그 대가로 클레오메네스는 아카이아 동맹의 지도자가 되고 아카이아와 함께 아크로코린토스를 공동으로 점령하길 원했다. 그러자 아라토스는 자신이 정세를 쥐고 있는 것이 아니라 정세가 자신을 쥐고 있다고 대답했다.

그러자 조롱을 당했다고 생각한 클레오메네스는 단번에 시퀴온의 영토를 침략했고 약탈했으며 황폐하게 만들었다. 그리고 시퀴온 앞에 진영을 치고 석 달을 머물렀다. 아라토스는 이 모든 것을 침착하게 버티어냈으며 안티고노스에게 아크로코린토스를 약속하고 동맹 관계를 수립할지 고민했다. 안티고노스는 아크로코린토스를 넘기지 않는다면 다른 어떤 조건을 걸어도 도움을 줄 수 없다고 버티고 있었다.

XLII.

이렇게 되자 아카이아 사람들은 아이기온에 모여 아라토스를 초청했다. 그러나 클레오메네스가 시퀴온 성밖에 진영을 치고 있었으므로 아라토스가 아이기온으로 가자면 위험을 무릅써야 했다. 뿐만 아니라 시퀴온 시민이 그를 만류했고 적이 가까이 있는 동안 모습을 드러내지 말라고 간청했다. 여인과 아이들도 아라토스에게 매달렸고 그를 모두의 아버지, 은인이라고 부르며 눈물을 머금고 껴안았다. 그럼에도 아라토스는 시민들을 달래고 위로한 뒤 말을 타고 바다로 내려갔다. 동료 열 명과 성인이 된 아들도 함께였다.

해안에는 배가 닻을 내리고 있었고 아라토스 일행은 이 배를 타고 의회가 열리는 아이기온으로 갔다. 의회는 안티고노스를 불러들이고 그에게 아크로코린토스를 넘기기로 투표로 결정했다. 아라토스는 심지어 다른 볼모와 함께 아들도 안티고노스에게 보냈다. 코린토스 시민은 분개했고 아라토스의 재산을 약탈했으며 그의 주택을 클레오메네스에게 선물했다.

XLIII.

이윽고 안티고노스가 마케도니아 보병 2만 2천, 기병 1천3백을 이끌고 다가왔고 아라토스가 최고 의원들을 동반하고 바다로 나갔다. 적을 피해 페가이에서 안티고노스와 합류하기 위함이었다. 아라토스는 안티고노스를 크게 신뢰하지는 않았고 마케도니아 민족은 전혀 믿지 않았다. 아라토스 자신이 마케도니아에 피해를 입히고 세력을 얻은 터였고 선왕 안티고노스에 대한 증오를 가장 중요하고 우선적인 발판으로 삼아 모든 일을 진행했었기 때문이다.

그러나 지도자는 시급한 요구의 노예이기 마련이고 아라토스도 시급한 요구에 맞추어 불가피한 선택을 하지 않을 수 없었으므로 근심스러운 만남을 위해 발길을 옮겼다. 그러나 안티고노스는 아라토스 일행이 도착했을 때 일행에게는 평범하고 적정한 환영 인사를 건넸으나 아라토스에게는 첫 만남부터 최고의 경의를 표했고 이후 그가 훌륭하고 지혜로운 인물이라는 사실을 절감한 뒤에는 그와 더욱 가까이 지내고자 했다.

아라토스는 왕이 큰 과업을 수행할 때도 도움이 되었을 뿐만 아니라 왕이 여가를 보낼 때에도 가장 좋은 동행이 되어주었던 것이다. 안티고노스는 젊었지만 아라토스가 왕의 친구로서 적합한 본성을 갖고 있다고 느끼자마자 아라토스를 추종한 어느 마케도니아 혹은 아카이아 사람보다 아라토스와 더욱 친밀하게 지냈다. 아라토스가 희생 제물에서 엿보았던 신의 뜻이 사실로 나타난 것이다.

안티고노스를 만나기 얼마 전 아라토스는 제물을 바치고 제물의 간에서 길죽한 지방 덩어리에 싸인 쓸개 두 개를 발견했다. 그러자 예언자는 아라토스가 자신이 가장 증오하고 극복하고자 하는 대상과 친밀한 우정을 나누게 된다고 했다. 당시 아라토스는 예언에 큰 의미를 두지 않았는데 원래 제물이나 예언을 잘 믿지 않았고 그보다는 자기의 판단력을 믿었기 때문이다.

이후 전쟁이 무리 없이 진행되는 가운데 코린토스에서 만찬을 준비한 안티고노스는 여러 손님을 초대했고 아라토스의 침상을 자신의 침상 바로 위쪽에 두었다. 얼마 지나지 않아 왕은 덮개를 요청하며 아라토스에게 춥지 않느냐고 물었다. 아라토스가 제법 쌀쌀하다고 대답하자 왕은 아라토스를 가까이 오도록 했고 두 사람은 하인이 가져온 담요를 함께 덮게 되었다. 그때 아라토스는 희생 제물에서 보았던 징조를 떠올렸고 웃음을 터뜨렸으며 왕에게 그 징조와 예언자의 예언에 관해 이야기했다. 그러나 이것은 나중에 벌어진 일이다.

XLIV.

안티고노스와 아라토스는 페가이에서 충성 맹세를 나누고 즉시 코린토스의 적을 향해 행군했다. 곧이어 코린토스 주변에서 전투가 벌어졌다. 클레오메네스의 방벽은 튼튼했으며 코린토스 군대는 맹렬히 도시를 지켰다. 그러나 아라토스의 친구였던 아르고스 사람 아리스토텔레스는 비밀리에 아라토스에게 사람을 보내 만약 아라토스가 군대를 이끌고 아르고스로 온다면 아르고스의 반란을 유도하겠다고 전했다.

아라토스는 안티고노스에게 이를 알린 뒤 병사 1천5백 명을 데리고 이스트모스에서 에피다우로스로 전속력으로 항해했다. 그러나 아르고스는 한발 일찍 반란을 일으켰고 클레오메네스의 수비대를 공격했으며 요새에 가두었다. 소식을 들은 클레오메네스는 적이 아르고스를 사로잡을 경우 무사히 귀환할 방법이 차단될까 염려했으므로 날이 밝기도 전에 아크로코린토스를 버리고 아르고스를 도우러 갔다.

클레오메네스는 가는 길에 적을 일부 무찌르며 먼저 아르고스에 당도했다. 그러나 얼마 후 아라토스가 도착했고 안티고노스도 병력을 데리고 나타나자 클레오메네스는 만티네이아로 후퇴했다. 이렇게 되자 온 도시들이 다시 아카이아로 넘어왔으며 아크로코린토스는 안티고노스에게 넘겨졌다. 한편 아르고스의 사령관으로 선출된 아라토스는 아르고스 시민을 설득해 참주와 역적들의 재산을 안티고노스에게 넘기도록 했다. 아리스토마코스는 켄크레아이에서 고문을 당한 뒤 바다에 던져졌다. 바로 이 행위가 다른 어떤 행위보다 아라토스를 비난의 대상으로 만들었다. 악한도 아니었고 한때 아라토스와 협력했으며 아라토스의 설득 끝에 권력을 내려놓고 아르고스를 아카이아 동맹에 가입시켰던 아리스토마코스를 무법적으로 죽였기 때문이다.

XLV.

곧이어 사람들은 다른 모든 일도 아라토스의 탓으로 돌리기 시작했다. 아카이아가 코린토스를 마치 평범한 마을처럼 취급해 안티고노스 왕에게 선물로 바친 일, 왕이 오르코메노스를 약탈하고 거기 마케도니아 수비대를 주둔시키도록 내버려둔 일, 안티고노스의 허락 없이는 다른 어떤 군주에게도 서신이나 사절을 보낼 수 없다고 법으로 정한 일, 마케도니아 군대에 물자와 자금을 지급하도록 강요받은 일, 왕을 위해 제사, 행렬, 경기를 주최하고 아라토스의 동료 시민이 앞장서서 왕을 아라토스의 손님으로 맞이한 일 등도 죄다 아라토스의 잘못으로 여겨졌다.

왕에게 고삐를 넘기고 왕의 세력에 끌려다녀야만 했던 아라토스가 마음대로 할 수 있는 것은 제 혀밖에 없었고 그마저 제멋대로 놀렸다간 위험했겠지만, 이 사실을 깨닫는 사람은 없었다. 어쨌든 아라토스 역시 왕의 여러 행동에 불만을 드러냈다. 특히 왕이 아르고스에 있는 조각상들을 다룬 방식이 못마땅했다. 왕이 쓰러져 있던 참주들의 형상을 다시 세우고 아크로코린토스를 사로잡았던 인물들의 형상을, 아라토스의 상을 제외하고 모두 쓰러뜨렸던 것이다. 아라토스가 이 문제에 대해 왕에게 여러 차례 호소했으나 왕을 설득할 수는 없었다.

또 아카이아 사람들은 헬라스적 기상에 위배되는 방식으로 만티네이아를 처리했다고 여겨졌다. 아카이아는 안티고노스의 도움으로 만티네이아를 사로잡은 다음 가장 훌륭하고 명망 있는 시민들을 죽였으며 나머지는 노예로 팔거나 사슬로 묶어 마케도니아에 보냈다. 여인과 아이들도 노예로 팔았고 그렇게 벌어들인 돈을 셋으로 나누어 3분의 1은 아카이아가 갖고 나머지는 마케도니아에 보냈다.

사실 이 행위는 합당한 보복에 해당한다. 분노에 사로잡혀 민족과 혈통을 이같이 다룬 것은 끔찍하지만 시모니데스가 말하듯 '극도의 압박감 속에서는 무자비한 행위도 달콤한 법'이고 괴로움과 아픔에 시달렸던 정신은 이 같은 행위를 통해 이를테면 만족을 느끼고 치유를 받기도 한다.

그러나 뒤이어 아라토스가 만티네이아에 저지른 행위는 꼭 필요하지도, 명예롭지도 않은 행위였고 변명의 여지가 없다. 안티고노스로부터 만티네이아를 선물로 받은 아카이아는 이 도시로 주민을 이주시키고자 했고 아라토스에게 새 도시를 건립하게 했다. 당시 사령관이었던 안티고노스는 도시 이름을 만티네이아에서 안티고네이아로 바꾸었고 이 이름이 오늘날까지 이어진다. 아라토스 때문에 '아름다운 만티네이아'가 영영

사라져버렸고 도시는 아직도 기존 시민을 죽이고 없앤 장본인의 이름을 달고 있다.

XLVI.

이후 셀라시아에서 벌어진 중대한 전투에서 패배한 클레오메네스는 스파르테를 버리고 아이귑토스로 건너갔다. 안티고노스는 아라토스에게 여러모로 공정하고 후한 대접을 베푼 뒤 군대를 이끌고 마케도니아로 돌아갔다. 몸져누운 안티고노스는 왕국을 이어받을 후계자였지만 아직 애송이에 지나지 않았던 필립포스를 펠로폰네소스로 보내면서 왕자에게 누구보다 아라토스와 가까이 지낼 것을, 그리고 오직 아라토스를 통해 헬라스 도시들을 상대하고 아카이아 사람들과 사귈 것을 당부했다. 예상대로 아라토스는 왕자를 거두었고 만사를 잘 돌보았으므로 왕자는 보호자 아라토스에 대한 크나큰 호의와 헬라스의 정세를 좌지우지할 야망과 열정을 가득 안고 마케도니아로 돌아갔다.

XLVII.

그러나 안티고노스가 죽자 아이톨리아는 아카이아를 우습게 보았다. 마케도니아 군대 뒤에 몸을 숨긴 채 남의 용맹에 기대어 사는 데 익숙해져 있었던 아카이아 사람들은 몹시 게으르고 무질서한 생활을 이어가고 있었기 때문이다. 따라서 아이톨리아는 펠로폰네소스의 정세에 간섭하기 시작했고 멧세네를 침략하고 약탈했다. 그 김에 파트라이와 뒤메의 영토를 약탈하기도 했다.

그러자 아라토스는 격분했으나 당시 아카이아 사령관이었던 티모크세노스는 임기가 끝나갈 무렵이었으므로 머뭇거리며 늑장을 부렸다. 차기 사령관으로 정해져 있었던 아라토스는 참지 못하고 멧세네를 돕기 위해 닷새 일찍 사령관 직무를 시작했다. 그러나 아카이아 군대는 체력적으로나 정신적으로나 싸울 준비가 되어 있지 않아서 카퓌아이에서 패하고 말았다. 아라토스는 무리하게 원정을 벌였다는 비난을 받은 뒤 다시금 목적의식을 잃었으며 희망을 포기하고 좌절했다. 그러므로 아이톨리아 군대가 허점을 보여도 눈치채지 못했으며 적이 펠로폰네소스에서 아무 거리낌 없이 제멋대로, 이를테면 잔치를 벌이듯 흥청망청 놀도록 내버려두었다.

결국, 아카이아는 다시 한 번 마케도니아로 간절히 손을 뻗었고 필립포스에게 헬라스의 정세를 맡겼다. 아라토스에게 호의와 신뢰를 가진 필립포스가 매사에 너그러울 것 같았고 다루기 쉬울 것 같았기 때문이다.

XLVIII.

이때 처음으로 아펠레스와 메갈레아스를 비롯한 이런저런 대신들이 아라토스에게 거짓 혐의를 씌웠고 왕은 여기 귀를 기울였다. 그래서 왕은 아라토스의 경쟁자 에페라토스의 유세를 도왔고, 결국 에페라토스를 아카이아 동맹의 사령관으로 앉혔다. 그러나 아카이아 사람들은 에페라토스를 몹시 우습게 보았고 아라토스가 정사를 돌보지 않는 한 제대로 되는 게 없었다. 그러자 필립포스는 완전히 착각했다는 사실을 깨달았다. 그리하여 방향을 바꾸어 아라토스에게 되돌아갔고 그에게 전념했다. 그리고 상황의 진전에 따라 세력과 명성이 커질수록 필립포스는 아라토스에게 더욱 의지했다. 명성과 권력이 아라토스 덕분이라고 확신했기 때문이다.

온 세상 역시 아라토스가 민주정뿐만 아니라 왕정에도 적합한 수호자이자 스승이라고 생각했다. 아라토스의 원칙과 인품이 필립포스 왕의 행동에서 마치 옷감의 빛깔처럼 드러났기 때문이다. 예를 들어 젊은 필립포스가 실수를 범한 라케다이몬 사람들을 온건하게 다루었을 때, 크레테와 어울린 지 며칠 만에 온 섬이 복종하게 만들었을 때, 그리고 아이톨리아와 벌인 원정을 놀라우리만치 활기차게 지휘했을 때, 조언을 따른 필립포스도 좋은 평판을 얻었고 조언을 건넨 아라토스 역시 좋은 평판을 얻었다.

이런 이유에서 왕의 대신들은 아라토스를 더욱 시기했고 은밀한 비방도 소용이 없다는 것을 깨닫고 만찬장에서 드러내놓고 상스러운 욕설과 비난을 아낌없이 퍼부었다. 하루는 저녁 식사를 마치고 막사로 돌아가는 아라토스를 뒤따라가며 돌을 던지기까지 했다. 분노한 필립포스는 일단 벌금 20탈란톤을 부과했으나 이후 그들이 정세에 혼란을 가져오는 번거로운 요소임을 깨닫고 처형했다.

XLIX.

그러나 왕의 운수가 계속해서 평탄했던 만큼 왕은 연이은 성공에 우쭐하게 되었고 여러 과도한 욕망을 품게 되었다. 게다가 타고난 악한 마음씨가 가식을 걷어 젖히고 표면으로 올라왔으며 서서히 본성을 누설하고 드러냈다. 그는 먼저 아라토스의 아들인 아라토스의 아내를 타락하게 만들었는데 한집에 살고 있었고 손님 자격으로 머물고 있었으므로 오랫동안 발각되지 않을 수 있었다. 이어서 그는 헬라스의 도시 국가들에 적개심을 보이기 시작했으며 곧이어 아라토스를 떨치려는 마음을 노골적으로 드러냈다.

먼저 멧세네에서 필립포스가 보여준 행동이 의혹을 불러일으켰다. 멧세네에서 파벌 싸움이 벌어졌을 때 아라토스는 뒤늦게 도움을 주러 왔다. 그러나 하루 먼저 도착한 필립포스는 오히려 두 측을 이간질했다. 먼저 멧세네의 관리들과 비밀리에 만나 평민을 법으로 제지할 수 없느냐고 물었고, 이어진 민중 지도자들과의 비밀 모임에서 왜 폭군들을 혼내주지 않느냐고 물었다. 이에 멧세네의 관리들은 용기를 얻어 민중 지도자들을 벌하려고 했고 민중 지도자들은 지지자들을 거느리고 진격하여 관리들을 죽이고 그 밖에도 시민을 2백 명 가까이 죽였다.

L.

필립포스는 이 같은 터무니없는 짓을 한 뒤에도 멧세네 사람들끼리 싸움을 붙이려고 더욱 애를 썼고 그 와중에 아라토스가 멧세네에 도착했다. 아라토스는 제 분노를 숨기지 않았을 뿐만 아니라 필립포스를 신랄하게 비판하고 헐뜯는 아들을 제지하지도 않았다. 한편 아라토스의 아들 아라토스는 필립포스와 연인 관계였던 것으로 보인다. 그래서 이때 필립포스에게, 끔찍한 행위를 저지른 그가 더 이상 아름다워 보이지 않으며 극도로 혐오스럽다고 말하기도 했다. 필립포스는 아라토스가 말을 하는 동안 분노를 억누르지 못하고 여러 차례 험악하게 고함을 질렀으므로 뭐라고 대답을 할 것 같았지만, 끝까지 입을 열지 않았다고 한다.

다만 순순히 인정한다는 듯, 그리고 자신은 절제할 줄 아는 상식적인 사람이라는 듯 아버지 아라토스의 손을 잡고 극장 밖으로 나왔으며 그를 데리고 이토마타스로 갔다. 제우스 신에게 제를 올리고 경치를 감상하기 위해서였다. 이토마타스는 아크로코린토스처럼 사방이 벽으로 둘러싸여 있었으며 여기 수비대가 주둔하는 한 접근이 힘들었고 이웃이 힘으로 빼앗기도 어려웠다. 필립포스는 바로 이 장소로 올라갔고 희생 제물을 바쳤으며 예언자가 황소의 내장을 가지고 오자 두 손으로 받아 들었다. 그리고 아라토스와 파로스 출신 데메트리오스를 향하여 차례로 내장을 보여주며 어떤 징조가 보이는지, 자신이 요새의 주인이 될 수 있을 것인지, 아니면 요새를 멧세네 인들에게 돌려주게 될 것인지 물었다. 그러자 데메트리오스는 웃으며 대답했다.

"전하께 예언자의 기질이 있다면 요새를 포기하실 테지만 왕의 기질이 있다면 황소의 두 뿔을 붙잡고 놓지 않으실 테지요."

이 말은 펠로폰네소스에 대한 암시로 만약 필립포스가 아크로코린토스를 가진 데 이어 이토마타스를 가진다면 펠로폰네소스가 왕에게 전적으로 굴복하고 복종하리라는 의미였다. 아라토스는 한동안 침묵을 지키다가 필립포스가 의견을 청하자 말했다.

"필립포스 왕이시여, 크레테에는 높은 산이 많습니다. 보이오티아와 포키스에도 높다란 요새가 많습니다. 아카르나니아도 마찬가지입니다. 육지에도 해안에도 난공불락의 장소들이 많을 것입니다. 왕께서는 이 가운데 어느 것도 점령하고 있지 않지만, 이 모든 지역의 주민은 기꺼이 왕의 지시를 따릅니다. 이들은 왕을 위해 크레테 바다를 개방하고 펠로폰네소스를 개방합니다. 이들 덕분에 왕께서는 젊은 나이에 이미 크레테에서 지도자가 되셨으며 펠로폰네소스에서 주인이 되셨습니다."

아라토스가 말을 채 끊기도 전에 필립포스는 내장을 예언자에게 건네주고 아라토스의 손을 잡아끌면서 말했다.

"그렇다면 이리 오시오. 우리 한길을 갑시다."

아라토스의 만류로 멧세네를 포기한다는 뜻이었다.

LI.

이 직후 아라토스는 점점 왕실에서 멀어지기 시작했고 조금씩 필립포스와의 친밀한 관계에서 벗어났다. 왕이 에페이로스로 건너가기 직전 아라토스에게 원정을 함께하자고 권했으나 아라토스는 거절하고 집에 남았다. 왕의 행위로 인해 불명예를 뒤집어쓰고 싶지 않았던 것이다. 결국, 필립포스는 로마군에게 함대를 빼앗기는 수치를 당했고 처절한 실패를 맛본 뒤 펠로폰네소스로 돌아왔다. 그리고 다시 멧세네를 농락하려다가 들통이 나자 드러내놓고 멧세네를 침략했으며 멧세네 영토를 약탈했다.

이렇게 되자 아라토스는 왕과 완전히 멀어졌고 왕에 대한 불신으로 가득 찼다. 왕이 아라토스의 집안에서 어떤 죄를 범했는지도 이때 알게 되었다. 아라토스는 이 일로 몹시 불쾌했지만, 아들에게는 말하지 않았다. 말했다 한들 모욕을 당했다는 사실을 알게 될 뿐 앙갚음할 방도가 없을 터였기 때문이다.

LII.

왕이 애초부터 아라토스에게 가졌던 감정은 수치와 두려움이 혼합된 감정이었으며 이 감정은 왕이 마지막으로 취한 행동을 통해 명백히 드러났다. 왕은 아라토스를 없앨 작정이었다. 아라토스가 살아 있는 한, 참주나 왕이 되기는커녕 자유롭지조차 못할 것 같았다. 그러나 왕은 폭력적인 방법으로 아라토스를 죽이려 들지 않고 신하이자 동료인 타우리온에게 자신이 없는 사이 은밀한 방법으로, 될 수 있으면 독약으로 아라토스를 죽이라고 지시했다.

그리하여 타우리온은 아라토스에게 가까이 접근했고 독약을 먹였다.

이 약은 효과가 빠르거나 급격하지 않았다. 먼저 적당히 몸의 열을 올린 뒤 약한 기침을 유발하고 점차 몸을 쇠약하게 만드는 약이었다. 아라토스는 이 사실을 모르지 않았으나 범인을 밝혀보았자 소용이 없다는 것을 알고 마치 가볍고 흔한 병에 걸린 듯 침착하게 그리고 말없이 괴로움의 잔을 남김없이 들이켰다.

그러나 방 안에 함께 있던 동료가 피를 토하는 아라토스를 보고 놀라움을 표하자 아라토스는 말했다.

"케팔론, 바로 이것이 왕과의 우정에 대한 대가라네."

LIII.

아라토스는 이렇게 아이기온에서 생을 마감했다. 아카이아 사령관으로서 열일곱 번째 임기를 수행하는 중이었다. 아카이아 사람들은 아이기온에 아라토스를 묻고 싶어 했고 아라토스의 생애에 어울리는 기념물을 세우고자 했다. 그러나 시퀴온 사람들은 아라토스를 고향에 묻지 못한다면 그것은 재앙이라고 여기고 아카이아 사람들을 설득하여 시신을 넘기도록 했다.

그러나 시퀴온에는 죽은 사람을 성안에 묻을 수 없다는 오래된 법이 있었고 이 법은 강렬한 미신이 뒷받침했다. 따라서 시퀴온 시민은 델포이로 사람을 보내 퓌토의 여사제에게 이 문제에 관해 조언을 듣고자 했다. 여사제의 답은 다음과 같았다.

"시퀴온, 수많은 생명을 구원한 아라토스에게 끝없는 경의를 표하고 세상을 떠난 주인을 위해 경건한 장례를 치르지 않겠는가? 그를 억누르고 그가 억누르는 장소는 땅이 되었든 하늘이 되었든 바다가 되었든 신성하다는 것을 알라."

신탁이 도착하자 아카이아 사람들은 모두 기뻐했고 특히 시퀴온 사람들은 추모 분위기를 축제 분위기로 바꾸었으며 화환과 흰옷을 걸치고 춤을 추고 찬양을 하며 아라토스의 시신을 아이기온에서 시퀴온으로 가지고 왔다. 그리고 명당을 선택하여 아라토스를 묻었으며 그를 시퀴온의 건립자이자 구원자로 칭했다.

이 장소는 오늘날까지 아라테이온이라고 불리며 매년 이곳에서 아라토스에게 희생 제물이 바쳐진다. 그가 시퀴온을 참주로부터 해방한 날을 기념하여 벌어지는 의식, 즉 소테리아는 다이시오스 달 닷샛날, 아테나이 식으로 치면 안테스테리온 달 닷샛날에 열린다. 그리고 기록에 명시된 아라토스의 생일에도 제물을 바쳤다고 한다. 소테리아는 구세주소테르 제우스 신의 사제가 집전했고 아라토스의 생일에 열리는 의식은 아라토스의 사제가 집전했다.

아라토스의 사제는 흰 머리띠가 아닌, 흰색과 자주색이 어우러진 머리띠를 했으며 디오뉘소스의 예인들은 키타라 반주에 찬양을 불렀다. 큄나시아르코스큄나시온의 우두머리도 행렬에 참가해 소년들과 입대 연령이 된 젊은 사내들을 이끌었다. 그 뒤로는 화환을 걸친 의원들이 따랐고 그 밖의 원하는 모든 시민이 뒤따랐다. 오늘날에도 이 같은 제의의 희미한 흔적이 남아 있고 시퀴온 사람들은 여전히 같은 날짜에 제를 올리지만, 세월이 많이 흘렀고 다른 시급한 일들도 많아서 절차 대부분은 소멸되고 없다.

LIV.

아버지 아라토스의 생애와 본성은 이 정도였다. 한편 아들 아라토스는 필립포스로 인해 이성을 잃었다. 혐오스러운 본성을 타고났을뿐더러 제멋대로 권력을 휘두르며 포악한 잔혹성을 드러냈던 필립포스는 아들 아라토스에게도 독약을 먹였는데 아라토스를 죽이지는 않았으되 미치게 했다. 이 때문에 아라토스는 기이하고 끔찍한 충동의 먹잇감이 되었으며 터무니없는 짓을 일삼게 되었고, 수치스러울 뿐만 아니라 파괴적인 경험에 손을 대게 되었다. 따라서 한창때의 젊은이에게 찾아온 죽음은 재앙이 아니라 차라리 해악으로부터의 해방이자 구원이었다.

이같이 불경스러운 죄를 범한 대가로 필립포스는 평생, 인심과 우정을 수호하는 제우스 신의 응당한 처벌을 받았다. 로마에 정복을 당하고 로마에 운명을 맡긴 필립포스는 영토 대부분을 빼앗겼으며 함선 다섯 척을 제외한 함대 전부를 빼앗겼다. 그밖에 1천 탈란톤을 지급하는 데 동의했으며 아들을 볼모로 넘겼고 오로지 로마의 연민 덕분에 마케도니아와 속국을 계속 다스릴 수 있었다. 그러나 필립포스는 계속해서 지극히 훌륭한 대신들과 가까운 친지들을 죽이면서 왕국을 공포, 그리고 왕에 대한 증오로 가득 채웠다.

필립포스에게 주어진 온갖 불행 가운데 한 가지 행운은 빼어난 아들이었다. 그러나 필립포스는 로마 시민이 아들에게 존경을 보내자 시기와 질투를 참지 못하고 이 아들을 죽이고 왕국을 남은 아들 페르세우스에게 물려주었다. 페르세우스는 적자도 아니었거니와 재봉사 그나타이니온이 데려온 태생이 의심스러운 아들이었다고 한다. 결국, 페르세우스 왕은 아이밀리우스의 개선 행진을 장식했으며 안티고노스 왕조의 마지막 왕이었다. 반면 아라토스의 자손은 내 세대에 이르기까지 시퀴온과 펠레네에 살고 있다.

PLUTARCH LIVES

필로포이멘

I.

클레안드로스는 만티네이아에서 가장 고귀한 혈통과 가장 큰 영향력을 가진 인물이었으나 여러 역경과 마주쳤으며 고향에서 추방을 당했다. 그러자 그는 메갈로폴리스로 갔는데 그곳에 사는 필로포이멘의 아버지 크라우기스가 그곳으로 간 주된 이유였다. 모든 면에서 뛰어났던 크라우기스는 클레안드로스의 절친한 친구이기도 했다. 크라우기스가 살아 있는 한 클레안드로스는 조금도 부족함이 없었고 크라우기스가 죽자 은혜에 보답하고 싶었던 클레안드로스는, 호메로스의 이야기 속에서 포이닉스가 아킬레우스를 돌보았듯, 고아가 된 크라우기스의 아들을 돌보았다. 그리하여 소년의 성품은 처음부터 고귀하고 왕다운 모습으로 자라났다.

필로포이멘이 소년티를 벗자마자 메갈로폴리스의 엑데모스와 메갈로파네스가 보호자가 되었다. 두 사람은 아카데메이아에서 아르케실라오스와 동료였으며 철학에 근거한 정치 행위와 정세의 관리에 당대 누구보다 능한 사람들이었다. 두 사람은 비밀리에 아리스토데모스의 암살을 계획하여 고향을 참주정으로부터 해방했고 아라토스와 힘을 합쳐 시퀴온의 참주 니코클레스를 몰아냈다. 그리고 시민의 요청에 따라, 혼란과 정치적 병폐로 가득했던 퀴레네로 가서 법과 질서를 도입하고 나라 안의 일들을 최선의 방향으로 정리했다.

한편 두 사람은 필로포이멘을 잘 가르친 일을 자신들의 여러 업적 가운데 하나로 꼽았다. 자신들의 철학적 가르침이 필로포이멘을 헬라스 전체에 이로운 사람으로 만들었다고 믿었던 것이다. 실로 필로포이멘은 헬라스가 노년에 낳은 아들과 같았고 헬라스의 옛 지휘관들의 덕을 곧이 전수받아서 헬라스는 필로포이멘을 무척 사랑했고 필로포이멘의 명성이 자랄수록 헬라스는 필로포이멘의 세력을 키워주었다. 한 로마 사람은 필로포이멘을 최후의 헬라스 사람이라고 말했는데 필로포이멘 이후 헬라스가, 헬라스의 명성에 어울리는 어떤 위인도 더는 낳지 못했다는 뜻이었다.

II.

필로포이멘의 외모는 일부 의견과 달리 못나지 않았는데 델포이에 오늘날까지 남아 있는 필로포이멘의 형상이 이 사실을 뒷받침한다. 어느 메가라 가정의 안주인이 필로포이멘을 알아보지 못해 벌어진 사건은 그가 소탈하고 수수했기 때문에 생긴 일이다. 이 안주인은 아카이아 사령관이 집으로 올 예정이라는 소식에 정신없이 저녁 식사를 준비했다. 남편은 마침 집에 없었다. 그 와중에 필로포이멘이 평범한 군용 외투를 입고 집으로 왔는데 안주인은 사내가 사령관에 앞서 당도한 하인이라고 생각해서 그에게 일을 도와달라고 부탁했다. 필로포이멘은 그 즉시 외투를 벗어던지고 장작을 패기 시작했다. 그때 집으로 돌아온 집주인이 필로포이멘을 보고 말했다.

"이게 무슨 일입니까, 사령관님?"

"무슨 일이겠습니까? 다 내가 못생겼기 때문이지요."

필로포이멘이 진한 도리아 사투리로 대답했다.

티투스 플라미니누스가 필로포이멘의 외모를 두고 다음과 같은 농담을 던진 적도 있다.

"필로포이멘, 그대의 팔다리는 굉장히 보기 좋지만 그렇게 배가 나오지 않아서 어쩔꼬."

실제로 필로포이멘의 허리는 매우 날씬했다. 그러나 이것은 필로포이멘에게 전쟁 물자가 충분치 않기 때문에 나온 농담이다. 필로포이멘은 훌륭한 중무장 보병과 기병을 거느리고 있었으나 종종 자금이 부족했다. 이 같은 여러 일화는 주로 철학자들 사이에서 전해지고 있다.

＊ 피터 폴 루벤스(Peter Paul Rubens)와 프란스 스니데르스(Frans Snyders)가
그린 『정체가 드러난 필로포이멘』.
＊＊ 피에르 장 다비드(Pierre Jean David)의 『다친 필로포이멘』.

III.

한편 필로포이멘은 명예욕이 특히 강해서 경쟁심으로부터 자유롭거나 분노가 없지 않았다. 누구보다 에파메이논다스를 본받고 싶어 했던 필로포이멘은 에파메이논다스의 정력과 슬기, 돈에 대한 무관심을 열심히 모방했다. 그러나 쉽게 화를 냈고 다투기 좋아해서 위대한 에파메이논다스의 너그러움, 진중함, 정치적 논쟁에서의 세련된 태도를 따라 하지는 못했다. 따라서 필로포이멘은 정치가보다는 군인에 어울리는 본성을 타고났다고 여겨졌다.

어린 시절부터 필로포이멘은 군인의 삶을 동경했고 중무장 격투 기술이나 마술 등 군인이 되는 데 유용한 가르침을 기꺼이 받아들였다. 씨름에도 소질이 있었는데, 친구들과 보호자들이 운동을 시작하라고 권하자 필로포이멘은 운동을 할 경우 군사 훈련에 해가 되지 않을지 물었다. 그러자 그들은 운동선수와 군인의 신체 활동이나 생활 습관은 완전히 별개라고 대답했는데 이것은 사실이었다. 특히 식단과 훈련 방식이 달랐는데 운동선수는 잠을 많이 자고 지속적으로 과다한 음식을 섭취해야 했으며 건강 상태를 유지하거나 향상하기 위해 정해진 시간에 활동을 하고 휴식을 해야 했다. 조금이라도 흐트러지거나 정해진 틀에서 조금이라도 벗어나면 상태는 악화될 수 있었다. 반면 군인은 온갖 불규칙과 불균형에 익숙해야 했으며 무엇보다 굶주림과 수면 부족을 쉽게 견디어낼 수 있도록 단련해야 했다.

대답을 들은 필로포이멘은 저부터 운동을 멀리했을뿐더러 이후 사령관이 되었을 때 군대에서 모든 형태의 운동을 몰아냈고 운동에 가능한 모든 치욕과 불명예의 낙인을 찍었다. 전장에서 벌어질 피할 수 없는 싸움에서 도움이 될 만한 사람들을 운동이 쓸모없게 만든다는 이유였다.

IV.

스승과 가정교사들에게서 벗어난 뒤 필로포이멘은 동료 시민들과 함께 스파르테 영토를 침략했고 약탈과 도둑질에 참여했다. 필로포이멘은 항상 맨 앞에서 출발했고 마지막으로 돌아왔다. 한가할 때는 사냥을 통해 몸을 단련함으로써 민첩하면서도 탄탄한 몸을 가지게 되었다. 농사일을 하기도 했다. 성에서 20스타디온 거리에 훌륭한 농장을 소유하고 있었기 때문이다. 필로포이멘은 매일 점심이나 저녁 식사 후 이 농장으로 가서 여느 농부와 다름없이 평범한 짚더미 침대에 누워 잠을 잤다. 그리고 새벽이 되면 일어나 포도를 재배하는 사내들이나 가축을 치는 사내들과 함께 일을 했다. 그런 다음 성으로 돌아가 동료나 관리들과 함께 공무를 돌보았다.

원정에서 번 돈은 말이나 갑옷을 사는 데 쓰거나 포로의 반환금으로 지급했다. 재산은 오직 농장에서 나온 이익으로 늘렸는데 이것이 돈을 버는 가장 정당한 방법이라고 생각했기 때문이다. 농사일을 단지 부업으로 여긴 것만도 아니다. 필로포이멘은 남의 재산에 손을 대지 않으려는 사람은 자기 재산이 있어야 한다고 생각했다. 그는 또한 철학자들의 토론을 듣고 글을 공부했지만 덕을 높이는 데 도움이 되는 내용에 한해서 공부했다. 호메로스의 서사시의 경우에도 용감한 행위를 야기하는 정신 활동을 부추기고 자극한다고 여겨지는 부분에만 전념했다.

그 밖의 글 가운데 무엇보다 에우안겔로스의 『전략집』에 몰두했고 알렉산드로스의 역사서에도 밝았다. 필로포이멘은 시간을 때우기 위해서, 혹은 쓸데없는 잡담을 위해서 공부하는 경우를 제외하고 학문이 실생활에 도움이 된다고 생각했다. 심지어 전술 원리를 설명해놓은 도표나 도식을 무시하고 현장에서 원리를 증명하고 공부하곤 했다. 경사면이 서로 어떻게 만나는지, 평지가 어떻게 갑자기 끊어지는지, 밀집대형이 협곡이나 웅덩이, 좁은 길목 부근에서 늘어나고 줄어들면서 어떤 변화와 형태를 나타내는지 등을 돌아다니며 직접 연구했으며 동료들과 논의했다. 필로포이멘은 군사 과학에 필요 이상의 열정을 가졌던 것 같다. 그리고 전쟁이 덕을 수행하기 위한 가장 다양한 발판을 제공한다고 생각했기 때문에 전쟁을 몹시 좋아했고 이를 남에게 떠맡긴 사람을 실패자로 여기고 멸시했다.

V.

필로포이멘이 서른 살이 되었을 때 라케다이몬 왕 클레오메네스가 갑자기 밤을 틈타 메갈로폴리스를 공격했고 보초를 제치고 성안으로 들어왔으며 시장을 점령했다. 필로포이멘은 시민들을 도우러 나타났으며 몸을 아끼지 않고 맹렬히 싸웠으나 적을 몰아내기에는 역부족이었다. 그러나 시민들을 메갈로폴리스 밖으로 피신시키는 데는 성공했다. 추격해오는 적을 공격하고 클레오메네스를 제 쪽으로 유인한 덕분이었다. 필로포이멘은 말을 잃었고 부상을 입었지만 마지막으로 도주에 성공했다.

그러자 클레오메네스는 메갈로폴리스 시민이 대피한 멧세네로 사람을 보내 메갈로폴리스와 주변 영토, 그리고 성안의 재물을 모두 돌려주겠다고 했다. 시민이 클레오메네스의 제안을 받아들이고 고향으로 돌아가고 싶어 하자 필로포이멘은 반대 입장을 밝히고 시민을 만류했다. 도시를 돌려주려는 것이 아니라 시민들을 끌어들여 도시를 더욱 확고히 손에 넣으려는 속셈이라고 주장한 것이다. 필로포이멘은 클레오메네스가 텅 빈 도시에서 빈집과 울타리를 지킬 리 없고 쓸쓸히 있다가 곧 버리고 떠날 것이라고 했다. 이 같은 말로 필로포이멘은 시민을 설득해 귀환을 막았으나 클레오메네스가 도시 대부분을 짓밟고 파괴한 뒤 전리품을 가득 안고 떠날 구실을 주었다.

VI.

얼마 지나지 않아 안티고노스 왕이 클레오메네스와 싸우고 있는 아카이아를 도우러 왔다. 적이 셀라시아의 여러 고지와 길목을 점령하고 있다는 사실을 안 안티고노스는 적을 공격해 통로를 확보할 목적으로 근처에 병력을 집결시켰다. 필로포이멘은 동료 시민과 함께 마케도니아 기병대에 배치되어 있었다. 한편 필로포이멘을 도와, 전쟁에 능하고 숫자도 많은 일뤼리아 군대가 후방을 맡고 있었다. 명령에 따르자면 이들은 반대편 날개에 있는 안티고노스가 투창에 진홍색 외투를 걸어 신호를 보내기 전까지 조용히 있어야 했다.

그러나 일뤼리아 군대는 지휘관들의 명령을 받고 라케다이몬 군대를 밀어붙이려고 했고 아카이아 군대는 명령에 따라 가만히 제 위치를 지키고 있었다. 그러자 클레오메네스의 아우 에우클레이다스는 적의 대오에 빈 공간이 생긴 것을 눈치채고 서둘러 민첩한 경무장 보병들을 내보냈다. 기병대와 분리된 일뤼리아 군대를 후방에서 공격해 물리치라고 명령한 것이다.

적의 경무장 보병대가 지시에 따라, 혼란에 빠진 일뤼리아 군대를 몰아붙이고 있을 때 필로포이멘은 손쉽게 보병대를 공격할 수 있겠다는 생각이 들었고 기회를 이용해야 한다고 생각했다. 그는 일단 왕의 지휘관들에게 이를 알렸다. 그러나 지휘관들은 설득당하지 않았고 오히려 필로포이멘을 정신 나간 사람처럼 바라보았다. 당시 필로포이멘의 명성은 그토록 중요한 공격을 맡을 만큼 크지 않았다. 필로포이멘은 결국 제 뜻대로 하기로 했으며 동료 시민을 쐐기 모양으로 정렬하고 적을 공격했다. 적의 보병대는 혼란에 빠졌고 이어서 수많은 전사자를 내고 패주했다.

여세를 몰아 필로포이멘은 뒤죽박죽이 되어 버린 적을 재빨리 왕의 군대를 이용하여 덮치고 싶었다. 그리하여 말에서 내렸고 기병용 흉갑과 무거운 무기를 걸친 채 표면이 불규칙하고 개울과 골짜기로 뒤덮인 지점으로 힘겹게 걸어

* 사내가 가죽끈이 달린 창을 들고 있다. 기원전 470년경.

갔다. 그러다 그는 가죽끈이 달린 투창에 양 허벅지를 관통당했다. 상처는 매우 심각했으나 치명적이지는 않았고 창끝은 반대쪽으로 튀어나와 있었다.

필로포이멘은 처음에는 족쇄를 찬 듯 도무지 움직일 수가 없었다. 게다가 가죽끈이 달려 있었기 때문에 창을 들어온 방향으로 다시 뽑기도 어려웠다. 곁에 있던 사람들도 감히 뽑으려 들지 않았다. 그 가운데 전투는 극도로 치열해졌고 의욕이 앞선 필로포이멘은 다시 싸움에 뛰어들고 싶어 초조해졌다. 결국, 다리를 앞뒤로 움직여 투창을 두 동강 낸 필로포이멘은 부러진 창을 양쪽으로 뽑아내게 했다. 이렇게 풀려난 필로포이멘은 칼을 뽑아들고 적을 향해 최전방으로 달려갔다. 그러자 전투병들은 사기가 치솟았고 필로포이멘의 용기를 본받으려는 마음에 부풀었다.

결국, 승리한 안티고노스는 마케도니아 부하들을 불러 왜 명령을 기다리지 않고 기병대를 움직였는지 물었다. 그러자 부하들은 메갈로폴리

스의 한 젊은이가 먼저 적을 공격했으므로 어쩔 수 없이 함께 공격해야 했다고 변명했다. 그러자 안티고노스가 웃으며 말했다.

"젊은이가 대단한 지휘관처럼 굴었군."

VII.

자연히 필로포이멘은 큰 명성을 누리게 되었다. 안티고노스는 필로포이멘을 부하로 삼고자 했고 지휘관직과 보수를 제시했다. 그러나 필로포이멘은 제안을 거절했는데 무엇보다 타인의 명령을 불쾌하고 어렵게 여기는 제 타고난 성격을 모르지 않았기 때문이다. 그러나 할 일 없이 놀고 있기는 싫었으므로 전쟁 훈련과 연습을 위해 복무할 기회를 찾아 크레테로 떠났다. 크레테에서 필로포이멘은 싸움에 능하고 다양한 전쟁 경험이 있는 사람들, 그럼에도 소박하고 절제된 삶을 사는 사람들 사이에서 오랫동안 실력을 닦았다. 그런 뒤 아카이아로 되돌아오자 크나큰 환영을 받았고 즉시 기병대 지휘관에 올랐다.

필로포이멘은 아카이아 군대의 기병대가 전쟁이 있을 때마다 아무렇게나 확보한 형편없는 군마를 쓰고 있다는 사실을 깨달았다. 뿐만 아니라 기병대는 원정을 꺼렸고 전쟁이 벌어지면 남을 대신 내보내는 데 익숙했다. 그 결과, 충격적일 만큼 경험이 부족했고 당연히 비겁했다. 그러나 지휘관들은 이 모든 사실을 문제 삼지 않고 넘어갔는데 아카이아에서는 기사 계급의 권력과 영향력이 가장 컸고 상벌을 내리는 데 주된 역할을 했기 때문이다.

그러나 필로포이멘은 기병대에 지거나 양보하지 않았다. 그는 여러 도시를 돌며 젊은이들을 만나 일일이 야망을 일깨우는가 하면 말을 듣지 않는 사람은 벌했고 관중이 많은 곳이면 실전 훈련, 행진, 경기 등을 벌이게 함으로써 짧은 시간 동안 전 군대에 놀라운 활력과 열정을 불어넣었다. 그리고 전술을 실행할 때 가장 중요한 요소를 훈련했다. 분대별로 방향을 전환하고 대형을 전개할 때, 그리고 개인별로 방향을 전환할 때 민첩하고 신속하게 할 수 있도록 가르친 것이다. 이리하여 마침내 기병대 전체가 마치 내부의 동기로 인해 움직이는 한 개인처럼 자유자재로 대형을 전개할 수 있게 되었다.

이윽고 아이톨리아와 엘레이아 군대를 상대로 라릿소스에서 펼친 치열한 전투에서 엘레이아 기병대 지휘관 다모판토스가 전열을 박차고 나와 필로포이멘을 향해 달려왔다. 필로포이멘이 달려오는 다모판토스를 가로막고 한발 먼저 창을 찔러넣자 다모판토스는 땅에 떨어지고 말았다. 우두머리가 쓰러지자 적은 단번에 꽁무니를 뺐고 필로포이멘은 높은 칭송을 받았다. 전투 능력이 젊은이보다 못하지 않고 슬기롭기로 나이 든 지휘관에 뒤지지 않으며 전투에서든 지휘에서든 누구보다 탁월하다는 칭송이었다.

VIII.

아카이아 동맹은 먼저 아라토스 덕분에 높은 지위와 세력을 누렸다. 아라토스는 나약하고 분열되었던 동맹을 통합하고 인도주의적인 헬라스식 정치 체제를 도입했다. 물의 경우 흘러가다가도 한두 개 입자가 고정되면 곧이어 다른 입자들이 지나가다가 여기 달라붙는다. 이렇게 해서 서로 지지하면서 단단하고 굳건한 덩어리를 형성한다. 그렇듯 아카이아 사람들도 헬라스가 나약하고 분열되기 쉬웠을 때, 헬라스의 도시들이 제각각 떠다닐 때 먼저 힘을 합쳤다. 그리고 주변 도시들이 참주를 떨쳐내도록 도왔으며 이 도시들을 받아들이고 그 밖의 도시들과 합쳐 다 같이 조화로운 정체를 이루었다. 아카이아 동맹은 펠로폰네소스 전체를 단일한 정치 단위이자 세력으로 만들고자 했던 것이다.

그러나 아라토스가 살아 있는 한 아카이아 동맹은 대체로 마케도니아 군대에 의지할 수밖에 없었다. 헬라스 정세에 간섭하느라 바빴던 프톨레마이오스에게, 이어서 안티고노스와 필립포스에게 굽실거려야 했다. 그러나 필로포이멘이 아카이아 사령관으로 선출되자 아카이아 동맹은 적어도 가장 강력한 이웃들을 독자적으로 상대할 수 있었고 남의 나라의 보호에 의지하지 않을 수 있었다.

실제로 아라토스는 전장에서 지나치게 굼뜬 나머지, 대체로 회담과 고상한 말솜씨, 왕과의 친분을 통해 과업을 달성했다. 이에 대해서는 「아라토스」 편에 썼다. 반면 뛰어난 전사였고 무기를 잘 다루었던 필로포이멘은 초반의 전투에서 자신에게 행운과 승리가 따른다는 사실을 보여주었고 나아가 아카이아의 세력뿐만 아니라 용기를 키웠으므로 아카이아는 곧 필로포이멘의 지휘 아래 승리를 따내고 대부분의 전투에서 이기는 데 익숙해졌다.

IX.

그러기에 앞서 필로포이멘은 아카이아 군대가 병사를 배치하고 무장시킬 때 따르는 잘못된 습관을 바로잡았다. 아카이아 군대는 가벼워서 운반이 쉬운 둥근 방패를 썼는데 이는 몸을 보호하기에 너무 좁았다. 또 아카이아 창은 마케도니아의 긴 창보다 훨씬 짧았다. 이런 이유에서, 무장이 가벼운 아카이아 군대는 원거리 전투에서는 효과적이었으나 적과 접근해서 싸우게 되면 불리했다. 뿐만 아니라 대열과 대형을 전술 단위로 나누는 데도 익숙하지 않았다. 그리고 아카이아의 촘촘한 밀집 대형은 마케도니아의 밀집 대형과 달리 같은 높이에서 창을 겨누지도 않았고 방패를 엮어 벽을 형성하지도 않았으므로 쉽게 격퇴되어 흩어졌다.

필로포이멘은 새로운 방법을 선보였고 아카이아 군대가 짧은 창과 가벼운 방패를 포기하고 긴 창과 무거운 방패를 채택하도록 유도했다. 또한, 투구와 흉갑, 각반으로 몸을 보호하게 했으며 경무장 보병의 날쌘 동작이 아닌 고정된 위치에서 적과 싸워 버티는 방법을 가르쳤다. 복무 연령에 있는 시민을 설득해 이처럼 무장하게 한 뒤에는 먼저, 새로운 무장 덕분에 대적할 수 없는 군대가 되었다는 자신감을 불어넣었고, 이어서 사치스럽고 호화로웠던 생활 습관을 더없이 적절하게 개선했다.

오랫동안 공허하고 무의미한 대상을 끈질기게 추구해왔던 사람들로부터 그 대상을 완전히 제거하기란 불가능하다. 아카이아 사람들은 값비싼 옷을 좋아했고 침상은 자줏빛으로 물들인 천으로 덮었으며 서로 더 나은 만찬과 상차림을 보여주려고 경쟁하곤 했다. 그러나 필로포이멘은 아카이아 사람들의 과시욕을 불필요한 물건에서 유용하고 명예로운 물건으로 옮기는 데서 시작했다. 그리고 몸의 욕구에 응답하는 데 나날이 돈을 지출하기보다 군대와 전쟁에 관련된 물건으로 스스로를 장식하게끔 빠르게 설득하고 부추겼다.

따라서 작업장은 조각나는 술잔과 테리클레스 양식의 그릇으로 가득 찼고 흉갑에 금을, 방패와 고삐에 은을 칠하는 작업으로 바빴다. 한편 훈련장에서는 망아지를 길들였고 젊은이들은 무거운 무기의 사용법을 배웠으며 여인들은 투구와 깃털에 물을 들이거나 기병의 웃옷, 병사의 외투에 수를 놓았다. 이 같은 광경에 사람들은 용기가 생겼고 힘이 솟아났으며 대담해졌고 위험을 무릅쓸 각오를 했다. 보여주기 위한 물건에 돈을 낭비하는 일은, 마치 따끔거리고 간지러운 느낌이 중대한 생각을 잊게 하듯이 사치를 유발하고 나약한 생각을 심지만 화려한 전쟁 장비는 사기를 북돋고 드높인다. 호메로스의 이야기 속 아킬레우스도 곁에 새 갑옷이 놓이자 몹시 기뻐하고 당장 사용하고 싶어서 흥분한다.

젊은이들을 이같이 무장시켜 소집한 필로포이멘은 훈련을 시켰고 젊은이들은 열심히 그리고 경쟁적으로 필로포이멘의 지시를 받들었다. 새로운 전투 대형은 결코 흩어질 수 없는 빈틈없는 대열을 담보하는 듯했기 때문에 신기하고 만족스러웠다. 새로운 갑옷과 무기도 가볍고 다루기 쉽다고 느껴졌는데 아름답고 눈부신 갑옷과 무기를 기쁜 마음으로 들고 착용했기 때문이다. 병사들은 새로이 무장한 모습으로 한시라도 빨리 전투를 벌이고 적과 승패를 겨루고 싶었다.

X.

이 무렵 아카이아는 스파르테의 참주 마카니다스와 전쟁을 벌이고 있었다. 마카니다스는 크고 강력한 군대에 의지해서 펠로폰네소스 전체를 손에 넣으려고 꾀하고 있었다. 따라서 마카니다스가 만티네이아의 영토를 침략했다는 소식이 들리자 필로포이멘은 신속하게 군대를 이끌고 나섰다. 만티네이아 근처에서 전투 대형을 갖춘 양측에는 용병도 많았지만 시민 군대의 거의 전체가 포함되어 있었다.

전투가 벌어지자 마카니다스는 용병 부대를 이끌고 아카이아 군대의 최전방에 배치된 투창병과 타렌툼 병사들을 패주시켰다. 그런 다음, 마카니다스의 빈틈없던 대열은 상대의 주 병력을 향해 진군하는 대신 산개하여 도망치는 적을 추격했으며 제 위치를 지키고 있던 아카이아 군대의 밀집 대형을 지나쳐 갔다. 전투의 시작부터 심각한 피해를 입은 필로포이멘은 이길 가망이 전혀 없어 보였지만 개의치 않는 듯 아무렇지 않게 행동했다. 그도 그럴 것이 추격을 시작한 적의 일부가 밀집 대형으로부터 떨어져 나오면서 상당한 구멍이 생긴 것이다. 필로포이멘은 적이 큰 실수를 범했다고 생각하고는 적의 추격을 막거나 저지하지 않고 지나가게 내버려두었으며 적의 한가운데 커다란 구멍이 생기는 것을 지켜보았다.

그런 다음, 라케다이몬 군의 중장비 보병들을 향해 똑바로 전진했다. 밀집 대형이 노출된 사이 측면을 덮친 것이다. 적의 지휘관은 추격을 나가고 없었고 적은 공격을 예상하지 못하고 있었다. 마카니다스가 적을 추격하는 모습을 보고 아군이 완승했다고 여겼기 때문이다. 필로포이멘은 이들을 처참히 무찌르고 패주시켰다. 적병이 4천 이상 전사했다고 한다. 이어서 필로포이멘은 추격을 마치고 용병 부대와 함께 돌아오는 마카니다스를 향해 진격했다.

그러나 두 사람 사이에는 넓고 깊은 웅덩이가 펼쳐져 있었고 두 지휘관은 이를 두고 나란히 말을 몰았다. 한 사람은 이 웅덩이를 건너 도주하려 했고 한 사람은 도주를 막으려고 했다. 두 지휘관이 대결하는 모습 같다기보다, 궁지에 빠진 야수를 강력한 사냥꾼이 공격하는 광경에 가까웠다. 필로포이멘이 사냥꾼이었다. 이윽고, 기운차고 사나운 참주의 말은 옆구리를 파고드는 피투성이 박차를 느끼고 웅덩이를 뛰어넘으려다 웅덩이의 한쪽 가장자리에 가슴이 닿으며 넘어졌다. 말은 앞다리를 버둥거리며 벗어나려고 애썼다. 이때 전장에서 언제나 필로포이멘의 곁을 지키며 방패로 그를 보호했던 심미아스와 폴뤼아이노스가 동시에 말을 몰고 나타났고 말을 향해 창을 겨누었다.

그러나 필로포이멘이 한발 먼저 마카니다스를 공격했다. 말이 마카니다스의 앞에서 머리를 치켜드는 것을 보고 제 말을 한쪽으로 비켜 세운 필로포이멘은 창의 중간을 단단히 잡고 온몸의 무게를 실어 끝까지 찔러 넣었고 마카니다스는 나동그라졌다. 아카이아가 델포이에 세운 동상은 바로 이 장면을 그리고 있다. 아카이아는 이날 필로포이멘이 보여준 지휘력과 전투 능력 모두에 경의를 표했다.

XI.

필로포이멘은 두 번째로 아카이아 사령관이 된 뒤 네메아 제전에 참가하기도 했다. 만티네이아에서 승리한 직후였으나 네메아 제전이 벌어지는 동안 전쟁은 중단된 상태였다. 필로포이멘은 먼저 제전에 모인 헬라스 사람들 앞에서 아카이아 군대의 눈부시게 단장한 중무장 보병대를 자랑했다. 보병대는 훈련한 대로 다양한 전술 대형을 빠르고 활기차게 전개했다.

또 필로포이멘은 음유시인들이 상을 놓고 경쟁하는 동안 젊은 부하들을 데리고 극장에 나타나기도 했다. 군용 외투와 자주색 웃옷을 차려입은 이 한창때의 동갑내기 병사들은 지휘관에 대해 크나큰 존경심을 드러냈을 뿐만 아니라 여러 명예로운 싸움을 마치고 난 젊은이들답게 기세등등했다. 마침 이들이 입장할 때 음유시인 필라데스가 티모테오스의 『페르시아 사람들』의 도입부를 노래하고 있었다.

"그가 헬라스를 위해 만드신 자유의 왕관은 눈부시도다."

필라데스의 놀라운 음성은 티모테오스의 장엄한 시어를 적절히 뒷받침했고 관중은 하나같이 필로포이멘을 바라보며 기쁨에 찬 갈채를 보냈다. 헬라스는 다시금 과거의 명성을 되찾을 희망을 품게 되었고 선열의 높은 기개에 버금가는 용기를 발휘했다.

XII.

그러나 어린 말은 익숙한 주인을 찾기 마련이고 낯선 사람이 타면 수줍어하며 제멋대로 군다. 아카이아 군대도 위기가 닥치고 전투가 시작됐을 때 총사령관이 필로포이멘이 아닌 다른 사람이면 사기가 떨어졌고 열심히 필로포이멘을 찾았다. 그러나 필로포이멘이 시야에 들어오기라도 하면 고무되었고 그 즉시 기민하고 효율적인 군대로 변했다. 아카이아 군대는 적이 바라볼 수 없는 유일한 장군이 필로포이멘이라는 사실, 그리고 적이 그의 이름과 명성을 두려워한다는 사실을 적의 행동으로 보아 알 수 있었다.

마케도니아 왕 필립포스는 필로포이멘이 없다면 아카이아가 다시금 마케도니아에 복종하리라고 생각하고 몰래 아르고스로 사람을 보내 필로포이멘을 암살하려고 했다. 그러나 계획은 들통났고 헬라스는 필립포스를 철저히 비난하고 증오했다.

한편 메가라를 포위 공격하던 보이오티아는 상대를 손쉽게 사로잡을 수 있을 것 같았다. 그러던 중에 필로포이멘이 메가라를 도우러 오고 있으며 이미 근접했다는 잘못된 소식을 듣게 되었다. 소식을 듣자마자 보이오티아 군대는 성벽에 붙였던 사다리를 버리고 도망을 쳤다.

마카니다스 다음으로 스파르테의 참주가 된 나비스가 갑자기 멧세네를 사로잡았을 당시, 필로포이멘은 사령관이 아니었고 거느린 군대도 없었다. 필로포이멘은 아카이아의 총사령관 뤼십포스에게 멧세네를 구하러 가야 한다고 설득했지만 소용없었다. 뤼십포스는 적이 이미 성안으로 들어갔기 때문에 도시를 구할 방법이 없다고 했다. 그러자 필로포이멘은 메갈로폴리스 시민들을 데리고 직접 멧세네로 갔다. 메갈로폴리스 시민들은 별도의 명령이나 임무가 하달되기를 기다리지 않았고 오로지 최고

지도자가 되기 위해 태어난 필로포이멘을 따라갔다. 나비스는 성안에 진영을 치고 있었음에도 필로포이멘이 근접했다는 소식을 듣고 그가 성밖에 나타날 때까지 기다리지 않았으며 도망이라도 칠 수 있다면 다행이라는 생각에 반대편 성문으로 몰래 빠져나갔고 군대도 최대한 서둘러 이끌고 갔다. 결국, 도주에 성공했고 멧세네는 자유를 되찾았다.

XIII.

이 모든 일은 필로포이멘의 명예를 드높였다. 그러나 필로포이멘이 고르튀나 시민의 요청에 따라 전쟁의 지휘를 맡기 위해 크레테로 돌아갔을 때 그는 비방의 대상이 되었다. 고국이 나비스와 전쟁을 벌이는 와중에 그가 전쟁을 피하고자, 혹은 때아닌 친절을 베풀고자 자리를 비웠다는 비난이 일었던 것이다. 당시 메갈로폴리스는 언제나 적의 공격을 받고 있었으므로 시민들은 성벽에 살다시피 하고 길거리에 농사를 지었다. 농지가 황폐해졌고 적은 성밖에 진을 치고 있었기 때문이다.

필로포이멘은 그러는 내내 바다 건너 크레테에서 지휘관으로서 전쟁을 벌이고 있었으므로 필로포이멘의 반대파는 이를 틈타 그가 고국에서 벌어지고 있는 전쟁을 외면하고 있다고 공격했다. 그러나 아카이아 동맹이 다른 사람을 사령관으로 앉혔고 필로포이멘은 관직이 없었으므로 그가 남은 시간을, 그를 지휘관으로 임명한 고르튀나를 돕는 데 이용했을 뿐이라는 주장도 있었다.

필로포이멘은 가만히 있기를 싫어했고 지휘 능력을 다른 모든 능력과 다름없이 언제나 갈고닦고자 했다. 이는 프톨레마이오스 왕에 대한 필로포이멘의 언급에서도 드러난다. 사람들은 프톨레마이오스가 매일 정성을 다해 군대를 훈련하고 아주 열심히 무기를 다루는 연습을 한다고 칭찬했다. 그러자 필로포이멘은 말했다.

"그 나이가 되도록 연습만 하고 실전에 나가지 않는 왕을 누가 존경할 수 있겠습니까?"

그럼에도 메갈로폴리스 시민은 필로포이멘이 자리를 비웠다는 사실을 불쾌하게 생각했으며 배신행위로 여겨 필로포이멘을 추방하려고 시도했다. 그러나 아카이아 사람들은 메갈로폴리스로 총사령관 아리스타이노스를 보내 이를 막았다. 아리스타이노스는 필로포이멘과 정치적 노선이 달랐지만, 그가 유죄 판결을 받게 내버려두지 않았다.

불만에 찬 동료 시민의 홀대를 받은 필로포이멘은 메갈로폴리스의 주변 마을로 하여금 메갈로폴리스에서 떨어져 나가게 했다. 주변 마을은 저들이 메갈로폴리스의 소유가 아니며 메갈로폴리스의 다스림을 받지도 않는다고 필로포이멘이 지시한 대로 주장했다. 그러자 필로포이멘은 드러내놓고 주변 마을을 지지했으며 그들이 아카이아 의회에서 메갈로폴리스에 반대하는 파벌을 구성하도록 도왔다. 그러나 이것은 나중에 일어난 일이다.

크레테에서 필로포이멘은 고르튀나 시민을 도와 전쟁을 벌였다. 그는 펠로폰네소스와 아르카디아의 정직한 전쟁 방식을 따르지 않고 크레테 방식을 채택했다. 크레테 방식 그대로 꾀와 속임수를 쓰고 적을 살그머니 앞지르는가 하면 매복 공격을 함으로써 적이, 충실한 실전 경험에 대항해 어리석고 헛된 장난을 일삼는 어린아이에 지나지 않는다는 사실을 빠르게 보여주었다.

XIV.

필로포이멘은 이 일로 존경을 받았고 크레테에서 얻은 빛나는 명성을 가지고 펠로폰네소스로 돌아왔다. 티투스 플라미니누스가 필립포스를 누르고 승리한 뒤였고 아카이아 동맹은 로마와 함께 나비스를 상대로 전쟁을 벌이고 있었다. 필로포이멘은 돌아온 즉시 사령관으로서 나비스와 전쟁을 벌이게 되자, 위험을 무릅쓰고 해전을 벌임으로써 명성에 한참 뒤떨어지는 모습을 보여주었던 에파메이논다스와 같은 처지를 겪었다. 다만 에파메이논다스의 경우 동료 시민들이 해상에서의 패권으로부터 오는 이익에 물들지 않도록 일부러 아시아와 주변 섬들에서 어떤 업적도 세우지 않고 돌아왔다는 주장이 있다. 동료 시민이 '굳건한 중무장 보병'이 되기보다 플라톤이 말하는 타락한 선원으로 둔갑할까 두려웠다는 것이다.

반면 필로포이멘은 육상 병력을 다루는 능력이 해상에서 승리하는 데역시 충분하리라고 확신했으나, 탁월함의 얼마나 많은 부분이 연습에 의존하고 있으며 모든 전법에 익숙한 사람이라도 연습을 통해 얼마나 더 강력해질 수 있는지 쓰라린 깨달음을 얻게 되었다. 필로포이멘은 해전에서 패주했을 뿐만 아니라 경험 부족으로 인해, 낡았지만 이름난 전함에 40년 만에 선원을 배치하고 이를 물에 띄웠다. 그러자 배의 틈새로 물이 스며들었고 선원들은 목숨을 잃을 뻔했다.

이 일로 적은 필로포이멘을 우습게 보았고 그가 해상을 오가는 일을 완전히 포기했다고 생각한 적은 자만하여 귀티온을 포위 공격했다. 필로포이멘은 이런 적의 생각을 잘 알고 있었으므로 적이 전혀 예상치 못하고 있을 때, 승리에 도취된 적이 무방비 상태로 있는 틈을 타 신속하게 적을 향해 배를 몰았다. 그리고 밤을 틈타 군대를 상륙시켰으며 공격을 이끌었다. 적의 막사에 불을 붙여 진영을 불태우고 적의 상당수를 죽인 것이다.

며칠 뒤 험준한 지방을 행군하는 필로포이멘을 나비스가 습격했고 아카이아 군대는 공포에 휩싸였다. 이미 적이 장악한 난감한 위치에서 빠져나올 수 없을 것 같았던 군대는 좌절했다. 그러나 필로포이멘은 가만히 지형을 살펴보고는 전투 대형을 구성하는 능력이 병법의 완성이라는 사실을 증명했다. 전투 대형을 가볍게 변경하고 당면한 상황에 맞게 개편함으로써 어떤 혼란이나 문제도 없이 어려움을 벗어났으며 적을 공격해 철저히 물리친 것이다.

이어서 필로포이멘은 적이 성으로 도피하지 않고 근방으로 흩어지고 있다는 사실을 눈치챘다. 근방은 숲이 많았고 언덕으로 완전히 에워싸여 있었으며 물길과 골짜기가 많아 기병이 다니기 힘든 지역이었다. 필로포이멘은 추격을 멈추고 해가 지기도 전에 진영을 쳤다. 그러나 도망갔던 적이 밤을 틈타 하나둘 성으로 돌아오리라는 생각에 칼로 무장한 아카이아 병사 상당수를 성곽 주변의 물길과 언덕에 잠복시켜 두었다. 여기서 수많은 나비스의 부하들이 죽음을 맞았다. 무리를 지어 다니지 않았고 무턱대고 뿔뿔이 흩어졌던 탓에 성곽 주변에서 적의 손에 마치 새들처럼 붙잡힌 것이다.

XV.

이 성과로 필로포이멘은 헬라스의 사랑을 받았고 극장에서도 눈에 띄는 영예를 누렸다. 야망이 컸던 티투스 플라미니누스는 속으로 이를 몹시 분하게 여겼다. 그는 로마 집정관인 자신이 일개 아르카디아 사내보다 아카이아로부터 더 큰 존경을 받아야 한다고 생각했다. 뿐만 아니라 필립포스와 마케도니아의 지배 아래 있었던 헬라스 지방을 단 한 차례의 선언으로 해방했기 때문에, 자신이 베푼 은혜가 필로포이멘을 훨씬 넘어선다고 생각했다.

이후 플라미니누스는 나비스와 평화 협정을 맺었고 나비스는 아이톨리아 사람들의 배신으로 인해 죽음을 맞았다. 그러자 필로포이멘은 스파르테의 어지러운 상황을 기회로 삼아 무장한 병력을 이끌고 도시를 습격했다. 그리고 강요와 설득을 섞어 제 뜻에 따라 스파르테를 아카이아 동맹에 가입시켰다. 이 성과로 필로포이멘은 아카이아에서 더욱 놀라운 명성을 얻게 되었다. 스파르테는 지위와 세력이 엄청난 도시였고 스파르테가 아카이아 동맹의 일원이 된 사건은 결코 사소하지 않았다. 뿐만 아니라 스파르테의 주요 시민은 필로포이멘을 자유의 수호자로 여기고 그를 따라다녔다. 그들은 나비스의 저택과 재산을 몰수하고 1백20탈란톤을 확보하자 투표를 거쳐 이를 필로포이멘에게 전달하기로 정하고 이 문제에 관해 메갈로폴리스로 사절을 보내기로 했다.

이 일로 필로포이멘이 누구보다 뛰어난 인물이라고 여겨졌을 뿐만 아니라 실제로 그러했다는 사실이 분명해졌다. 일단 누구도 감히 필로포이멘에게 사례금을 제안하려 하지 않았고 모두가 이 일을 꺼려했고 두려워했으므로 결국 필로포이멘의 크세노스*였던 티몰라오스가 이 일을 맡았다. 그런데 메갈로폴리스로 가서 필로포이멘의 집에서 손님으로 지낸 티몰라오스는 필로포이멘이 남과 대화할 때 얼마나 위엄 있고 얼마나 소박한 삶을 사는지 확실하게 알게 되었다. 또한, 뇌물로 그와 가까워질 수도 없을뿐더러 그의 마음을 사기는 더욱 어렵다는 점을 깨닫고 돈 얘기는 입 밖에 꺼내지도 못했으며 다른 이유로 방문한 것처럼 둘러댄 다음 스파르테로 돌아갔다.

같은 일로 두 번째 방문했을 때에도 티몰라오스는 전과 같이 했다. 그

• 치안이 광범위하게 확보되지 않았던 고대에는 먼 길을 떠나 우연히 내 집으로 온 낯선 손님을 따뜻하게 맞이하여 보살피는 풍습이 있었다. 한번 집에 머물면 대대로 친구 관계를 이어갔는데 이렇게 낯선 땅에서 만든 친구를 크세노스라고 한다.

러나 세 번째 방문했을 때, 마침내 필로포이멘에게 스파르테의 간절한 바람이 어떻다는 얘기까지 할 수 있었다. 그러자 필로포이멘은 기뻐하며 직접 스파르테를 방문해 조언하기를 돈은, 내 편에 있는 좋은 사람보다 부패한 악한에게 주는 것이 낫다고 했다. 좋은 사람은 돈을 받지 않고도 도움을 주지만 민회에서 파벌 싸움을 부추기며 도시를 망가뜨리곤 하는 악한은 돈으로 입을 막으면 동료 시민을 덜 불쾌하게 만든다는 주장이었다. 그는 친구가 아닌 적으로부터 표현의 자유를 빼앗아가는 편이 낫다고 덧붙였다. 돈에 관해 필로포이멘은 이 같은 고결한 생각을 하고 있었다.

XVI.

그러나 얼마 가지 않아 아카이아 사령관 디오파네스는 다시 한 번 변화를 노린 라케다이몬을 처벌하고자 펠로폰네소스를 혼란에 빠뜨렸다. 필로포이멘은 디오파네스를 달래고 그의 분노를 멈추려고 애쓰며 지금은 그럴 때가 아니라고 설명했다. 헬라스 주변을 맴돌고 있는 안티오코스 왕과 로마의 거대한 군대에 주목할 때이지 내분을 일으켜서는 안 되며 오히려 동료 국가의 잘못을 못 본 척해야 할 때라고 설득한 것이다.

그러나 디오파네스는 필로포이멘의 조언을 깡그리 무시하고 티투스 플라미니누스와 힘을 합쳐 라코니아를 침략했으며 곧장 스파르테로 진군했다. 그러자 격분한 필로포이멘이 과감한 동작을 취했는데 이 행위는 법적이지도 않고, 따지고 보면 정당하지도 않았지만 고귀한 기상에서 나온 위대한 행위였다. 관직도 없는 상태에서 미리 스파르테로 들어가 아카이아 사령관과 로마 집정관이 들어오지 못하게 막았고 성안의 무질서를 종식시켰으며 라케다이몬을 다시금 전과 같이 동맹의 일원으로 만들었던 것이다.

그러나 훗날 필로포이멘은 라케다이몬을 단죄할 근거가 생겼을 때 아카이아 사령관으로서 추방된 시민을 복귀시키고 스파르테 시민 80명을 처형했다고 폴뤼비오스는 말한다. 아리스토크라테스에 따르면 처형된 시민은 3백50명이었다. 필로포이멘은 또한 성곽 일부를 뜯어냈으며 영토의 상당 부분을 잘라 메갈로폴리스에 합병했다. 뿐만 아니라 참주로부터 스파르테 시민권을 받은 사람들을 모두 아카이아로 보냈다. 그러나 필로포이멘의 지시를 따르지 않고 스파르테에 머물고자 했던 3천 명은 노예로 팔아넘겼고 벌어들인 돈으로 마치 그들의 운명을 조롱하듯 메갈로폴리스에 주랑 현관을 건설했다.

그럼에도 라케다이몬에 대한 분노를 잠재우지 못한 필로포이멘은 이미 처참해진 라케다이몬을 적절치 못하게 다시 한 번 짓밟았는데 바로 스파르테의 법과 제도를 무자비하고 무법적으로 훼손한 것이다. 그는 뤼쿠르고스가 도입한 교육 체계를 폐지했으며 소년과 젊은이들이 전통적인 교육 대신 아카이아 식 교육을 받게 만들었다. 뤼쿠르고스의 법을 따르는 한, 절대로 겸손해질 수 없다고 확신했기 때문이다.

당시 스파르테는 심각한 위기에 빠져 있었으므로 당분간은 필로포이멘의 처사를 내버려두었다. 말하자면 도시의 힘줄을 잘라내도록 허락했으며 순순히 복종한 것이다. 그러나 얼마 후 로마의 허락을 받은 뒤 아카이아 식 체제를 내팽개쳤으며 선조들로부터 물려받은 체제를, 비록 여러 불행과 심각한 퇴행으로 불완전했지만, 재개하고 재정립했다.

XVII.

로마가 헬라스에서 안티오코스와 전쟁을 벌일 당시 필로포이멘에게는

94

지휘권이 없었다. 그 와중에 안티오코스는 칼키스에서 빈둥거리며 나이에 어울리지 않게 연애와 결혼에 몰두했으며 쉬리아 군대는 지도자 없이 뿔뿔이 흩어져 이 도시 저 도시를 배회하며 호화로운 생활을 하고 있었다. 이를 본 필로포이멘은 자신에게 아카이아 군대의 지휘권이 없음을 한탄했고 로마에 승리를 내어주어야 하는 상황을 몹시 안타까워했다.

"내가 사령관이었다면 그자들을 술집에서 모조리 죽였을 텐데."

그러나 얼마 후 로마군은 안티오코스를 무찌른 뒤 헬라스의 정세에 조금 더 관심을 가졌다. 그리하여 세력을 동원해 아카이아 동맹을 에워쌌다. 아카이아의 민중 지도자들이 점차 로마로 기운 까닭이다. 천상의 힘의 도움으로 로마의 세력은 점차 온 사방으로 커졌고 헬라스의 운명이 정해진 순환을 마치게 될 종말의 순간이 가까워져 왔다.

이때 필로포이멘은 마치 격랑을 마주한 노련한 키잡이처럼 때로는 세태에 물러서고 양보했지만 주로 저항을 계속했고 힘 있는 연설과 업적을 이어가던 사람들을 끌어들여 헬라스의 자유를 지지하게 하는 데 애를 썼다.

메갈로폴리스 사람 아리스타이노스는 아카이아에서 엄청난 영향력을 행사하는 사람이었으나 언제나 로마의 환심을 사려고 노력했고 아카이아가 어떤 방식으로든 로마에 저항하거나 로마의 비위를 거슬러서는 안 된다고 생각했다. 하루는 그가 민회에서 발언을 했고 필로포이멘은 말 없이 분노를 삭이며 연설을 듣고 있다가 마침내 분을 참지 못하고 말했다고 한다.

"헬라스가 운명을 다하는 것을 그렇게도 보고 싶은가?"

한편 로마 집정관 마니우스는 안티오코스를 무찌른 뒤 추방된 스파르테 시민의 귀향을 허락해달라고 아카이아에 부탁했고 티투스 플라미니누스 역시 이 요청에 힘을 실었다. 그러나 필로포이멘은 이 요청을 거부하는 데 성공했다. 추방된 시민에 대한 적개심 때문이 아니었다. 다만 추방된 시민의 복권은 플라미니누스와 로마가 아닌 아카이아가 베풀어야 할 호의라고 생각했기 때문이다. 따라서 이듬해 아카이아 사령관이 된 필로포이멘은 추방 시민들의 귀향을 허락했다. 필로포이멘은 이같이 당당한 기상으로 권력자들과 싸우고 겨루었던 것이다.

XVIII.

그러나 어느새 70세가 된 필로포이멘은 여덟 번째로 아카이아 사령관에 오른 뒤 전쟁에 휘말리지 않고 임기를 마감하기를 바랐다. 또한, 평화롭고 조용하게 여생을 보낼 수 있는 정세가 마련되기를 바랐다. 기력이 떨어지면 몸의 병도 따라서 약화되듯 헬라스의 세력이 기울자 도시들도 싸우려는 마음이 없어졌다. 그러나 신의 불만을 산 필로포이멘은, 결승점을 앞두고 승리를 놓치는 주자처럼 고꾸라지고 말았다.

어떤 회담장에서, 무섭기로 이름난 한 장군에 대한 칭송이 넘쳐나자 필로포이멘은 조롱하듯 말했다.

"적에게 생포된 주제에 뭐 그렇게 대단합니까?"

며칠 뒤 멧세네 사람 데이노크라테스는 필로포이멘과 사적인 일로 다툰 뒤 아카이아 동맹에 대한 멧세네의 반란을 이끌었다. 데이노크라테스는 저열하고 방종한 생활로 만인의 비난을 산 사람이었다. 데이노크라테스가 콜로니스라는 마을을 사로잡으려 한다는 소식이 들려왔을 때 필로포이멘은 아르고스에서 열병을 앓고 있었지만 서둘러 메갈로폴리스로 갔다. 4백 스타디온을 하루 만에 이동한 것이다.

메갈로폴리스에서 필로포이멘은 기병대를 데리고 콜로니스를 지원하러 나갔다. 기병대는 메갈로폴리스의 젊지만 가장 뛰어난 시민으로 이루어져 있었고 필로포이멘에 대한 호의와 존경심에 자진해서 따라나섰다. 일행은 멧세네로 갔고 에우안드로스 언덕에서 적을 맞이하러 나온 데이노크라테스와 만났다. 일행은 데이노크라테스를 물리쳤으나 멧세네 근방 영토를 지키고 있던 병사 5백이 갑자기 공격해왔고 도망가던 데이노크라테스의 부하들은 이를 보고 다시 언덕 주변으로 모여들었다.

그러자 필로포이멘은 적의 포위를 받을까 두려웠고 기병대를 보호하고 싶어서 험난한 지역으로 철수했다. 그 과정에서 후방을 수비하면서 종종 적을 향해 진격했다. 그리고 부하들이 공격받지 않도록 홀로 적의 주의를 끌었다. 그러나 적은 공격을 받아내기는커녕 고함을 치며 대열의 측면을 위협할 뿐이었다.

필로포이멘은 빈번하게 대열을 벗어나며 젊은 기병들을 일일이 안전한 곳으로 보냈다. 정신을 차려보니 필로포이멘은 수많은 적과 홀로 마주 서 있었다. 그럼에도 적은 감히 가까이 올 엄두를 내지 못했고 멀리서 화살을 퍼부을 뿐이었다. 바위가 많고 가파른 지역으로 내몰리자 말을 다루기가 힘겨워졌고 필로포이멘은 계속 박차를 가했지만 소용없었다. 훈련으로 다져진 필로포이멘에게 나이는 짐이 되지 않았고 도주를 방해하는 요소가 아니었다.

그러나 당시 필로포이멘은 병에 걸려 쇠약해져 있었고 긴 여정에 피로한 상태였으므로 몸이 무겁고 뻣뻣했다. 결국, 말은 넘어졌고 필로포이멘을 내동댕이쳤다. 심하게 낙마한 필로포이멘은 머리를 다쳤고 한동안 말없이 쓰러져 있었기 때문에 그가 죽은 줄 알았던 적은 그를 뒤집어 갑옷을 벗기려고 했다. 그러나 그가 눈을 뜨고 고개를 들자 적은 일제히 필로포이멘에게 달려들었으며 팔을 뒤로 묶고, 데이노크라테스의 손에 그 같은 운명을 맞이하리라고 꿈도 꾸지 않았던 필로포이멘을 지극히 오만불손하게 끌고 갔다.

XIX.

　멧세네 시민은 소식을 듣고 큰 기쁨에 차올라 성문으로 우르르 몰려들었다. 그러나 필로포이멘이 드높은 명성, 과거의 업적과 승리에 어울리지 않는 모습으로 끌려오자 시민 대부분은 동정과 연민을 느낀 나머지, 눈물을 흘리기도 하고 인간의 위대성이 얼마나 변덕스럽고 헛된 것인지 씁쓸해하며 이야기했다.

　점점 많은 사람이 인정에 이끌려 필로포이멘이 과거에 베풀었던 은혜를 기억해야 한다고 주장했다. 특히 참주 나비스를 몰아내 자유를 되찾아준 일을 들었다. 그러나 데이노크라테스를 기쁘게 하려고, 필로포이멘을 고문하고 처형해야 한다고 주장하는 사람도 소수 있었다. 그가 가혹하고 무자비한 적이며 포로로 잡혀 모욕을 당한 이상, 풀려날 경우 데이노크라테스에게 누구보다 두려운 대상이 될 것이라고 했다.

　결국, 멧세네 시민은 그를 테사우로스라는 지하 감옥으로 데리고 갔다. 바깥과 공기도 빛도 통하지 않는 감옥으로 문이 없었고 거대한 바위를 굴려 입구를 막아야 하는 곳이었다. 그들은 필로포이멘을 이곳에 가둔 뒤 바위로 입구를 막고 주변에 무장한 보초를 세워두었다.

　한편 무사히 도주한 아카이아 기병대는 정신을 차리고 보니 필로포이멘이 보이지 않는다는 사실을 깨달았다. 그들은 한참 동안 필로포이멘의 이름을 불렀으며 부하들을 위해 목숨을 아끼지 않은 지휘관을 적에게 내주고 불법적이며 치욕스러운 방법으로 몸을 사린 스스로를 꾸짖었다. 그리고 무리를 지어 다니며 수소문한 끝에 필로포이멘이 사로잡혔다는 소식을 접했고 아카이아 도시들로 소식을 퍼뜨렸다. 아카이아는 엄청난 재앙이 찾아왔다고 여기고 멧세네로 사절을 보내 필로포이멘의 석방을 요구하기로 했다. 그러는 동시에 멧세네를 상대로 원정을 갈 차비를 했다.

XX.

아카이아가 이 같은 일로 분주한 가운데 데이노크라테스는 지체할수록 필로포이멘이 살아날 가능성이 높다고 여겼다. 아카이아의 노력을 무산시키고 싶었던 데이노크라테스는 해가 지고 멧세네 군중이 해산하자 감옥 문을 열게 하고 관리에게 독약을 주어 들여보냈다. 필로포이멘에게 독약을 주고 약을 다 마실 때까지 옆에서 지켜보라는 명령이었다.

필로포이멘은 군용 외투에 싸여 누워 있었는데 주체할 수 없는 고민과 슬픔에 잠을 이루지 못하고 있었다. 빛줄기와 독약을 든 사내가 눈에 들어오자 필로포이멘은 나약한 몸을 최대한 추스르고 일어나 앉았다. 그리고 독약이 든 잔을 받아들고는 아카이아 기병대에 대해 들은 바가 없는지 물었다. 특히 뤼코르타스의 안부를 물었다. 기병대 대부분이 무사히 도주했다는 대답을 듣자 필로포이멘은 고개를 끄덕이며 상냥한 눈빛으로 관리를 쳐다보았다.

"참패한 게 아니라면 다행이네."

그리고 더이상 아무 말 없이, 한숨조차 쉬지 않고 독약을 들이

· 윌리엄 레니(William Rainey)의 삽화. 『감옥에 갇힌 필로포이멘』.

켰고 다시 자리에 누웠다. 쇠약해질 대로 쇠약해진 필로포이멘은 독약이 힘을 발휘할 시간도 주지 않고 곧 마지막 숨을 내쉬었다.

XXI.

필로포이멘의 사망 소식이 아카이아에 다다르자 도시 전반은 좌절과 슬픔으로 가득 찼다. 입대 연령의 남자들과 아카이아 의회 의원들은 메갈로폴리스에 집결했다. 그리고 지체 없이 앙갚음을 시작했다. 뤼코르타스를 지휘관으로 앉히고 멧세니아를 침략했으며 영토를 약탈했다. 그러자 멧세네 시민은 한목소리로 아카이아 군대를 성안으로 들이는 데 찬성했다. 데이노크라테스는 보복을 예상해 한발 앞서 성을 빠져나갔다. 그러나 필로포이멘을 죽이는 데 찬성한 나머지 사람은 모두 처형을 당했고 고문에 찬성한 사람은 뤼코르타스가 붙잡아 더 끔찍한 방법으로 죽였다.

그런 다음 필로포이멘의 시신을 화장했으며 유해를 단지에 모아 고향으로 보냈다. 행렬은 느슨하지도 불규칙하지도 않았고 마치 개선 행진과 장례 행렬을 섞어놓은 듯했다. 일행은 머리에는 화환을 얹고 눈물을 글썽이며 적을 쇠사슬에 묶어 끌고 갔다. 수많은 장식끈과 꽃에 뒤덮여 잘 보이지조차 않는 유골 단지는 필로포이멘의 아들 폴뤼비오스가 들고 갔고 아카이아의 최고 시민들이 그를 에워싸고 있었다. 그 뒤로 완전 무장을 한 병사들이 화려하게 장식한 말을 타고 뒤따랐다. 병사들은 커다란 아픔에 좌절하지도, 승리에 기뻐하지도 않았다.

행렬이 지나가자 주변 도시와 마을 사람들이 마치 원정을 마치고 돌아오는 필로포이멘을 맞이하듯 마중을 나왔다. 시민들은 유골 단지를 쓰다듬고 메갈로폴리스까지 여정을 함께 했다. 메갈로폴리스에 이르러 노인과 여인네, 아이들까지 합류하자 단번에 전 군대와 도시로 곡소리가 퍼져나갔다. 메갈로폴리스는 필로포이멘을 몹시 그리워했고 필로포이멘과 함께 아카이아 동맹의 내부 패권을 잃었다는 생각에 크게 낙심했다.

메갈로폴리스는 고인의 명성에 알맞은 장례를 치르고 눈에 띄는 경의를 표했다. 붙잡혀 온 멧세네 사람들은 돌에 맞아 숨졌다. 필로포이멘의 모습을 본뜬 수많은 조각상이 세워졌고 여러 도시에서 온갖 명예를 내렸다. 그런데 이 모든 것을 없애자고 제안한 로마인이 있었다. 코린토스의 몰락 이후 헬라스에 비참한 나날이 이어질 때였다. 그는 필로포이멘의 추억마저 헐뜯었다. 살아 있는 사람을 공격하듯 그가 악의를 가지고 로마에 반대했다고 비난한 것이다.

로마인의 제안이 논의에 부쳐지고 폴뤼비오스는 반대 주장을 펼쳤다. 뭄미우스와 로마 위원회는 필로포이멘이 플라미니누스와 마니우스에게 적잖이 저항했다는 사실을 인정하면서도 눈부신 업적을 이루어낸 사람에게 주어진 명예를 빼앗을 수는 없다고 결정했다. 이들 재판관은 덕과 필요, 명예와 이익을 구별할 줄 알았다. 은혜를 베푼 사람은 은혜를 받은 사람으로부터 보답과 감사를 받아야 하며 훌륭한 사람은 훌륭한 업적에서 오는 명예를 누려야 한다는 점을 마땅하고도 적절히 고려한 것이다.

필로포이멘의 이야기는 여기까지다.

PLUTARCH
LIVES

티투스

플라미니누스

I.

필로포이멘과 나란히 놓을 인물은 티투스 퀸티우스 플라미니누스다. 겉모습이 궁금하다면 로마의 동상을 찾으면 된다. 키르쿠스 반대편, 카르타고에서 온 위대한 아폴론 상 옆에 세워져 있고 위에 헬라스 문자가 새겨져 있다. 성품으로 보자면 쉽게 화를 냈고 쉽게 호의를 베풀었지만, 그 정도가 달랐다. 벌을 내릴 때는 너그러웠고 끈덕지지 않았으나 호의를 베풀 때는 멈출 줄 몰랐다. 은혜를 베풀면서도 상대를 은인처럼 대우했으며 제 친절을 입은 모든 사람을 마치 귀중한 재산처럼 항시 보호하고 지키려고 애를 썼다. 그러나 명예와 명성에 대한 욕심 때문에 가장 고귀하고 위대한 업적은 혼자 힘으로 이루고 싶어 했고 친절을 베풀고자 하는 사람보다 받고자 하는 사람을 더 반가워했는데 후자는 덕을 쌓을 대상으로 여겼고 전자는 이른바 명성을 위한 경쟁에서 적수라고 여겼기 때문이다.

젊을 때부터 티투스는 전술 훈련을 받았다. 당시 로마는 여러 대규모 전쟁을 벌이고 있었고 로마의 젊은이들은 군에서 복무하면서 병사들을 지휘하는 법을 배웠다. 티투스는 먼저 집정관 마르켈루스 휘하에서 군사 호민관으로 근무하며 한니발과 싸웠다. 이때 마르켈루스가 매복 공격에 당해 목숨을 잃었다. 한편 티투스는 두 번째

• 티투스 플라미니누스.
•• 티투스 플라미니누스의 옆모습이 새겨진 화폐.

로 사로잡힌 타렌툼과 타렌툼 주변 지방의 지방관으로 임명되었다. 여기서 그는 정의로운 법의 집행뿐만 아니라 전장에서의 활약으로 명성을 떨쳤다. 그리고 이 덕분에 나르니아와 코사로 가는 이주민의 총관리자로 뽑히기도 했다.

II.

이 같은 성공이 무엇보다 티투스의 야망에 불을 지폈고 티투스는 젊은이들이 흔히 추구하는 중간 관직, 즉 호민관, 법무관, 조영관직을 무시하고 바로 집정관직을 노렸다. 따라서 이주민들의 열띤 지지를 받으며 집정관 후보로 등록했다. 그러나 집정관 풀비우스와 마니우스는 여기 반대하며 젊은이가, 이를테면 정치의 기본 제의와 비의에 입문하기도 전에, 법에 반하여 최고 관직을 추구한다는 것은 터무니없는 일이라고 했다. 그러나 원로원은 이 문제를 민중의 투표에 맡겼고 민중은 서른도 되지 않은 티투스와 섹스투스 아일리우스를 집정관으로 선출했다.

제비뽑기를 통해 티투스는 필립포스가 이끄는 마케도니아 군대와의

전쟁을 맡게 되었는데 이는 로마에 놀라운 행운이었다. 이 전쟁이 벌어질 곳에 사는 민중은 전쟁과 폭력에만 의지하는 지도자를 필요로 하지 않았고 설득과 친근한 대화를 통해 끌어들여야 했다. 마케도니아는 필립포스에게 실전에서 힘을 발휘할 충분히 강력한 군대를 제공했으나 장기전이 이어지는 한 마케도니아 보병대가 활력을 유지하고 지원을 받고 피난처를 구하려면, 다시 말해 효율적으로 작동하려면 전적으로 헬라스 국가들이 필요했기 때문이다. 따라서 필립포스로부터 헬라스를 떨어뜨려놓지 않는 한 필립포스와의 전쟁은 한두 번의 전투로 끝낼 수 없었다. 그러나 헬라스는 로마와 접촉이 많지 않았고 이때 처음으로 로마와 외교를 시작했다.

따라서 로마 지휘관은 본성이 선하고 전쟁보다 대화에 의지하는 사람이어야 했고 접견을 요청할 때 설득력이 있고 접견을 허락할 때 친절한 사람이어야 했다. 그리고 언제나 법과 정의를 가장 중시하는 사람이어야 했다. 그렇지 않았다면 헬라스는 익숙하지 않은 주인의 지배를 받는 데 만족하지 않았을 것이다. 이것은 티투스의 업적에 관한 이야기에서 잘 드러날 것이다.

III.

티투스는 전임 집정관 술피키우스와 푸블리우스 빌리우스가 마케도니아를 때늦게 침략했고 전쟁을 천천히 진전시켰다는 사실을 알았다. 또한 그들은 특정한 위치를 차지하려고 작전을 벌이다가, 혹은 도로와 식량을 확보하기 위해 필립포스와 원거리에서 싸움을 벌이다가 시간을 낭비했다. 그리고 두 집정관은 한 해 동안 로마에서 특권을 누리거나 집정관으로서 정치 활동을 하면서 시간을 낭비한 뒤에야 원정을 나갔다. 그러나 티투스는 두 집정관이 했듯 임기를 연장하여 1년간 관리 역할을 하고 1년간 장군 역할을 하는 것을 옳다고 여기지 않았다. 반대로 집정관직을 수행하는 동시에 전쟁을 지휘하고자 하는 의욕을 품었고 로마에서 누릴 수 있는 명예와 특권을 포기하고 형제 루키우스를 해군 사령관으로 삼아 함께 원정을 나갈 수 있도록 원로원에 승인을 요청했다. 그리고, 이베리아에서 하스드루발을 정복하고 아프리카에서 한니발 본인을 무찌른 뒤 여전히 체력과 사기가 충천해 있던 스키피오의 병사 약 3천으로 주 병력을 구성했고 무사히 바다를 건너 에페이로스에 도착했다.

에페이로스에서는 푸블리우스 빌리우스가 병력과 함께 필립포스의 건너편에 진영을 치고 있었다. 필립포스는 오랫동안 압소스 강둑을 따라가는 좁은 길목을 지키고 있었다. 적이 워낙 유리한 위치를 차지하고 있었고 푸블리우스는 조금도 전진하지 못하는 상태였으므로 티투스는 푸블리우스의 병력을 넘겨받은 뒤 푸블리우스를 로마로 돌려보냈다. 그런 다음, 지형을 잘 살펴보기 시작했다. 템페 계곡보다 험하지 않았으나 템페 계곡에 널린 아름다운 나무와 푸른 숲, 휴양지, 편안한 초원은 없었다. 양쪽에 위치한 크고 높은 산은 비탈져 하나의 매우 크고 깊은 계곡을 이루었는데 이 계곡 중앙을 따라 압소스 강이 페네이오스 강만큼 풍부하고 빠르게 흘러갔다. 강물은 산기슭 대부분을 뒤덮고 있었지만 물길을 따라가는 가파르고 비좁은 길만은 남겨두고 있었다. 평소에도 군대가 이 길을 따라가기란 쉽지 않았겠지만 적이 지키고 있는 동안은 아주 불가능했다.

IV.

따라서 티투스가 병력을 이끌고 닷사레티스를 거쳐 뤼코스로 돌아가는 안전하고 쉬운 길을 택해야 한다는 의견도 있었다. 그러나 바다에서 멀리 떨어져 척박하고 메마른 지역으로 들어갈 경우, 필립포스가 전투를 미루면 식량 부족으로 임무를 마치지 못하고 해안으로 돌아와야 했다. 티투스는 이 점을 염려했다. 이는 전임 지휘관이 겪었던 일이기도 했다.

따라서 티투스는 온 힘을 다해 적을 공격하고 산속으로 밀고 올라갈 작정을 했다. 그러나 필립포스의 밀집 대형이 산속에 포진해 있었으므로 온 사방에서 투창과 화살이 날아와 로마군의 측방을 공격했다. 치열한 충돌이 벌어졌고 양측에서 부상자와 전사자가 나왔으며 전투의 끝은 보이지 않았다. 그러던 중 근방에 살며 가축을 치는 사내들이 티투스를 찾아와 적이 미처 지키고 있지 않은 샛길이 있다고 전했다. 사내들은 이 길로 군대를 이끌고 길어도 사흘 안에 산속 고지로 데려다 주겠다고 약속했다. 그리고 로마군에 충성하겠다는 담보이자 증거로서 마카타스의 아들 카롭스를 데리고 왔다. 마카타스는 에페이로스의 중요한 시민으로 로마에 호감을 갖고 있었고 필립포스에 대한 두려움으로 비밀리에 로마에 협조하고 있었다. 티투스는 마카타스를 믿고 군사 호민관에게 보병 4천과 기병 3백을 주어 보냈다. 사내들은 포박을 당한 채 로마군을 이끌었다. 군대는 낮에는 동굴이나 숲 속에 숨어 휴식하고 밤사이 보름달에 의지해서 이동했다.

이들을 파견한 뒤 티투스는 이틀간 군대를 움직이지 않았다. 가벼운 충돌을 일으켜 적의 주의를 끌 뿐이었다. 그러나 적을 에워싸게 될 파견대가 산 위에서 나타나기로 예정된 날이 오자 티투스는 중무장 보병과 경무장 보병 전부를 움직였다. 먼저 군대를 세 부분으로 나눈 뒤 티투스는 휘하 보병을 종대로 이끌고 강을 따라 골짜기의 가장 좁은 위치를 향해 갔다. 마케도니아 군대로부터 화살이 쏟아졌고 까다로운 지점에 이를 때마다 접근전을 펼쳐야 했다. 나머지 두 무리는 강의 양옆에서 티투스를 뒤따라가려고 애썼으며 험한 지형으로 인한 난관을 열심히 헤쳐나갔다.

그러는 중에 해가 떴고 멀리서 연기 한 줄기가 피어나는 모습이 눈에 들어왔다. 분명히 보이지는 않았으며 산속의 안개 같기도 했다. 적이 차지한 고지 뒤편에서 피어올랐기 때문에 적은 눈치채지 못했다. 로마군은 확신은 없었으나 계속해서 열심히 싸우면서 희망이 기대로 바뀌게 내버려두었다. 이윽고 연기가 커졌고 하늘을 어둡게 뒤덮으며 뭉게뭉게 피어올랐다. 동료들이 보낸 연기 신호가 분명했다. 낮은 곳에 있던 로마군은 승리의 함성을 질렀고 적을 향해 달려들었으며 험한 지형으로 몰아넣었다. 적의 뒤편에 있던 로마군도 고함을 질러 응답했다.

V.

그 즉시 적은 다급히 도망을 갔으나 전사한 적병은 2천이 넘지 않았다. 험준한 지형 때문에 추격이 불가능했기 때문이다. 그러나 로마군은 적의 돈과 막사, 노예를 사로잡았고 길목을 차지했으며 에페이로스 전역을 누볐다. 그러나 언제나 질서를 지켰고 엄청난 자제력을 발휘했다. 바다와 함대로부터 멀리 떨어진 상태였고 곡식 배급을 받기 전이었으며 돈으로 살 수 있는 물건은 아주 적었음에도 로마군은 풍요로운 에페이로스를 약탈하지 않았다.

필립포스가 도망자처럼 텟살리아를 지나가면서 주민을 산속으로 몰아넣고 도시에 불을 질렀다는 소식이 들렸기 때문이다. 게다가 부하들은 너무 많고 너무 무거워 다 가지고 갈 수도 없는 재물을 약탈했고 필립포스가 이를 내버려두었다는 소식이었다. 어떤 의미에서 필립포스는 이 지방을 이미 로마에 넘겼다고 할 수 있었다.

희망에 부푼 티투스는 병사들에게 일러 행군 중인 지방을 건드리지 말고 이미 로마의 편으로 넘어온, 로마 영토처럼 취급하도록 지시했다. 결과적으로 로마군의 질서 있는 행동이 옳았음이 드러났다. 로마군이 텟살리아에 당도하자 도시들이 로마 편으로 넘어왔고 테르모퓔라이 이남의 헬라스 인들도 티투스를 만나기를 고대하며 한껏 들떠 있었다. 아카이아 동맹 역시 필립포스와의 동맹을 깨고 로마군과 함께 필립포스에 맞서 전쟁을 하기로 투표를 거쳐 결정했다. 한편 당시 로마 편에서 열렬히 싸우고 있던 아이톨리아는 오푸스를 책임지고 지켜주겠다고 제안했지만 오푸스 시민은 이 제안을 받아들이지 않았고 티투스에게 사람을 보내 넘치는 신뢰와 함께 오푸스를 맡겼다.

전하는 말에 따르면 퓌르로스는 망루에서 처음으로 전투 준비를 마친 로마군을 보았을 때 저 야만족의 전투 대형에 야만스러운 구석이 조금도 없다고 말했다. 티투스를 처음 본 헬라스 사람들도 비슷한 반응을 보일 수밖에 없었다. 마케도니아 군대는 무력으로 적을 누르고 노예로 삼는 야만족 군대의 지휘관이 온다고 겁을 주었지만 정작 나타난 사람은 젊었고 인정이 있어 보였으며 헬라스 목소리로 헬라스 말을 할 줄 알았고 진정한 명예를 소중히 여기는 사람이었다. 결국, 헬라스 사람들은 티투스의 매력에 푹 빠졌고 각자의 도시로 돌아가서는 시민들에게 티투스를 향한 호감과 그가 자유를 지켜주리라는 믿음을 불어넣었다.

이어서 티투스는 필립포스가 협정을 원한다고 생각하고 그와 회담을 가졌다. 그리고 헬라스 도시에서 마케도니아 수비대를 철수하고 헬라스의 독립을 보장한다는 조건을 걸고 평화와 우정을 제안했다. 그러나 필립포스는 이 조건을 받아들이려 하지 않았다. 이렇게 되자 필립포스의 지지자들도 분명하게 깨달았다. 로마군은 헬라스를 상대로 전쟁을 벌일 작정이 아니라 헬라스를 위해 마케도니아와 전쟁을 벌일 작정이었던 것이다.

VI.

이렇게 되자 헬라스의 나머지 지방은 아무 문제없이 티투스 측으로 넘어왔다. 그가 어떤 저항도 받지 않고 보이오티아로 들어서는데 테바이의 주요 시민들이 그를 맞이하러 나왔다. 그들은 브라퀼라스의 노력으로 인해 마케도니아에 동조하고 있었으나 양측 모두와 친선 관계를 원한다는 듯 예의를 갖추고 티투스를 환영했다. 티투스도 테바이 시민들과 만나 따뜻하게 인사를 나누고 조용히 가던 길을 가면서 때로는 궁금한 점을 물어보고 때로는 긴 이야기를 풀어놓으며 군대가 따라붙는 동안 일부러 테바이 시민들의 주의를 돌렸다. 그런 다음, 군대를 이끌고 테바이 시민들과 함께 성안으로 들어갔다. 테바이 사람들은 이것이 꺼림칙했지만, 로마군이 적지 않으므로 딱히 막을 방도도 없었다.

그러나 티투스는 테바이를 사로잡을 생각은 없다는 듯 테바이 민회 앞에서 테바이를 로마 편으로 끌어들이기 위해 애를 썼다. 앗탈로스 왕도 티투스의 호소와 권유에 동참했다. 그러나 앗탈로스는 티투스를 지지하는 연설을 하는 데 지나치게 몰두한 나머지 제 나이를 간과했고 연설 중에 현기증, 혹은 마비를 느끼는가 싶더니 갑자기 졸도했다. 그리고 즉시 함대에 옮겨져 아시아로 향했고 아시아에서 죽음을 맞았다. 보이오티아는 로마 편으로 넘어왔다.

VII.

그러자 필립포스는 로마로 사절을 보냈고 티투스도 자신의 대표단을 로마로 보냈다. 티투스는 전쟁이 계속될 경우 지휘권의 연장을, 전쟁이 중단될 경우 협정을 맺을 권한을 바랐는데 대표단의 임무는 원로원을 설득해 이를 투표에 부치게 하는 것이었다. 티투스는 명예를 탐했고 지휘관이 바뀐다면 영광을 빼앗길까 몹시 두려웠다. 티투스의 대표단은 아주 성공적으로 임무를 마쳤고 그 덕에 필립포스는 원하는 바를 얻지 못했으며 전쟁의 지휘권은 계속해서 티투스에게 주어졌다. 원로원의 명령을 받은 티투스는 희망에 부풀었고 필립포스를 상대로 전쟁을 벌이고자 서둘러 텟살리아로 갔다. 로마군은 2만 6천이 넘었고 그 가운데 보병 6천, 기병 4백이 아이톨리아가 제공한 병력이었다. 필립포스의 군대도 비슷한 규모였다.

두 군대는 서로를 향해 진격하다가 스콧투사 근방에 이르렀고 그곳에서 전투로 승패를 가르기로 합의했다. 근거리에 놓인 두 군대가 서로에게 공포를 느꼈을 것이라고 생각할 수도 있지만, 정반대로 야망과 열정으로 넘쳤다. 로마군은 알렉산드로스 덕분에 힘과 전투력으로 드높은 명성을 날렸던 마케도니아 군대를 무찌르고 싶었다. 반면 마케도니아 군대는 페르시아 군대보다 로마 군대가 우월하다고 생각했으므로 로마군을 제압함으로써 필립포스가 알렉산드로스보다 더 눈부신 지휘관이라는 사실을 입증하고 싶어했다.

따라서 티투스는 부하들에게 헬라스라는 가장 아름다운 극장에서 누구보다 용감한 적과 싸우게 될 터이니 용기를 보여주고 기백을 자랑하라고 부추겼다. 필립포스도 관습에 따라 전장에 나가기 전 용기를 북돋는 연설을 했다. 그런데 우연이었는지, 아니면 때아니게 서두른 까닭에 미처 몰랐기 때문인지 연설을 하기 위해 오른 높은 언덕이 하필이면 수많은 시신이 묻힌 공동 무덤이었다. 불길한 징조를 알아본 관중 사이로 끔찍한 절망감이 퍼져나갔으므로 필립포스는 몹시 근심스러웠고 그날은 전투를 벌이지 않았다.

VIII.

따뜻하고 축축한 밤이 지나고 다음 날 아침이 가까워 오자 구름은 안개로 변했고 들판 전체가 깊은 어둠으로 가득 찼으며 산에서 시작된 짙은 공기가 두 진영 사이에 내려앉았다. 날이 밝았지만, 들판은 눈에 보이지 않았다. 양측이 매복과 수색을 목적으로 내보낸 병사들은 금세 마주쳤고 퀴노스케팔라이, 즉 개의 머리 근방에서 충돌했다. 촘촘하게 붙어 있는 언덕의 뾰족한 꼭대기가 개의 머리와 닮았다고 붙은 이름이었다. 까다로운 싸움터였으니 만큼 양측은 서로 번갈아가며 쫓기고 쫓겼고 각 측은 때때로 궁지에 몰려 퇴각하는 아군을 위해 지원군을 내보냈다. 그러다 마침내 안개가 걷히고 상황이 눈에 들어오자 양측은 전군을 이용해 맞붙었다.

필립포스 측은 우측 날개가 유리했다. 고지대에 있던 중장비 보병대 전체가 일제히 로마군을 덮친 것이다. 로마군은 마케도니아 보병대가 포개어 들고 있는 무거운 방패와 날카로운 긴 창을 버티어 낼 수 없었다. 로마군의 좌측 날개는 결국 산산이 깨어져 언덕 사이로 흩어졌다. 티투스는 마케도니아에 밀리고 있는 좌측 날개를 포기하고 신속하게 우측 날개로 말을 몰았고 이를 이끌고 마케도니아 군대를 덮쳤다. 그러자 마케도니아의 밀집 대형은 험준하고 불규칙한 지형으로 인해 힘의 원천인 대열의 깊이를 유지하지 못하고 벌어지기 시작했다. 게다가 일대일로 싸우기에는 갑옷과 무기가 지나치게 거추장스럽고 무거웠다. 밀집 대형이란 병사들이 방패를 포개어 들고 일개 대형으로 하나가 되어 움직일 때 대적할 수 없는 힘을 가진 짐승 같은 법이다. 그러나 잘게 쪼개지면 각자는 개인의 힘마저 잃어버린다. 무기와 갑옷 때문이기도 하지만 각자의 힘은 전체를 이루는 부분이 서로 의지할 때 나오는 힘이지 개인에게서 나오는 힘이 아니기 때문이다.

마케도니아 군의 좌측 날개가 패주하자 로마군 일부는 적을 추격했고 일부는 싸움을 지속하고 있는 적의 측면을 공격해 적병을 쓰러뜨렸다. 그러자 곧 승리했던 적의 우측 날개마저 뒤로 돌아 무기를 버리고 도망을 쳤다. 결국, 마케도니아 병사 8천 이상이 죽임을 당했고 5천이 포로로 잡혔다. 그러나 필립포스는 무사히 도망갔는데 아이톨리아 병사들 탓이었다. 그들은 로마군이 추격을 계속하는 동안 적의 진영을 약탈하는 데 여념이 없었고 돌아온 로마군에게는 아무것도 남아 있지 않았다.

IX.

이 일이 서로 간의 다툼과 비난의 발단이었다. 이후 아이톨리아 군대는 승리를 가로챘고 그렇게 얻은 명성으로 헬라스가 선입관을 갖게 하였으므로 티투스는 점점 화가 나기 시작했다. 승리를 기념하고자 했던 시인과 역사가들이 시와 글 속에서 언제나 아이톨리아를 먼저 언급했기 때문이다. 가장 널리 퍼졌던 엘레게이아 형식의 풍자시는 다음과 같았다.

"나그네여, 무덤도 없고 울어줄 사람도 없이 이 텟살리아의 산등성이에 죽어 있는 우리 3만 명은 아이톨리아의 칼에, 그리고 에마티아마케도니아 파멸의 중요한 원인, 이탈리아에서 티투스가 이끌고 온 라티니 족의 칼에 정복을 당했다오. 필립포스가 보여주었던 기백은 민첩한 사슴보다 더 잽싸게 사라졌소."

이 시는 알카이오스가 필립포스를 조롱하고자 쓴 글이고 전사자의 수는 과장되었다. 그러나 여러 곳에서 여러 사람의 입에 올랐고, 필립포스보다는 티투스를 불편하게 했다. 오히려 필립포스는 답시를 지어 알카이오스를 조롱했다.

"나그네여, 산등성이 위 태양 아래 심긴 이파리도 껍질도 없는 십자가의 주인은 알카이오스라오."

아무튼, 티투스는 헬라스의 인정을 받고 싶은 마음이 간절했으므로 떠도는 소문에 몹시 예민해졌다. 이런 이유에서 남은 일은 단독으로 처리했고 아이톨리아 군대는 거들떠보지도 않다시피 했다. 그러자 아이톨리아도 불만을 가졌다. 티투스가 협정을 제안하러 온 마케도니아 왕의 사절을 접견했을 때 아이톨리아 사람들은 여러 도시를 돌며 티투스를 끈질기게 공격했다. 헬라스를 처음 노예로 만들었던 세력을 파괴하고 전쟁을 완전히 종식할 능력이 있으면서도 필립포스에게 돈을 받고 평화를 팔고 있다고 비난한 것이다.

아이톨리아 사람들이 이처럼 비난을 이어가며 로마의 동맹국 사이에서 분란을 조장할 때 필립포스는 로마와 협정을 맺고 제 신병과 영토를 티투스와 로마에 넘기고 모든 혐의를 벗었다. 티투스는 이같이 전쟁을 끝맺은 것이다. 그는 필립포스에게 마케도니아를 돌려주었으나 헬라스를 다시는 넘보아서는 안 된다고 명령했고 배상금 1천 탈란톤을 부과했다. 그리고 열 척을 제외한 모든 함선을 빼앗았으며 아들 데메트리오스를 볼모로 붙잡아 로마로 보냈다. 이로써 티투스는 당면한 문제도 해결하고 앞날에도 대비했다.

로마의 숙적이자 제 고향 땅에서도 쫓겨난 아프리카의 한니발이 이미 안티오코스 왕의 궁정에 당도해 있었고 운이 다하기 전에 더 큰 업적을 이루어야 한다고 왕을 부추기고 있었기 때문이다. 안티오코스 자신도 크나큰 업적을 달성하고 위대한 안티오코스라는 칭호를 얻게 된 뒤였으므로 이왕이면 절대적인 패권을 노리고 있었고 로마에 두드러진 적개심을 갖고 있었다.

이 모든 것을 고려했을 때 만약 티투스가 필립포스와 협정을 맺지 않았다면, 그리고 필립포스와 전쟁 중인 상태에서 안티오코스를 상대해야 했다면, 그래서 누구보다 위대하고 강력한 두 왕이 로마에 맞서 힘을 합쳤다면, 로마는 한니발과의 전쟁에서 겪었던 것 못지않은 새로운 난관과 위험을 감수해야 했을 것이다. 그러나 두 전쟁 사이에 시기적절한 평화를 끼워 넣음으로써, 그리고 위협적인 전쟁이 시작되기 전에 기존의 전쟁을 종결함으로써 티투스는 필립포스로부터 마지막 희망을, 안티오코스로부터 최초의 희망을 앗아간 것이다.

X.

한편 원로원이 티투스에게 보낸 10인 위원회는 헬라스에 자유를 주되 안티오코스 왕을 막기 위한 수단으로 코린토스와 칼키스, 데메트리아스에 수비대를 배치하라고 조언했다. 그러자 아이톨리아 사람들은 요란한 비난을 퍼부으며 도시들을 선동했다. 티투스에게는 필립포스가 헬라스의 족쇄라고 불렀던 세 도시를 해방하라고 했고 헬라스 사람들에게는 전보다 무겁기는 해도 한결 매끄러운 족쇄를 차니 기쁘지 않은가, 발을 풀어주는 대신 목에 목걸이를 채워준 티투스를 은인으로 떠받들어야 하지 않는가 물었다. 티투스는 고민하고 괴로워하다 위원회와 깊은 논의를 벌였고 결국 세 도시에서도 수비대를 철수하도록 설득했다. 헬라스를 위한 선물이 모자람이 없고 완전하길 원했기 때문이다.

이윽고 이스트모스 경기가 열렸고 경기장에는 운동 경기를 관람하고자 엄청난 인파가 몰렸다. 헬라스가 자유를 얻고자 벌였던 전쟁이 긴 세월 끝에 마침내 종결되고 축제가 확고한 평화 속에서 열렸기 때문이다. 그때 나팔 소리가 울려 관중에게 조용히 하라는 신호를 보냈고 전령이 관중 속으로 들어와 포고했다. 로마 원로원과 티투스 퀸티우스 플라미니누스 총독이 필립포스 왕과 마케도니아를 굴복시켰으니 코린토스, 로크리스, 포키스, 그리고 에우보이아 사람들, 프티오티스의 아카이아 사람들, 마그네시아, 텟살리아, 페르라이비아 사람들에게 수비대와 세금이 없는 자유를 돌려준다는 내용이었다.

포고문은 멀리 퍼지지도, 정확히 들리지도 않았으므로 관중은 전령이 무슨 말을 했는지 알지 못해 어리둥절해 하며 웅성거렸다. 그리고 서로에게 내용을 묻더니 포고문을 다시 한 번 읽어달라고 했다. 주위가 잠잠해지고 전령이 전보다 우렁찬 목소리로 포고문을 읽자 엄청난 환호성이 솟구쳐 바다에까지 가닿았다. 온 관중이 자리에서 일어났고 경기를 벌이던 선수들은 찬밥이 되었으며 전부 헬라스의 구원자이자 수호자를 만나기 위해 냅다 뛰쳐나갔다.

그러자 사람 목소리의 크기와 힘에 대해 전해지는 이야기가 실제로 일어났다. 마침 경기장 위를 날던 까마귀가 경기장 안으로 떨어진 것이다. 이것은 대기의 파열이 원인이었다. 크고 힘찬 목소리는 공중으로 올라가서 대기를 가르고 대기는 새를 지탱하지 못한다. 새는 마치 진공 상태에 있는 것처럼 아래로 떨어지거나 무기에 타격을 입은 것처럼 꼼짝 못하고 죽어 떨어진다. 거대한 파도가 빠져나가면서 생기는 바다의 물기둥처럼 대기가 소용돌이쳤을 가능성도 있다.

XI.

아무튼, 경기가 중단되자 티투스는 군중이 마구잡이로 몰려들 것을 예상해 몸을 피했다. 만약 그토록 수많은 군중이 한꺼번에 사방에서 달려들었다면 티투스는 살아남지 못했을 것이다. 그러나 어느새 밤이 되었고 군중은 티투스의 막사 주변에서 환호를 보내는 데 지쳤으므로 친구와 동료 시민을 만날 때마다 인사를 나누고 포옹하며 만찬을 벌이거나 술을 마시러 갔다. 그런 자리에서, 기쁨이 점점 커지는 가운데 사람들은 헬라스에 대해 여러 논의를 벌이고 담론을 즐겼다. 헬라스가 자유를 얻기 위해 수많은 전쟁을 벌였지만 지금처럼 확고하고 기쁜 마음으로 즐길 수 있는 자유를 얻은 적은 없었다고 사람들은 말했다. 그것도 남의 노력 덕분에 피 한 방울, 일말의 괴로움도 없다시피 가장 아름답고 부러움을 살 만한 포상을 받았다고 했다. 용맹하고 현명한 사람도 드물지만 가장 드문 사람은 정의로운 사람이었다. 아게실라오스나 뤼산드로스, 니키아스, 알키비아데스는 전쟁을 잘 지휘했고 육지와 해상에서 어떻게 승리하는지 잘 알고 있는 지휘관이었으나 그 승리를 이용해 정당하게 호의를 얻고 정의를 추구하려 하지 않았다.

마라톤 전투와 살라미스 해전, 플라타이아 전투, 테르모퓔라이 전투, 키몬이 에우뤼메돈과 퀴프로스 주변에서 세운 업적을 제외하면 헬라스는 언제나 전투 결과 예속 상태에 놓이게 되었으며 헬라스가 얻은 승전비는 하나같이 헬라스가 겪은 재앙과 불명예를 일깨워 주었다. 저열하고 다툼을 좋아하는 지도자들이 쟁취한 승전비였기 때문이다.

그러나 헬라스와 먼 조상을 공유하고 있다는 아주 근소하고 희미한 증거가 있을 뿐 남이나 다름없다고 여겨지는 민족이, 도움이 되는 말이나 계획을 건네도 놀라울 마당에, 헬라스를 구원하고 무자비한 폭군과 참주로부터 헬라스를 해방하기 위해 지독한 위험과 고난을 무릅썼던 것이다.

XII.

　여기까지가 헬라스 사람들의 생각이었다. 한편 티투스는 선언한 바를 실천에 옮겼다. 먼저 렌툴루스를 아시아로 보내 바르귈리아를 해방하게 했고 스테르티니우스를 트라키아로 보내 이 지방 도시와 섬으로부터 필립포스의 수비대를 몰아내게 했다. 뿐만 아니라 푸블리우스 빌리우스는 안티오코스 왕과, 그가 다스리는 헬라스 인들의 자유를 논하고자 배를 띄웠다. 티투스 자신도 칼키스를 방문했고 거기서 다시 마그네시아로 항해해서 수비대를 몰아내고 주민들에게 법 제도를 되찾아 주었다.

　그리고 아르고스에서 열리는 네메아 경기의 주최자로 선정된 뒤, 이 축제를 더할 나위 없이 훌륭하게 지휘했으며 여기서 다시 한 번 헬라스의 해방을 공표했다. 그런 다음, 여러 도시를 방문하여 법과 질서, 참된 정의, 화합, 상호 친선을 정립했다. 또 파벌을 잠재우고 추방자를 복권시켰다. 티투스는 마케도니아를 정복한 일보다 헬라스를 설득해서 서로 화해하게 만든 일을 더 자랑스럽게 생각했고 헬라스 사람들도 티투스 덕분에 얻은 자유를 그의 은덕 가운데 가장 사소한 것으로 여겼다.

　전해지는 이야기에 따르면 철학자 크세노크라테스는 외국인세를 내지 않았다고 해서 세금을 징수하는 관리들의 손에 끌려가다가 연설가 뤼쿠르고스의 도움을 받아 풀려났다. 뤼쿠르고스는 무례한 관리들을 처벌하기까지 했다. 이후 뤼쿠르고스의 아들들을 만난 크세노크라테스는 이렇게 말했다.

　"애들아, 나는 너희 아버지가 내게 베푼 친절에 충분히 보답하고 있단다. 내 덕분에 온 세상이 너희 아버지를 칭송하고 있기 때문이지."

　그러나 티투스와 로마의 경우, 헬라스에 베푼 은혜에 대한 보답으로 칭송만을 얻게 된 것이 아니라 온 세상의 신뢰, 그리고 권력을 그것도 합당하게 누리게 되었다. 사람들은 로마가 보낸 관리를 환영하는 것으로 모자라 로마로 사람을 보내 관리를 초청했으며 복종을 자처했다. 여러 도시와 도시의 시민뿐만 아니라 다른 군주에게 피해를 입은 군주들도 로마 관리에게 보호를 요청했으므로 얼마 가지 않아 마치 신이 도운 것처럼 모든 것이 로마의 치하로 들어왔다.

그러나 티투스 자신은 헬라스의 해방이라는 업적에 가장 큰 자부심을 가졌다. 델포이에 작은 은 방패 몇 개와 제가 쓰던 긴 방패를 봉헌하면서 다음과 같이 새겼다.

"민첩하게 말을 다루는 제우스의 아들들이여, 튄다레오스의 아들들이여, 스파르테의 군주들이여, 헬라스의 아들들을 위해 자유를 빚은 아이네아스의 후손 티투스가 최고의 선물을 가지고 왔습니다."

그는 또한 아폴론에게 다음과 같이 새겨진 금관을 봉헌했다.

"레토의 아들이여, 황금으로 빛나는 이 관은 그대의 신성한 머리카락에 잘 어울릴 것입니다. 아이네아스의 자손의 훌륭한 지도자가 바치는 선물입니다. 그러니 멀리 뛰는 자여, 신과 같은 티투스에게 용맹에 걸맞은 영광을 내려주시옵소서."

결국, 코린토스에서 헬라스는 두 차례 축복을 받게 된다. 티투스가 이곳에서 헬라스의 자유를 선포했고 우리 시대에는 네로가 헬라스에게 자유와 자치권을 내렸다. 두 경우 모두 코린토스의 이스트모스 경기에서였고 티투스는 전령을 통해서 했지만, 네로는 시장에 모여든 군중 속에서 연단에 서서 직접 연설을 했다. 그러나 이것은 나중의 일이다.

XIII.

이제 티투스는 더할 나위 없이 명예롭고 정의로운 전쟁을 벌였다. 상대는 스파르테의 가장 사악하고 무법적인 폭군 나비스였다. 그러나 티투스는 결국 헬라스를 실망시키고 만다. 참주를 붙잡을 수 있었지만 그렇게 하지 않고 협정을 맺음으로써 스파르테를 부당한 예속 상태에 남겨두었기 때문이다. 전쟁이 길어질 경우 로마에서 보낸 새로운 장군이 공을 가로챌까 두려웠기 때문일 수도 있고 필로포이멘을 향한 존경에 시기와 불만을 느꼈기 때문일 수도 있다. 실제로 다른 모든 면에서 필로포이멘은 헬라스에서 가장 능력이 뛰어난 사람이었고 이 전투에서는 특별히 놀라운 능력과 용기를 보여주었으므로 아카이아 사람들은 티투스만큼 필로포이멘을 칭송했고 극장에서도 둘에 대해 동등한 존경심을 드러냈다.

이것은 티투스를 언짢게 만들었다. 변경에서 벌어지는 작은 전쟁이나 지휘하는 아르카디아 인이 헬라스 전체를 위해 전쟁을 벌이고 있는 로마의 집정관만큼 아카이아의 존경을 받고 있었기 때문이다. 한편 티투스는 나비스와의 전쟁에서 취한 행동에 대해, 나비스를 없애려면 스파르테 시민 전체가 심각한 불행에 휘말릴 수 있는 상황이었기 때문에 전쟁을 멈추었다고 변명을 했다.

아카이아는 투표를 거쳐 티투스에게 여러 영예를 수여했는데 그중 한 가지 선물만이 티투스가 내린 축복에 상응하는 것 같았고 이 선물은 티투스에게 나머지를 다 합친 것보다 더 큰 기쁨을 주었다. 어떤 선물이었는가 하면, 한니발과의 전쟁에서 불행히 포로로 잡힌 로마인들이 있었다. 포로들은 여기저기 팔려가 노예로 살고 있었다. 헬라스에는 이런 노예가 1천2백 명에 달했다. 운명이 뒤바뀐 노예들은 언제나 연민의 대상이었으나 가장 안타까운 경우는 노예이자 포로의 몸으로 승자의 편에 선 자유민과 맞닥뜨린 경우, 그런데 그 사람이 아들이나 형제, 친구일 경우였다. 티투스도 이런 상황이 괴로웠으나 노예를 주인으로부터 빼앗을 수 없었다.

그러자 아카이아는 노예를 한 명당 5므나에 사들여 한곳에 모았으며 티투스가 로마로 가는 배에 승선하기 직전 이들을 선물로 주었다. 티투스는 기쁜 마음으로 고향으로 돌아갈 수 있었다. 고결한 업적에 대해 고결한 보답을, 동료 시민을 사랑하는 훌륭한 사람에게 더할 나위 없이 적절한 보답을 받은 것이다. 이 선물은 티투스의 개선 행진을 무엇보다 빛내주었다. 노예가 해방되었을 때의 관례에 따라 머리를 밀고 털모자를 쓴 사람들이 티투스의 전차를 뒤따라 행진한 것이다.

XIV.

그러나 이 행진에서 전시된 전리품, 즉 헬라스 식 투구와 마케도니아 식 방패와 긴 창은 더 아름다운 광경을 연출했다. 뿐만 아니라 엄청난 액수의 현금도 전시되었다. 투디타누스에 따르면 금덩어리가 3천7백13리트라, 은이 4만 3천2백70리트라, 필립포스의 초상이 새겨진 금화가 1만 4천5백14개였다. 게다가 필립포스가 벌금 1천 탈란톤을 지급하기 전이었다. 그러나 이후 로마는 티투스의 노력에 설득을 당해 이 벌금을 면제해주었다. 뿐만 아니라 필립포스와 우호 관계를 맺고 볼모로 데리고 있었던 필립포스의 아들도 돌려보냈다.

XV.

그러나 얼마 가지 않아 안티오코스가 대규모 함대와 병력을 이끌고 헬라스로 건너왔고 도시를 부추겨 파벌을 형성하고 반란을 하게 만들었다. 아이톨리아 사람들도 합세했다. 오래전부터 로마를 극도로 적대시했던 아이톨리아 사람들은 안티오코스에게 헬라스의 해방을 전쟁의 빌미로 삼으라고 조언했다. 헬라스는 이미 자유로운 상태였으므로 해방을 원하지 않았다. 그러나 전쟁을 벌일 더 적절한 구실이 없었기 때문에 아이톨리아는 안티오코스에게 가장 고결한 명분을 취하라고 조언한 것이다.

로마는 헬라스 일부가 적의 편으로 넘어가고 있다는 소식과 안티오코스의 세력에 관한 소식을 듣고 깜짝 놀라 집정관 마니우스 아킬리우스를 총지휘관으로 내보냈다. 그러나 헬라스를 기쁘게 하기 위해 티투스를 부지휘관으로 임명했다. 티투스가 나타나자마자 일부는 로마에 대한 충성을 더욱 굳게 다짐했고 배신할 마음을 먹기 시작한 일부에게 티투스는 이를테면 적절하게 처방한 약이었다. 티투스에 대한 호의가 병을 호전시켰으며 악화되는 것을 방지했기 때문이다.

소수는 티투스도 어쩔 수 없었는데 이미 아이톨리아에 매수당해 철저히 넘어간 뒤였기 때문이다. 그러나 티투스는 테르모필라이에서 안티오코스를 무찌른 뒤 언짢고 화가 난 상태에서도 이들을 용서했다. 안티오코스는 헬라스를 빠져나간 즉시, 아시아로 항해했고 집정관 마니우스는 직접 아이톨리아 사람들을 상대로 포위 공격을 하는 한편, 나머지는 필립포스 왕에게 처리하도록 했다. 그리하여 여기저기서 돌로피아와 마그네시아, 아타마니아와 아페란티아 사람들이 마케도니아 군대에 괴롭힘을 당하고 약탈을 당했다. 한편 마니우스는 헤라클레이아를 약탈한 다음, 아이톨리아가 차지한 나우팍토스를 포위 공격했다.

헬라스를 가엾이 여긴 티투스는 펠레폰네소스에서 마니우스가 있는 곳으로 건너갔다. 티투스는 먼저 마니우스를 꾸짖으며 그가 승리해놓고도 필립포스가 이득을 챙기도록 내버려두고 있다고 했다. 뿐만 아니라 그가 분노를 충족하기 위해 한 도시를 포위 공격하는 데 시간을 낭비하는 동안 마케도니아는 여러 국가와 왕국을 정복했다고 했다.

그때 포위 공격을 당하고 있던 시민들이 성벽에서 티투스를 보고 그를 부르며 두 팔을 뻗고 애원했지만, 티투스는 등을 돌리고 눈물을 쏟더니 자리를 떴다. 얼마 후 다시 마니우스를 방문한 티투스는 마니우스를 달래고 아이톨리아와 협정을 맺도록 유도했으며 아이톨리아로 하여금 로마로 사절을 보내 관대한 협정 조건을 청원하도록 했다.

XVI.

그러나 티투스는 칼키스를 대신해 마니우스를 설득할 당시 가장 큰 고초를 겪었다. 칼키스가 마니우스의 분노를 산 이유는 전쟁이 시작된 뒤 안티오코스가 칼키스 여인과 결혼을 했기 때문이다. 이 결혼은 시기도 적절하지 못했지만, 왕의 나이를 생각하면 더욱 적절치 못했다. 왕은 노인이었고 신부는 클레옵톨레모스의 딸로 누구보다 아름다운 처녀였지만 소녀에 지나지 않았기 때문이다. 이 결혼으로 칼키스는 열렬히 왕의 편을 들었고 기꺼이 안티오코스의 본거지가 되었다. 따라서 안티오코스는 테르모필라이 전투가 끝나고 황급히 칼키스로 도망갔으며 소녀신부와 친구들, 재물을 챙겨 아시아로 배를 띄웠다. 그러자 분노에 찬 마니우스는 칼키스로 행군을 했다. 그러나 함께 있던 티투스는 마니우스를 달래고 설득한 끝에 마음을 돌렸으며 마니우스와 다른 로마 관리들을 향한 탄원을 통해 마니우스를 진정시켰다.

이처럼 티투스 덕분에 위험을 모면한 칼키스는 그에게 성안에 있는 가장 크고 아름다운 봉헌물을 바쳤으며 그 위에는 아직도 다음과 같이 새겨져 있다.

"민중은 이 귐나시온을 티투스와 헤라클레스에게 헌정한다."

다른 곳에는 이렇게 새겨져 있다.

"민중은 이 신전을 티투스와 아폴론에게 헌정한다."

뿐만 아니라 오늘날까지 칼키스는 티투스의 사제를 선출하고 임명하고 있으며 티투스를 기려 제물을 바치고 헌주를 한 뒤에는 정해진 찬가를 부른다. 여기서 다 인용할 수는 없고 마지막 한 구절만 옮겨본다.

"로마의 신뢰를 존중하고 이를 간직하기로 엄숙히 맹세하오니 소녀들은 찬양하라, 위대한 제우스 신을, 로마를, 티투스를, 그리고 로마의 신뢰를! 병을 낫게 하시는 아폴론 만세! 구원자 티투스 만세!"

XVII.

티투스는 나머지 헬라스 사람들로부터 또한 적절한 영예를 받았다. 티투스의 정의로운 본성이 불러일으킨 놀라운 호의에서 우러나온 진심이 담긴 영예였다. 티투스는 일을 수행하거나 경쟁심을 앞세우다가 가령 필로포이멘이나 아카이아 사령관 디오파네스와 같은 헬라스 사람과 충돌하더라도 깊은 증오를 품거나 폭력적으로 대응하지 않았다. 자유롭고 열린 토론을 통해 거리낌 없이 감정을 분출하고 나면 그것으로 끝이었다.

티투스는 원한을 품지도 않았다. 혹자는 티투스가 성격이 급하고 경솔했다고 말하지만 대체로 원만한 사람이었으며 강한 말도 세련되게 전달할 줄 알았다. 예를 들면 그는 자퀸토스를 합병하려는 아카이아를 말리며, 거북이가 펠로폰네소스라는 등딱지 밖으로 머리를 내밀면 위험해질 것이라고 말했다. 한편 휴전 협정과 평화 협정을 맺고자 필립포스와 처음 회담을 할 당시, 필립포스는 티투스에게 자신은 홀로 온 반면 티투스는 여러 수행원을 데리고 왔다고 말했다. 티투스는 대답했다.

"가족과 친구들을 없애면 그렇게 혼자가 되시는 법입니다."

하루는 멧세네 사람 데이노크라테스가 로마에서 벌어진 술자리에서 과음하더니 여장을 하고 춤을 추었다. 그는 다음 날 티투스에게 멧세네를 아카이아 동맹에서 분리하려고 하니 도움을 달라고 요청했다. 티투스는 생각해보겠다고 하고 덧붙였다.

"그렇게 중대한 문제를 두고 술잔치에서 가무를 즐길 수 있다니 놀라울 따름입니다."

언젠가 안티오코스가 보낸 사절단이 아카이아 사람들 앞에서 왕의 병력이 얼마나 많은지 설명하며 다양한 종류의 군사들을 낱낱이 열거했다. 그러자 티투스는 친구의 집에서 식사한 이야기를 꺼냈다. 식사를 하다 보니 고기 요리의 종류가 매우 다양했고 티투스는 친구에게 그같이 다양한 고기를 어디서 구했는지 물었다. 그러자 친구는 다 돼지고기인데 요리법이 다를 뿐이라고 대답했다.

"그러니 아카이아 여러분도 안티오코스의 군대에 있다는 투창병이며 창병이며 보병에 대해 듣고 놀라지 마십시오. 다 같은 쉬리아 사람인데 들고 있는 무기만 다를 뿐입니다."

XVIII.

헬라스에서 뜻을 이루고 안티오코스와의 전쟁을 마무리한 티투스는 감찰관에 임명됐다. 감찰관은 로마에서 가장 높은 관직이며 감찰관이 되었다는 것은 어떤 의미에서 정치 인생의 정점에 다다랐다는 뜻이다. 티투스의 동료 감찰관은 집정관을 다섯 번 역임한 마르켈루스였다. 임기 중 두 사람은 원로원에서 명성이 높지 않은 의원 네 명을 제명했고 자유민 부모를 가진 시민권 신청자 모두에게 시민권을 주었다. 귀족의 심기를 거스르고 싶었던 호민관 테렌티우스 쿨레오가 민회에서 이를 투표에 부쳤기 때문에 어쩔 수 없이 취한 조치였다.

한편 당대에 가장 명망 있고 로마에서 영향력이 컸던 스키피오 아프리카누스와 마르쿠스 카토는 서로 갈등을 겪고 있었다. 티투스는 둘 중 스키피오를 원로원 최고 의원으로 임명했는데 그가 누구보다 훌륭하고 중요한 인물이라고 여겼기 때문이다. 그러나 카토와는 적대 관계에 놓이게 되었는데 그 이유는 다음과 같다.

티투스는 루키우스 플라미니누스와 형제간이었는데 루키우스는 티투스와 성격이 정반대였다. 특히 쾌락에 부끄러운 줄 모르고 탐닉했으며 남의 시선은 아랑곳하지 않았다. 루키우스는 한 소년을 애인으로 두고 있었는데 군대를 지휘할 때든 속주를 다스릴 때든 언제나 수행원과 함께 데리고 다녔다. 하루는 술자리에서 이 소년이 애교를 부리며, 사람이 죽임을 당하는 광경을 한 번도 본 적이 없지만 열렬히 사랑하는 루키우스와 함께 있기 위해 검투사 경기를 포기했다고 말했다. 그리고 자신보다 루키우스의 기쁨이 우선이기에 그렇게 했다고 말했다. 그러자 루키우스는 반색하며 말했다.

"걱정 마라! 내가 널 기쁘게 해주겠다."

곧이어 감옥에서 사형수를 데리고 나오게 한 루키우스는 수행원을 불러 만찬장에서 사내의 목을 치라고 명령했다. 그러나 발레리우스 안티아스에 따르면, 이것은 소년이 아닌 정부를 기쁘게 하려고 벌인 일이다. 한편 리비우스는 카토의 연설을 인용하며 탈영한 갈리아 병사가 처자식과 함께 루키우스를 찾아오자 루키우스가 병사를 만찬장으로 들였고 제 손으로 병사를 죽였다고 말한다. 그러나 이것은 카토가 비난에 힘을 싣기 위해 꾸며낸 이야기일 가능성이 높다. 죽은 사내가 탈영병이 아니라 사형을 앞둔 죄인이었다는 증언이 훨씬 많고 특히 키케로는 『노년에 대하여』라는 글에서 카토가 그렇게 말했다고 밝히고 있다.

XIX.

카토가 감찰관이 되어 원로원에서 적합하지 않은 의원을 제명할 때, 그는 루키우스 플라미니누스를 쫓아냈다. 루키우스 플라미니누스는 집 정관을 지낸 적이 있었던 데다 루키우스의 제명은 티투스에게도 수치 스러운 일이었다. 따라서 형제는 초라한 옷을 입고 눈물을 쏟으며 동료 시민에게 과하지 않은 부탁을 했다. 명예로운 가문에 그처럼 큰 불명예 를 안긴 이유가 무엇인지 카토의 설명을 들을 수 있게 해달라는 주장이 었다. 그러자 카토는 동료 감찰관과 앞으로 나와 티투스에게 만찬장에 서 벌어진 일에 대해 알고 있는지 물었다. 티투스가 모른다고 하자 카토 는 만찬장에서 있었던 사건을 설명하고 루키우스에게 사실이 아닌 부분 이 있느냐고 정식으로 물었다. 그러자 루키우스는 어안이 벙벙한 얼굴 로 서 있었고 민중은 그가 정당한 처분을 받았다고 생각했으므로 연단 에서 내려오는 카토를 정성스럽게 호위했다.

그러나 티투스는 루키우스의 불행에 큰 충격을 입고 오래전부터 카토 를 증오했던 무리와 힘을 합치게 된다. 그리고 원로원에서 우위를 점한 뒤, 카토가 승인했던 모든 임대, 대여, 매매 계약을 무효화했을 뿐만 아니 라 그에게 여러 중대한 혐의를 씌웠다.

가족이기는 해도 저열하고 처벌받아 마땅했던 루키우스 때문에 법을 준수한 관리이자 누구보다 훌륭한 시민에 대해 그런 불치의 증오를 품었 던 티투스가 선량한 개인이나 시민으로서 할 일을 했다고 나는 말할 수 없다. 그런데 로마 시민은 어느 날 극장에서 공연을 관람하다가 루키우 스가 관람석 뒤쪽에 가난하고 비천한 자들과 함께 앉아 있는 모습을 보 았다. 원로원은 관례에 따라 앞쪽에 특별석을 차지하고 있었다. 루키우 스의 모습에 시민은 동정심이 발동했다. 차마 지켜보고 있을 수 없었던 군중은 계속해서 루카우스에게 자리를 바꾸라고 외쳤고 결국 루카우스는 자리를 바꾸었으며 저와 마찬가지로 집정관을 지낸 적이 있는 시민들과 함께 앉게 되었다.

XX.

한편 티투스의 타고난 야망은 이미 언급한 전쟁을 통해 충족되고 있는 동안에는 칭송을 받았다. 예를 들자면, 그가 집정관을 지낸 뒤 불가피한 상황이 아닌데도 재차 군사 호민관이 된 경우가 그렇다. 그러나 관직을 그만두고 나이가 들자 오히려 비난을 받았는데 노년에 왕성한 활동을 하기가 어려웠음에도 승리를 향한 열망과 청년 같은 열정을 버리지 못했기 때문이다. 한니발에 대한 티투스의 태도도 어떤 격렬한 충동이 원인이었던 것으로 보인다. 티투스는 이 일로 가장 큰 미움을 받았다. 한니발은 몰래 고향 카르타고를 빠져나와 안티오코스의 궁정에 한동안 머무른 적이 있다. 그러나 프뤼기아 전투에서 안티오코스가 협정을 받아들이자 한니발은 다시 한 번 도주했고 한참을 방황하다, 마침내 비튀니아에 있는 프루시아스 왕의 궁정에 발을 붙였다.

이 사실을 모르는 로마인은 없었으나 늙고 나약한 한니발에게 더 이상 관심을 갖는 사람은 없었으며 그가 운명의 여신의 버림을 받았다고 생각했다. 그러나 다른 용무가 있어 원로원이 보낸 사절 자격으로 프루시아스 왕을 방문하게 된 티투스는 한니발을 보고 그가 살아 있다는 사실에 분개했다. 그리고 프루시아스가 탄원자이자 가까운 친구를 대신해서 간절히 부탁했으나 티투스는 화를 풀지 않았다. 한편 한니발의 죽음에 관해 오래된 신탁이 있었던 것으로 알려지는데 그 내용은 다음과 같았다고 한다.

"리뷧사의 흙이 한니발의 형체를 덮을 것이다."

한니발은 고향 카르타고가 있는 리뷔에 묻힌다는 의미로 이 신탁을 이해했고 카르타고에서 생을 마감하리라고 믿었다. 그러나 비튀니아 해안에는 넓은 모래밭이 있고 그 경계에는 리뷧사라고 하는 큰 마을이 있다. 한니발은 이 마을 근처에 살고 있었다. 그러나 나약한 프루시아스를 불신했고 로마인들을 두려워했으므로 이 당시에도 한니발의 집에는 침실에서 이어지는 지하 탈출구가 일곱 개나 있었다. 따라서 티투스가 처형을 명령했다는 소식을 들은 한니발은 지하 통로로 탈출하려고 하다가 왕의 호위대와 맞닥뜨렸고 스스로 목숨을 끊고자 했다. 그가 외투를 목에 두른 다음, 노예로 하여금 무릎으로 등허리를 누르며 외투를 당기게 했다는 말도 있다. 온 힘을 다해 팽팽하게 당긴 외투에 목이 졸려 죽었다는 것이다. 그가 테미스토클레스나 미다스를 흉내 내 황소의 피를 마셨다는 이야기도 있다. 그러나 리비우스는 한니발에게 독약이 있었다고 한다. 한니발은 독약을 타 오게 한 다음, 들이켜기 전에 말했다고 한다.

"이제 로마의 크나큰 불안을 없애 줍시다. 늙고 미움받는 노인이 죽기를 기다리는 게 얼마나 지겹고 힘든 일이겠습니까. 티투스는 이번 승리로 존경받지 못할 것입니다. 적

• 파리 튈르리 정원의 한니발.

* 푸생(Poussin)의 『코끼리를 타고 알프스를 건너는 한니발』.

이었고 로마를 눌렀던 퓌르로스에게 비밀리에 독살 시도가 있을 것이라고 알려주었던 선대의 명예에도 먹칠을 하게 될 것입니다."

XXI.

한니발의 죽음에 대해 전해지는 이야기는 이 정도이다. 한니발이 죽었다는 소식이 원로원에 닿자 여러 의원은 티투스의 행동이 미움받을 만하며 주제넘고 잔인했다고 생각했다. 날지도 못하고 꼬리도 없어서 온순하고 무해한 삶을 살아야 하는 새 한 마리 같았던 한니발을 죽게 했기 때문이다. 게다가 필요에 따른 일도 아니었고 단지 자신의 이름이 한니발의 죽음과 연관되기를 바랐기 때문에, 명성을 얻기 위해서 저지른 일이었다.

사람들은 또한 스키피오 아프리카누스의 자비와 너그러움을 언급하며 그를 더욱 존경했다. 패배를 몰랐으며 아프리카를 공포로 채우고 있었던 한니발을 누르고도 한니발을 나라 밖으로 내몰지도 않았고 한니발의 동료 시민에게 그를 내놓으라고 하지도 않았을뿐더러 전투에 앞서 회담을 할 때 따뜻한 인사를 건넸고 전투가 끝나고 협정을 맺을 때도 적의 운명을 모욕하거나 짓밟지 않았던 것이다.

　뿐만 아니라 다시 에페소스에서 만난 두 사람이 산책할 때 한니발이, 승자 스키피오가 서야 할 자리에 서서 걷고 있었지만 스키피오는 아무런 신경도 쓰지 않고 내버려두었으며 계속 산책을 했다고 한다. 또, 위대한 장군들에 대해 이야기를 나눌 때 한니발은 알렉산드로스가 가장 위대한 장군이었으며 퓌르로스가 그다음, 자신이 세 번째라고 했다. 그러자 스키피오가 가만히 미소를 지으며 말했다.

　"내가 그대와 싸워 이기지 않았다면 그대는 몇 번째입니까?"

　그러자 한니발은 대답했다.

　"그랬다면 세 번째가 아니라 가장 위대한 장군으로 쳤을 것입니다."

　대부분은 스키피오의 이 같은 행동을 존경했고 남이 무찌른 상대를 난폭하게 다룬 티투스를 탓했다. 그러나 티투스의 행동을 칭송한 사람들은 살아 있는 한니발을 부채질만 하면 타오를 수 있는 불길에 비교했다. 한니발은 한창때 신체나 무기가 특별했기 때문이 아니라 능력과 경험에 더불어 깊이 맺힌 응어리와 적대감을 갖고 있었기 때문에 로마에 위협적인 존재였다. 그런데 타고난 본성은 나이가 든다고 약화되지 않고 그대로 있다. 반면 운명은 일관적이지 못하고 편을 바꾸곤 하며 증오로 인해 숙적이 된 자들에게 새로운 과업에 대한 희망을 안긴다.

　뿐만 아니라 한니발이 죽은 뒤 이어진 일들은 티투스의 행동을 더욱 정당화했다. 어느 악사의 외손자 아리스토니코스가 에우메네스의 아들이라는 소문을 이용해 온 아시아를 전쟁과 반란으로 채웠고, 미트리다테스는 술라와 핌브리아에게 패배를 당하고 수많은 병력과 지휘관을 잃었지만, 다시 한 번 육지와 해상에서 루쿨루스의 강적으로 떠오르고 있었다.

그러나 한니발도 가이우스 마리우스보다 더 비참한 지경에 이르지는 않았다. 한니발은 왕의 친구였고 함선과 말과 병사를 돌보면서 여생을 보냈기 때문이다. 그러나 불행한 처지가 된 마리우스는 아프리카를 구걸하며 방황하는 동안 온 로마의 조롱거리였다. 그러나 얼마 가지 않아 그가 로마인들의 목에 도끼를 겨누고 등에 회초리를 대자 로마인들은 초라하게 자비를 빌었다.

앞날이 어떨지 모른다는 점에서 오늘 일은 사소하다고도 대단하다고도 할 수 없으며 변화는 생애와 마찬가지로 죽어야 끝나는 법이다. 아무튼, 위와 같은 이유에서 혹자는 티투스가 스스로 원해서 한니발을 죽이려 한 것이 아니며 한니발을 처치할 임무를 받고 루키우스 스키피오와 사절로 파견되었을 뿐이라고 한다.

티투스는 이 일이 있고 정치가로서도 군인으로서도 딱히 활동하지 않았고 평화롭게 죽음을 맞았다고 한다. 이제 두 사람을 비교해 볼 차례다.

I.

헬라스에 안긴 은혜의 규모로 보아 필로포이멘도, 필로포이멘보다 훌륭했던 그 어느 헬라스 사람도 티투스와 견줄 수는 없다. 그들은 헬라스 인으로서 같은 헬라스 인을 상대로 전쟁을 벌인 반면 티투스는 헬라스 사람이 아니었지만 헬라스를 위해 전쟁을 벌였기 때문이다. 필로포이멘이 적의 공격으로부터 동료 시민을 방어하지 못하고 크레테로 건너가 있을 때에도 티투스는 헬라스의 중심에서 필립포스를 무찔렀으며 헬라스의 민족과 도시들을 해방했다. 그리고 두 사람이 벌인 전투를 고려하자면, 필로포이멘이 아카이아 사령관으로서 죽인 헬라스 사람이 티투스가 헬라스의 지원군으로서 죽인 마케도니아 사람보다 많았다.

두 사람의 잘못을 짚어 보자면 한 사람의 잘못은 야망이, 다른 한 사람의 잘못은 경쟁심이 원인이었다. 티투스가 필립포스의 왕위를 지켜주었고 아이톨리아에 호의를 보인 반면 필로포이멘은 분노에 사로잡혀 고국이 주변 마을에 대해 가지고 있었던 지배권을 빼앗았다. 나아가 한 사람은 은혜를 받는 상대에게 언제나 한결같았던 반면 한 사람은 화풀이하기 위해서라면 언제든 베풀었던 은혜를 취소할 준비가 되어 있었다. 예를 들어 필로포이멘은 한때 스파르테의 은인이었으나 훗날 스파르테의 성벽을 무너뜨리고 영토를 짓밟았으며 마침내 스파르테의 법과 제도를 변경하고 파괴했다. 또한, 자신의 목숨도, 분노와 경쟁심을 견디지 못하고 내팽개친 것으로 보인다. 때와 사정을 따지지 않고 급하게, 서둘러 멧세네를 공격한 잘못이었다. 티투스와 달리 필로포이멘은 작전을 실행에 옮길 때 숙고를 하거나 안전을 충분히 고려하지 않았던 것이다.

II.

　그러나 수많은 전쟁을 벌이고 승전비를 획득한 필로포이멘의 전쟁 경험이 더 탄탄한 토대 위에 있다. 필립포스를 상대로 벌인 티투스의 원정은 두 차례의 전투 만에 끝이 났지만 필로포이멘은 무수히 많은 전투에서 승리를 거머쥐었으므로 그의 승리가 실력보다 운에 달려있다는 주장을 한치도 허용하지 않았다. 게다가 티투스는 명성을 좇는 과정에서, 정점에 있던 로마의 세력을 이용했으나 필로포이멘은 헬라스가 이미 내리막길에 들어섰을 때 승승장구했다. 따라서 필로포이멘의 승리는 그가 스스로 일군 업적인 반면 티투스의 승리는 공동 노력의 결과였다. 티투스는 훌륭한 군사를 거느리고 있었으나 필로포이멘은 지휘관으로서 군사를 훌륭하게 만들어야 했기 때문이다. 게다가 필로포이멘이 헬라스 군대를 상대로 싸웠다는 사실은 안타깝기는 해도 그의 용맹을 확실하게 증명한다. 다른 조건이 동일하다면 용맹한 편이 이기게 되어 있기 때문이다. 헬라스에서 가장 전쟁에 능한 크레테와 라케다이몬 군대와 싸울 때 필로포이멘은 가장 간교하다는 크레테 군대보다 꾀가 많았고 가장 용감하다는 라케다이몬 군대보다 더 과감했다.

　이뿐 아니라 티투스는 주어진 것, 즉 전통적으로 쓰던 무기와 대형을 이용해서 승리를 얻은 반면 필로포이멘은 이런 문제에 대해 제 의견을 내고 변화를 이끌어냈다. 필로포이멘의 경우 승리에 가장 필수적인 요소가 존재하지 않아 발견해야 했던 반면 티투스의 경우 쓰기 편하게 주어져 있었다. 게다가 개인적인 전투 능력을 볼 것 같으면 필로포이멘은 여러 위업을 달성했지만, 티투스는 아무런 성과도 이루지 못했다. 심지어 아이톨리아 사람 아르케데모스는 티투스를 조롱하며, 자신이 칼을 뽑아들고, 흩어지지 않고 싸우는 마케도니아 군대를 향해 전력질주를 하는 동안 티투스는 두 팔을 하늘로 치켜들고 도움을 청하고 서 있었다고 말했다.

III.

나아가 티투스는 훌륭한 업적을 쌓을 당시 지휘관이거나 사절이었으나 필로포이멘은 사령관일 때만큼 평범한 시민일 때 아카이아를 위해 열심히 활동하고 도움을 주었다. 멧세네에서 나비스를 몰아내고 멧세네에 자유를 주었을 때 필로포이멘은 관직이 없었다. 스파르테로 행군하는 사령관 디오파네스와 티투스를 막기 위해 성문을 닫고 라케다이몬을 구했을 당시에도 그는 평범한 시민이었다.

이처럼 지도력을 타고난 필로포이멘은 지도력을 법에 따라 사용할 줄 알았고 공동의 이익을 위해 어떻게 법을 다스려야 하는지도 알았다. 그는 시민이 선출해주어야 지휘관이 된다고 생각하지 않았고 때와 상황이 요구할 때 시민을 지휘했다. 시민의 선택을 받은 사람이 아니라 시민에게 도움이 되는 현명한 결정을 하는 사람이 진정한 지휘관이라고 생각한 까닭이다.

티투스가 헬라스에 보여준 자비와 인정은 고귀하고 후했으나 필로포이멘이 로마를 상대로 보여준 단호함과 자유에 대한 애정은 더욱 고귀하고 후했다. 탄원자에게 호의를 보이는 일이 강자에 저항하는 일보다 쉽기 때문이다. 그러나 막상 비교해보니 두 사람 간의 차이를 명확히 하기가 쉽지 않으므로 전쟁 경험이 풍부하고 지도력이 뛰어나다는 점에서 헬라스 인에게 관을 내리고 정의롭고 아량이 넓다는 점에서 로마인에게

관을 내리는 것이 옳을지 어떨지 그 판단은 독자에게 남겨놓기로 한다.

PLUTARCH
LIVES

갈바

I.

아테나이 사람 이피크라테스는 용병이 부와 쾌락을 즐기는 편이 낫다고 생각했는데 욕망을 채울 수단을 얻는 과정에서 더 무모하게 싸울 것이라고 생각했기 때문이다. 그러나 대부분은 군대가 마치 건강한 사람의 몸처럼, 제각각의 목표가 아닌 지휘관을 따라야 한다고 생각한다. 따라서 파울루스 아이밀리우스는 마케도니아에서 넘겨받은 병사들에게, 각기 제가 지휘관인 양 수다와 참견을 일삼는 버릇이 있다는 사실을 깨닫고, 병사라면 준비를 갖추고 칼을 갈아두되 나머지는 자신에게 맡기라고 말한 적이 있다.

플라톤은 군대가 복종하고 충성하지 않는 한 훌륭한 지휘관이나 장군은 아무것도 할 수 없다고 말했다. 그리고 복종할 줄 알기 위해서는 왕이 되고자 할 때와 마찬가지로 고귀한 본성이 있어야 하고 철학 훈련을 받아야 한다고 말하는데 그래야만 온정과 인정이, 높은 기백과 공격성과 조화롭게 섞인다고 한다. 여러 위급한 상황이, 특히 네로가 죽고 로마에 닥쳐온 위기가 이것을 반증하고, 서툴고 무분별한 충동에 휩쓸리는 병력보다 제국이 두려워해야 할 대상은 없다는 사실을 명백하게 드러낸다.

실제로 데마데스는 알렉산드로스가 죽은 뒤 닥치는 대로 무질서하게 움직이는 마케도니아 군대를 외눈이 찔린 퀴클롭스에 비유했다. 한편 로마 제국은 신화 속 거인족이 일으키는 듯한 격변과 재앙에 피해를 입었고 여러 조각으로 나뉘었으며 여러 곳에서 무너져내렸다. 황제로 선포된 자들의 야망 때문이라기보다 군대의 탐욕과 방종이, 마치 못이 다른 못을 밀어내듯, 지휘관을 몰아냈기 때문이다.

텟살리아를 열 달간 다스리다 죽임을 당한 페라이 사람을 디오뉘시오스는 비극 속의 폭군이라고 부르며 빠른 교체를 조롱했다. 그러나 로마 황제의 거처 팔라티움은 이것보다 짧은 기간에 황제 네 명을 받아들였다. 군대가 마치 연극에서처럼 한 명을 내보내고 또 한 명을 들여보내는 식으로 황제를 갈아치웠기 때문이다. 그러나 고통받는 시민에게 한 가지 위로가 있었으니 고통을 준 장본인을 따로 처벌할 필요가 없었고 그들이 서로 죽이는 광경을 지켜볼 수 있다는 점이었다. 가장 먼저, 군대를 유혹해 황제를 폐위하는 대가로 온갖 좋은 것을 기대하게 한 당사자가 마땅한 죽음을 맞았다. 그가 제공한 대가는 가장 고귀한 행위를 불경한 행위로 만들었고 네로 황제에 대한 반란을 반역으로 만들었다.

II.

이미 언급했듯* 네로의 상황이 아주 절망적인 단계에 이르렀고 그가 아이귑토스로 도주하려고 한다는 사실이 명백해졌을 때 근위대장 님피

---

* 소실된 『네로』편에서 언급했을 것이다.

디우스 사비누스와 티겔리누스는 마치 네로가 이미 떠나고 없다는 듯 군대를 설득해 갈바를 황제로 선포하게 했다. 그리고 근위병에게는 1인당 7천5백 데나리우스, 로마 밖에서 복무하고 있는 병사에게는 각 1천2백50데나리우스라는 상당한 보답을 약속했는데 이 금액을 모으려면 네로보다 1만 곱절은 가혹한 악행을 저질러야 했다.

이 약속은 네로를 죽였고 곧이어 갈바도 죽였다. 네로는 보상을 받으려는 군대에 의해 버림받았고 갈바는 결국 보상을 받지 못한 군대에 죽임을 당한 것이다. 이어서 군대는 더 높은 액수를 부르는 사람을 찾기 위한 연이은 반란과 배신을 통해 자기 파멸을 가져왔고 결국 기대한 바를 얻지 못했다. 이 같은 사건에 대한 정확하고 상세한 기술은 정사正史에 기록될 것이다. 나의 역할은 황제들의 업적과 운명에 대해 언급할만한 가치가 있는 사항을 생략하지 않는 것이다.

· 갈바.

III.

숙피키우스 갈바가 로마의 황제가 된 인물 중에 가장 부유한 개인이었다는 점은 대체로 인정된다. 뿐만 아니라 고귀한 세르비우스 가문과 연고가 있다는 사실은 그의 신망을 크게 높였다. 그러나 갈바는 카툴루스와의 관계를 더 자랑스럽게 여겼는데 카툴루스는 최고 권력의 행사를 남에게 양보했음에도 덕망과 명성이 당대 최고였다. 갈바는 또한 아우구스투스 카이사르의 아내 리비아와, 정확히는 몰라도 친척 관계였으므로 리비아의 청에 아우구스투스는 갈바를 집정관으로 임명하기도 했다.

갈바는 게르마니아에서 군대를 지휘하며 이름을 떨쳤고, 아프리카의 속주 총독이 되었을 때는 누구보다 큰 칭송을 받았다고 한다. 그러나 갈바는 소박하고 작은 것에 만족하는 생활을 했고 언제나 돈을 낭비하지 않고 검소하게 사용한 까닭에 황제가 된 이후에는 인색하다는 소리를 들었고 치우치지 않는 태도와 자제력은 따분하다고 여겨졌다.

네로는 명망이 높은 시민을 두려워해야 한다는 사실을 깨닫기 전 갈바를 히스파니아이베리아, 스페인 총독으로 보냈다. 그러나 갈바는 성품이 온화했으며 나이가 많았으므로 언제나 신중하게 행동하리라는 믿음을 얻었다.

IV.

그러나 네로의 사악한 대리인들이 무자비하고 잔혹하게 속주를 괴롭히자 갈바는 속주 주민의 괴로움과 억울함에 공감한다는 사실을 명백하게 밝히지 않고는 주민을 도울 수가 없었다. 이것은 법정에서 유죄 판결을 받고 노예로 팔려가는 자들에게 어느 정도 위안이 되었다. 사람들이 네로에 대한 노래를 만들어 널리 부르고 다닐 때도 갈바는 이를 멈추지도 않았고 네로의 대리인들과 불쾌함을 공유하지도 않았다. 그리하여 더욱 주민들의 애정을 받았다. 이 무렵 갈바는 주민들에게 널리 알려져 있었다. 그가 총독으로 여덟 번째 임명된 해, 갈리아로 파견되었던 유니우스 빈덱스 장군이 네로에 대항해 반란을 일으켰다.

그러나 반란이 공공연하게 벌어지기 전 갈바는 빈덱스의 편지를 받았으며 편지를 신뢰하지도 않았고 내용을 문제 삼지도 않았다. 반면 여러 다른 속주 총독은 빈덱스가 보낸 편지를 네로에게 보냈고 빈덱스의 음모를 좌절시키기 위해 온 힘을 다했다. 그럼에도 나중에 반란에 가담함으로써 빈덱스 뿐만 아니라 스스로에게조차 진실하지 못했음을 인정했다.

빈덱스는 전쟁을 선포한 뒤 다시 갈바에게 편지를 써서 황제가 되어달라고 청했다. 몸은 원기 왕성하지만 머리가 없는 갈리아 지방을 도와달라는 내용이었다. 무기를 든 갈리아 병사는 이미 1만 1천이 넘었고 수천이 더 무기를 들 수 있는 상황이었다. 그러자 갈바는 동료들에게 조언을 구했다. 일부는 반란에 대해 로마가 어떤 반응을 보일 때까지 기다리는 것이 좋겠다고 말했다. 그러자 근위대장 비니우스는 말했다.

· 젊은 네로. 55-59년경.

"갈바, 무슨 조언이 이렇습니까? 네로에게 충성해야 하는지 묻는다는 것은 이미 우리가 불충하다는 뜻입니다. 그러니 네로를 적으로 간주하고 빈덱스와의 친선을 거부하면 안 됩니다. 거부한다면 당장 빈덱스를 비난하고 전쟁을 벌여야 합니다. 빈덱스는 폭군 네로가 아닌 그대가 로마를 다스리길 원하고 있기 때문입니다."

V.

얼마 후 갈바는 특정일에 원하는 모든 노예에게 자유를 주는 법령을 선포했다. 그러자 온갖 소문이 난무했으며 반란을 절실히 원했던 무수한 사람이 군집했다. 어찌 되었든 갈바가 집무석에 오르자 모두가 한목소리로 그를 황제로 칭하며 환호했다. 그러나 갈바는 당장 황제라는 이름을 취하지는 않았다. 먼저 네로를 비난하고 네로가 죽인, 누구보다 탁월한 시민들의 운명을 슬퍼하면서 나라를 위해 최선을 다하겠다고 약속했다. 그리고 스스로를 카이사르나 황제가 아닌 로마 원로원과 시민의 사령관으로 칭했다.

갈바에게 황제가 되도록 권했던 빈덱스가 현명했다는 사실은 네로가 명백히 입증했다. 네로는 빈덱스를 얕보는 척했고 갈리아 문제를 대단하게 여기지 않는 듯 행동했다. 그러나 목욕을 마치고 아침을 먹던 네로는 갈바가 벌인 일을 전해 듣자 상을 뒤엎어버렸다. 그러나 원로원이 갈바를 적으로 규정한 뒤 네로는 친구들 앞에서 태연한 척하며 농담조로 마침 돈이 필요했는데 좋은 생각이 났다고 말했다. 그리고 갈리아의 재물은 전쟁이 끝난 뒤에야 전리품으로 확보할 수 있겠지만, 공공의 적으로 규정된 갈바의 재산은 당장 쓰거나 팔아치워도 되지 않느냐고 했다. 네로는 갈바의 재산을 매매하라고 명령했다. 이 소식을 들은 갈바는 네로가 히스파니아에 가지고 있던 모든 재산을 공매에 부쳤고 더욱 적극적인 구매자들을 여럿 찾았다.

VI.

어느새 네로를 따르는 사람은 급격히 줄었고 대부분이 갈바의 편으로 넘어갔다. 아프리카의 클로디우스 마케르, 그리고 갈리아에서 게르마니아 군대를 지휘하는 베르기니우스 루푸스만이 각각 따로 행동했다. 잔인하고 탐욕스러웠던 클로디우스는 강도질과 살인을 일삼았던 탓에 지휘권을 유지할 수도 포기할 수도 없는 오도 가도 못하는 상황에 처해있었다. 반면 가장 강력한 군단을 지휘했고 부하들이 종종 황제로 칭했으며 황제의 칭호를 받으라고 강력하게 권유한 베르기니우스는 스스로를 황제로 칭하지 않았을 뿐만 아니라 원로원이 선출하지 않은 누구도 황제로 부를 수 없다고 했다.

이 모든 것은 처음에는 갈바를 무척 불편하게 만들었다. 그러나 곧 베르기니우스와 빈덱스의 군대가 두 지휘관을 마치 고삐를 놓친 전차의 주인처럼 커다란 전투에 휘말리게 만들었고 빈덱스는 갈리아 인 2만을 잃고 스스로 목숨을 끊었다. 그러자 온 군대가 대승을 한 베르기니우스를 황제로 추대하고 싶어 하며 그가 황제가 되지 않는다면 네로에게 돌아갈 것이라는 소식이 돌았다. 그러자 갈바는 정말로 당황했으며 베르기니우스에게 편지를 써서 제국을 지키고 로마 시민의 자유를 지키기 위한 노력에 동참해달라고 부탁했다. 그리고 얼마 후 친구들과 함께 히스파니아의 한 도시 클루니아로 들어갔으며 불가피하게 된 여러 필수적인 조치를 취하기보다 저지른 일을 반성하고 근심 없는 평범한 일상을 그리워하며 시간을 보냈다.

VII.

어느새 여름이 찾아왔고 어느 날 해가 지기 직전 로마에서 해방 노예 이켈루스가 찾아왔다. 로마에서 단 7일 만에 히스파니아로 온 이켈루스는 갈바가 홀로 휴식을 취하고 있다는 사실을 알고 황급하게 그의 침실로 갔으며 시종들을 무시하고 벌컥 문을 열더니 큰소리로 알렸다. 네로가 은신 중일 때 먼저 군대가, 이어서 원로원과 시민이 갈바를 황제로 선포했으며 곧이어 네로가 죽었다는 소식이 들렸다고 전한 것이다. 이켈루스 자신은 네로가 죽었다는 소식을 당장 믿지는 않았지만 두 눈으로 네로의 시신을 본 뒤 곧장 갈바를 찾아왔다고 말했다.

이켈루스가 알려온 소식은 갈바를 몹시 기쁘게 만들었고 곧이어 이켈루스의 말을 듣고 갈바를 온전히 신뢰하게 된 사람들이 갈바의 집으로 몰려들었다. 그나저나 이켈루스는 정말 믿기지 않는 속도로 달려온 것이다. 이틀 뒤 티투스 비니우스가 일행을 거느리고 군 진영에서 왔고 원로원의 명령을 자세히 전달했다. 덕분에 비니우스는 높은 관직을 얻었고 해방 노예 이켈루스는 금반지를_{계급 상승을 의미하는} 낄 수 있게 되었으며 이켈루스 대신 마르키아누스라는 이름을 받았다. 그는 다른 해방 노예 사이에서 가장 큰 영향력을 행사했다.

VIII.

그러나 로마에서는 님피디우스 사비누스가 전권을 장악하려고 애쓰고 있었고 그것도 천천히, 점차 장악하는 것이 아니라 단번에 하려고 했다. 그는 일흔셋이나 된 갈바가 노인에 지나지 않고 가마를 타고 로마로 돌아올 힘도 없다고 생각했다. 뿐만 아니라 성안의 군대는 어느새 님피디우스만을 바라보고 있었고 그가 큰 보상을 약속했으므로 그를 은인으로, 갈바를 빚을 진 사람으로 여기고 있었다.

따라서 님피디우스는 즉시 동료 티겔리누스에게 무기를 내려놓도록 명령했고 만찬을 열어 집정관이었거나 군의 고위직을 맡았던 사람들을 대접했다. 그러나 초청장에는 언제나 갈바의 이름을 박았다. 그리고 여러 병사를 부추겨 갈바에게 대표단을 보내게 했다. 님피디우스를 단독이자 종신 근위대장으로 만들어야 한다는 요구를 전달할 목적이었다.

뿐만 아니라 원로원도 님피디우스의 지위와 세력을 높이는 데 도움을 주었다. 그에게 은인 칭호를 내리고 날마다 그의 문앞에 모이는가 하면 그가 모든 법령을 발의하고 추인할 수 있도록 허락한 것이다. 그러자 님피디우스는 한결 교만해졌으므로 그에게 아첨하던 사람들은 단시간에 시기뿐 아니라 두려움으로 가득 차게 되었다.

하루는 두 집정관이 원로원이 승인한 법령이 담긴 공문서, 즉 디플로 마를 관리들에게 주어 황제에게 전달하도록 했다. 이 디플로마는 집정관 의 인장으로 봉인했는데 각 도시의 지방관은 이 봉인을 보고 신속하게 전령에게 새로운 이동 수단을 제공하게 되어 있었다. 그런데 님피디우스 는 디플로마를 자신의 인장으로 봉인하지 않고 제 부하를 통해 보내지 않았다고 지나치게 화를 냈다. 뿐만 아니라 집정관을 벌하려고까지 했으 나 집정관이 사과하고 용서를 빌자 분노를 삭였다고 한다.

게다가 민중을 기쁘게 하기 위해, 민중이 네로의 지지자를 때려죽여 도 어떤 조치도 취하지 않았다. 그러자 군중은 검투사 스피쿨루스를 포 룸에서 끌려다니던 네로의 조각상 밑으로 던져 죽였다. 네로의 정보원 아포니우스는 바닥에 내팽개친 뒤 그 위로 돌을 가득 실은 수레를 지나 가게 해서 죽였다. 그 밖에도 여럿을 갈기갈기 찢어 죽였는데 그중에는 무고한 사람도 있었다. 결국, 로마에서 가장 뛰어난 시민이라는 합당한 명성을 누리던 마우리쿠스는 원로원 앞에서 곧 네로를 그리워하게 될까 두렵다고 말했다.

IX.

점차 목표를 향한 기대에 부풀고 있었던 님피디우스는 자신이 티베리 우스의 뒤를 이은 가이우스 카이사르의 아들이라는 말을 싫어하지 않았 다. 가이우스는 젊은 시절 님피디우스의 어머니와 가까웠던 것으로 보인 다. 카이사르의 해방 노예 칼리스투스와 침모 사이에서 태어나 참한 외 모를 갖고 있던 님피디우스의 어머니는 그러나 님피디우스가 태어난 뒤 에야 가이우스와 가까이 지낸 듯하다. 님피디아는 사실 검투사 마르티

아누스의 명성에 반해 마르티아누스와 님피
디우스를 낳았다고 여겨진다. 마르티아누스와
닮은 님피디우스의 얼굴이 이를 뒷받침한다.
님피디우스는 님피디아가 어머니라는 사실은
인정했으나 네로를 몰아낸 공은 혼자서 가져
가고 싶었다. 더 많은 부와 명예가 자신의 차
지가 되어야 한다고 생각했고 네로의 총애를
받던 스포루스를 가지고도 성에 차지 않았다.
님피디우스는 네로의 시신이 다 타기도 전에
스포루스를 불러오게 했고 아내로 삼았으며
폽파이아라는 애칭으로 불렀다.

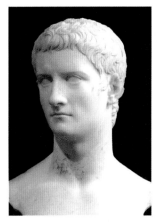

• 가이우스 카이사르, 혹은 칼리굴라 황제.

어쨌거나 님피디우스는 제국을 이어받고 싶었다. 그러기 위해 비밀리
에 동료의 도움을 받았고 몇몇 여인과 원로원 의원을 지낸 시민들도 은
밀히 님피디우스를 도왔다. 한편 님피디우스는 동료 겔리아누스를 히스
파니아로 보내 정세를 살피게 했다.

X.

그러나 네로가 죽고 모든 일은 갈바에게 순조롭게 돌아갔다. 여전히
망설이고 있었던 베르기니우스 루푸스가 그를 불안하게 만든 것은 사실
이다. 그가 크고 가장 효율적인 군대를 지휘하고 있었을 뿐만 아니라 빈
덱스와 싸워 이겨 명성을 얻은 데다 로마 제국의 상당 부분을 차지하는,
한창 반란으로 들썩이고 있던 갈리아를 다스리고 있었기 때문이다. 따
라서 갈바는 베르기니우스가, 최고 권력을 취하라고 부추기는 무리의 말
을 들을까 염려했다. 베르기니우스보다 더 이름 높은 사람이 없었고 갈

바에 맞먹는 명성을 가진 사람이 없었다. 그가 로마로부터 가혹한 폭군을 몰아내는 동시에 갈리아 전쟁을 멈추는 데 가장 큰 영향력을 행사했던 까닭이다.

그러나 베르기니우스는 당분간 종래의 입장을 고수했고 황제를 선택할 원로원의 권리를 존중했다. 그러나 네로가 죽었다는 소식이 확실해지자 병사 대부분은 다시 베르기니우스를 졸랐다. 심지어 한 군사 호민관은 베르기니우스의 막사에서 칼을 뽑아들고 칼과 왕권 중에 선택하라고 했다. 그러나 군단 지휘관 파비우스 발렌스가 앞장서서 갈바에게 충성을 맹세했고 로마에서 원로원의 명령을 전달하는 편지가 도착했으므로 베르기니우스는 몹시 힘겨웠기는 해도 부하들을 설득해 갈바를 황제로 칭하게 만드는 데 마침내 성공했다.

그리고 갈바가 지휘권을 이어받을 플라쿠스 호르데오니우스를 보내자 명령에 따라 군대를 넘기고 자신은 갈바를 만나러 갔다. 그리고 갈바의 일행에 합류했는데 그때에도 베르기니우스는 자신이 갈바의 분노를 샀는지 존경을 샀는지 알 수 없었다. 갈바는 베르기니우스를 순수히 존중했으나 갈바의 동료들, 특히 티투스 비니우스는 달랐기 때문이다. 비니우스는 베르기니우스를 시기했고 베르기니우스의 앞길을 막고자 했다. 그러나 알지 못하는 사이 베르기니우스의 수호 정령을 도운 셈인데 정령은 다른 지도자들을 에워싼 전쟁과 재앙으로부터 베르기니우스를 떨어뜨려 편안한 휴식이 있는 삶, 평화와 고요로 가득 찬 노년으로 이끌고 있었기 때문이다.

XI.

갈리아 도시 나르보에서 갈바는 원로원이 보낸 대표단을 접견했다. 대표단은 갈바에게 인사를 건네고 민중이 그를 만나고 싶어 하니 빠른 시일 내에 민중의 바람을 들어달라고 간절히 부탁했다. 갈바는 대표단과의 접견이나 회의 자리에서 대체로 겸손하고 친절했으며 대표단을 대접할 때는, 님피디우스가 네로의 궁전에서 보내준 온갖 집기와 시설이 있었음에도 단 하나도 사용하지 않았고 오직 자신의 것만 사용했다. 이로써 갈바는 좋은 평판을 얻었고 허세를 모르는, 그릇이 큰 사람으로 여겨졌다.

그러나 비니우스는 갈바의 위엄 있고 소박하고 겸손한 태도가 민중에 대한 아첨에 지나지 않고, 귀중한 물건을 가질 자격이 없다고 여기는 까다로운 태도라고 주장하며 네로의 재물을 쓰라고 그를 설득했다. 그리고 만찬을 열 때도 황제에게 어울리는 지출을 아까워하지 말라고 조언했다. 나이 든 갈바는 앞으로 비니우스의 지시를 받게 되리라는 사실을 숨기지 못했다.

XII.

한편 비니우스는 비교를 불허하는 철저한 돈의 노예였으며 여러 여인과 난잡한 관계에 빠져 있었다. 젊은 시절 칼비시우스 사비누스의 부하로 처음으로 원정을 나갔을 당시, 그는 지휘관의 정숙하지 못한 아내를 군인처럼 꾸며 밤새 진영 안으로 데리고 왔고 로마에서는 '프린키피아'라고 부르는 지휘관의 막사에서 관계를 가졌다.

이 일로 가이우스 카이사르는 비니우스를 감옥에 가두었으나 비니우스는 황제가 죽자 다행히 풀려났다. 언젠가 클라우디우스 카이사르와 저녁 식사를 하면서 은잔을 훔친 적도 있다. 카이사르는 이 사실을 알고 비니우스를 다음 날 또다시 저녁 식사에 초대했으며 그가 도착하자 앞에 은그릇이 아닌 질그릇만을 내어놓도록 지시했다. 이 일은 관대한 카이사르가 웃어넘긴 덕분에 조롱의 대상이 되었을 뿐, 분노를 자아내지는 않았다. 그러나 비니우스가 갈바를 손아귀에 넣고 갈바의 재정 문제에 누구보다 큰 영향력을 행사했을 때 그는 여러 비극적인 사건과 크나큰 재앙의 원인이면서도 구실이 되었다.

XIII.

님피디우스는 갈바에게 일종의 염탐꾼으로 보낸 겔리아누스가 돌아오자마자 코르넬리우스 라코가 근위대장에 임명되었고 갈바가 비니우스의 손아귀에 꽉 잡혀 있다는 소식을 들었다. 그러나 겔리아누스는 갈바 근처에 가지도 못했고 그와 단둘이 면담을 하지도 못했으며 모두의 의혹과 불신의 눈길을 받았다고 했다. 겔리아누스의 말에 몹시 언짢아진 님피디우스는 군 지휘관들을 불러모았고 갈바는 선량한 의도를 가진 온화한 노인이지만 제 뜻을 펴기보다 비니우스와 라코의 잘못된 지시를 따르고 있다고 주장했다.

따라서 님피디우스는 비니우스와 라코 두 사람이 티겔리누스가 거느렸던 세력을 몰래 차지하기 전에 황제에게 대표단을 보내자고 했다. 그리고 비니우스와 라코를 멀리한다면 로마에 도착했을 때 더욱 기쁘고 따뜻한 환영을 받을 것이라는 말을 전하자고 했다. 그러나 님피디우스의 제안은 청중을 설득하지 못했다. 오히려 나이 든 황제에게, 마치 막 권력을 맛본 젊은이에게 하듯 누굴 가까이하고 누굴 멀리하라고 이르는 것은 이상하고 부자연스럽다고 생각했다.

결국, 님피디우스는 다른 방법을 택했다. 갈바를 불안하게 만들 전갈을 보낸 것이다. 님피디우스는 클로디우스 마케르가 아프리카에서 곡식의 공급을 억제하고 있어서 로마에 상당한 불안과 근심이 도사리고 있다고 했다. 뿐만 아니라 게르마니아의 군대도 반란을 일으킬 기미를 보이고 있었고 쉬리아와 유다이아에서도 비슷한 소식이 들려오고 있다고 했다.

그러나 갈바가 조금도 동요하지 않았고 님피디우스가 전하는 소식을 추호도 믿지 않았기 때문에 님피디우스는 더 기다리지 않고 계획을 실천에 옮기기로 결심했다. 그러나 님피디우스에게 호의적이었고 충성을 다했던 안티오코스 출신의 클로디우스 켈수스는 분별력이 있는 사람이었다. 그는 로마에서 님피디우스를 황제로 칭하는 지방은 단 한 군데도 없을 것이라고 하면서 님피디우스를 뜯어말렸다.

그러나 폰토스의 미트리다테스를 비롯해 갈바를 얕보는 사람은 많았다. 미트리다테스는 갈바의 대머리와 주름진 얼굴을 조롱하며 로마가 지금은 갈바를 훌륭한 인물이라고 생각하지만 직접 보고 나면 갈바를 황제로 받들었던 시간을 수치스럽게 느낄 것이라고 말했다.

XIV.

따라서 자정 무렵 님피디우스를 진영으로 불러들여 황제로 선포하자는 결정이 내려졌다. 그러나 밤이 되자, 최고 군사 호민관 안토니우스 호노라투스가 부하들을 불러모은 뒤 변덕이 심했던 자신을 꾸짖고 부하들을 꾸짖었다. 어떤 계획이나 선호에 따라서가 아니라 단지 악한 영혼의 부추김에 배신에 배신을 거듭하려 했다는 이유에서였다. 네로에 대한 배신은 그가 저지른 범죄가 변명이 될 수 있었다. 그러나 갈바는 어머니를 살인하고 아내를 죽이지도 않았고 남들 앞에서 악사, 혹은 비극 배우 시늉을 하며 불명예를 자초하지도 않았는데 갈바를 어떻게 비난하고 배신할 수 있겠냐고 호노라투스는 물었다.

"심지어 네로 황제가 그런 잘못을 범했을 때도 우리는 황제를 버리는 데 동의하지 않았다. 네로 황제가 먼저 우리를 버리고 아이귑토스로 피신했다는 소식을 님피디우스로부터 듣기 전까지는. 자, 그러면 이제 네로 다음으로 갈바를 죽이고 님피디아의 아들을 황제로 선택해야겠는가? 아그립피나의 아들을 죽인 것처럼 리비아 집안의 자제를 죽여야겠는가? 아니면 님피디우스의 악행을 처벌하고 우리가 네로의 원수이자, 갈바 황제를 보호할 정직하고 충성스러운 신하임을 보여주어야겠는가?"

호노라투스가 이같이 말하자 부하들은 모두 그의 편에 섰고 다른 병사들을 찾아 나서서 황제에게 계속 충성하자고 설득했다. 그리하여 병사들 대부분이 호노라투스와 뜻을 같이했다. 그러나 곧 어디선가 큰 고함 소리가 들렸다. 님피디우스는 혹자가 말하듯 군대가 이미 자신을 부르고 있다고 생각했기 때문인지 아니면 여전히 마음을 정하지 못한 반항기 있는 병사들을 늦기 전에 휘어잡고 싶어 조바심이 났기 때문인지 휘황한 횃불과 함께 진영으로 찾아왔다. 손에는 킨고니우스 바르로가 작성해준 연설을 들고 있었는데 병사들 앞에서 전달하기 위해 미리 외워둔 연설이었다.

그러나 진영의 입구가 닫혀 있고 무기를 든 수많은 병사가 방벽을 지키는 모습을 본 님피디우스는 두려움에 사로잡혔다. 그는 방벽으로 다가가 이것이 무슨 의미인지 물었고 누구의 명령으로 무장을 했는지 물었다. 그러자 온 군대가 입을 모아 갈바를 황제로 인정한다고 외쳤다. 그러자 님피디우스도 동조했고 일행에게도 동조할 것을 명령했다.

그러자 문을 지키던 병사들은 님피디우스와 일행 소수를 들여보내 주었으나 곧 투창이 님피디우스를 향해 날아왔다. 이 창은 셉티미우스가 방패로 막았으나 곧 이어 다른 병사들이 칼을 빼 들고 공격했다. 그리고 도망치는 님피디우스를 추격하여 병사의 움막 안에서 베어 죽였다. 님피

154

디우스의 시신을 밖으로 끌고 나온 병사들은 주위에 울타리를 치고 시신을 하루 종일 전시했다.

XV.

님피디우스는 이처럼 가혹한 죽음을 맞았다. 소식을 들은 갈바는 이미 자결하지 않은 님피디우스의 공모자가 있으면 처형하라고 명령했다. 님피디우스에게 연설문을 작성해주었던 킨고니우스와 폰토스의 미트리다테스도 처형을 당했다. 그러나 명망이 없지 않은 사람들을 재판도 거치지 않고 처형하는 행위는 정당할지언정 위법적이고 전제적인 처사라고 여겨졌다. 모두가 새로운 통치 방식을 기대하고 있었기 때문이다. 그러나 늘 그렇듯, 시민은 초반의 약속에 철저히 속아 넘어간 것이다.

로마 시민은 특히, 네로에게 충성했던 전 집정관 페트로니우스 투르필리아누스가 자결을 강요받았을 때 더욱 기분이 상했다. 트레보니우스가 아프리카에서 마케르를 처치하고 발렌스가 게르마니아에서 폰테이우스를 처치한 일은 갈바도 정당화할 수 있었다. 마케르와 폰테이우스는 무력을 지휘했으므로 위험이 될 수 있는 존재였기 때문이다. 그러나 갈바 황제가 약속했던 대로 온건하게 통치할 작정이었다면 무장도 하지 않은, 힘없는 노인에 지나지 않는 투르필리아누스가 자기변호를 할 기회도 없이 죽어야 할 이유는 없었다.

이것이 님피디우스와 관련해서 갈바가 받은 비난이었다. 뿐만 아니라 로마에 입성할 당시 갈바는 성에서 25스타디온 가량 떨어진 지점에서 무질서하고 요란한 선원 무리와 맞닥뜨렸다. 네로가 군단으로 편성하고 병사로 칭했던 사람들이었다. 병사로서 정당한 권리를 주장하기 위해 황제의 주변으로 모여든 무리는 황제를 만나러 온 사람들이 황제를 볼 수도,

들을 수도 없게 막았다. 그리고 버럭 고함을 치며 군단을 상징하는 표장과 고정된 숙소를 요구했다.

그러나 갈바가 요구를 들어주지 않았고 다음에 다시 청하라고 미루자 그들은 다음에 요구하라는 말은 거절과 다름없다며 분개했다. 그리고 계속해서 고함을 지르며 갈바를 따라갔다. 칼을 뽑아든 병사도 있었다. 그러자 갈바는 기병대에 공격 명령을 내렸다. 단 한 사람도 저항하지 않았고 일부는 곧장, 일부는 도망치다 죽음을 맞았다.

그토록 지독한 학살을 자행한 뒤 그토록 수많은 시신을 헤치고 입성한다는 것은 좋지도 상서롭지도 못한 징조였다. 그러나 이전에는 갈바를 얕보고 힘없는 노인으로 취급하는 사람이 많았다면 이제는 모두가 두려움에 벌벌 떨며 갈바를 바라보게 되었다.

XVI.

이제 갈바는 무절제하고 사치스럽게 선물을 나누어주었던 네로와 자신이 크게 다르다는 사실을 보여주고 싶었다. 그런데 이 과정에서 그가 보여준 행동은 적절하지 못했다. 그 예로 명성이 뛰어난 피리 연주자 카누스가 만찬장에서 피리를 불자 갈바는 그를 큰 소리로 칭송하고 지갑을 가져오라 지시했다. 그리고 지갑에서 황금 몇 덩어리를 꺼내더니 카누스에게 건네며 국고가 아닌 제 지갑에서 나온 황금이라는 것을 강조했다.

뿐만 아니라 네로가 극장과 팔라이스트라에서 시민에게 내렸던 상금을 10분의 1을 제외하고 남김없이 회수하도록 명령했다. 그러나 상금을 받았던 사람 대부분이 헤프고 무분별한 생활에 익숙했고 상금 대부분을 탕진한 뒤였기 때문에 매우 적은 금액만을 마지못해 반납했다. 그러자 갈바는 상금을 받은 사람으로부터 무엇이든 사거나 받은 사람이 있다면 그 사람으로부터 돈을 회수하려고 했다. 그러자 상금을 회수하는 일은 끝이 없는 광범위한 작업이 되었고 수많은 사람에게 영향을 미쳤다.

결국, 갈바는 이 일로 인심을 잃었고 비니우스에 대한 시기와 증오만 커졌다. 비니우스가 황제를 구워삶은 탓에 황제가 비니우스를 제외한 모든 사람에게는 너그럽지 못하고 인색했던 반면, 비니우스만은 아낌없이 돈을 쓰고 주어진 모든 것을 받았으며 자유롭게 팔아치웠기 때문이다. 헤시오도스는 이렇게 권유한다.

"술독을 시작하거나 끝낼 때는 아낌없이 마셔라."

갈바가 늙고 힘이 없다는 사실을 깨달은 비니우스도 이제 막 시작했으며 곧 끝날 행운을 아낌없이 취한 것이다.

XVII.

노년의 갈바는 비니우스가 정사를 잘못 관리했을 때뿐만 아니라 갈바 자신이 시작한 현명한 조치를 막거나 증오의 대상으로 만들었을 때 큰 피해를 보았다. 예를 들자면, 네로의 지지자를 벌할 때 갈바는 헬리우스와 폴리클레이투스, 페티누스, 파트로비우스를 비롯한 악질을 먼저 죽일 작정을 했다. 그러자 민중은 이를 반겼고 죄인이 포룸을 가로질러 사형장으로 끌려가자 환호를 질렀다. 신들에게 보기 좋은 실로 만족스러운 행렬이라고 외친 것이다. 그리고 신도 인간도 폭군 네로를 가르치고 사주했던 티겔리누스의 처벌을 원한다고 덧붙였다.

그러나 훌륭해 마지않은 티겔리누스는 때맞춰 비니우스에게 큰돈을 주고 신변의 안전을 확보했다. 반면 네로가 온갖 죄를 저질렀음에도 네로를 배신하거나 증오하지 않았다는 사실만으로 미움을 받았지만 그 밖의 심각한 범죄에 가담한 적이 없는 투르필리아누스는 처형을 당했다. 그런데 네로가 죽어 마땅하도록 만들었고 네로가 죽을 지경에 이르자 배신하고 버렸던 장본인은 살아남았던 것이다. 비니우스가 충분한 사례를 하는 사람을 위해서라면 어떤 일도 마다치 않고 어떤 부탁도 들어준다는 것을 보여주는 훌륭한 사례였다.

실제로 티겔리누스가 형장으로 끌려가는 장면처럼 온 로마가 간절히 바라는 모습은 없었다. 극장에서든 경기장에서든 민중은 끊임없이 티겔리누스를 요구했고 결국 소란을 잠재우기 위해 황제는 명령을 포고하기에 이르렀다. 티겔리누스가 서서히 죽어가는 병에 걸렸으며 살 날이 머지않았으니 황제를 괴롭히거나 황제가 전제적인 권력을 행사하게 만들지 말 것을 당부한 것이다.

그러자 티겔리누스는 불만에 찬 시민을 조롱하듯 살아남은 것에 감사하며 희생 제물을 바쳤으며 호화로운 만찬을 준비했다. 황제의 옆자리에 앉아 있던 비니우스는 자리에서 일어나 과부였던 딸을 데리고 티겔리누스의 집에서 벌어진 술잔치에 참석했다. 티겔리누스는 비니우스의 딸에게 현금 25만 데나리우스를 주며 건강을 빌었고 제 첩실을 관리하는 여인에게 목걸이를 풀어 주라고 명령했다. 목걸이 값만 15만 데나리우스에 달했다고 한다.

XVIII.

이 일이 있고 갈바가 내린 합리적인 조치들마저 비난을 받았다. 빈덱스와 공모했던 갈리아 인들에게 내려진 조치도 비난을 받았다. 황제가 너그럽기 때문이 아니라 비니우스에게 뇌물을 바친 덕에 조공을 면제받고 시민권을 얻었다고 여겨진 것이다. 이런 이유에서 민중 대부분은 갈바의 통치를 못 견뎌 했다.

그러나 군대는 약속된 보상금을 받지 못했음에도 갈바가, 다는 아니더라도 적어도 네로가 주었던 액수만큼은 언젠가 지급할 것이라는 기대를 갖고 기다렸다. 그러나 갈바는 군대가 불평을 한다는 소식을 듣고 황제의 이름에 부끄럽지 않게, 자신은 병사를 징집할 뿐이지 사들이지 않는다고 선언했다. 그러자 군대는 갈바에 대한 지독하고 격렬한 분노를 품게 되었다. 갈바가 저들을 기만했다고 생각했을 뿐만 아니라 이후의 황제가 따를 선례를 만들고 지시를 내렸다고 여겼기 때문이다.

그러나 로마에서 동요가 이는 와중에도 여전히 갈바의 존재에 대한 어떤 존경심이 남아 있었기 때문에 반란의 기운을 무디고 느려지게 했다. 또한, 변화를 도모할 분명한 계기가 없었으므로 병사들의 증오심은 당분간 그럭저럭 억눌러 티가 나지 않았다. 그러나 일찍이 베르기니우스가 지휘했으며, 이 당시 플락쿠스가 게르마니아에서 거느리고 있었던 군대는 빈덱스를 상대로 승리한 대가로 상당한 보상을 받아야 한다고 생각했으나 아무것도 받지 못했기 때문에 지휘관조차 부하들을 달랠 수 없었다. 게다가 플락쿠스는 심각한 통풍으로 거동할 수 없었고 정사에 경험이 없어서 군대는 그를 깡그리 무시했다.

하루는 경기장에서 여러 군사 호민관과 백부장이 갈바 황제의 건강과 행복을 축원했는데 군대는 불만을 있는 대로 터뜨렸을 뿐만 아니라 상관들이 축원을 계속하자 매번 이렇게 덧붙였다.

"받을 자격이 있다면."

XIX.

티겔리누스 휘하의 군단도 종종 비슷하게 무례한 행동을 보였고 갈바의 대리인들은 황제에게 편지를 보내 이것을 알렸다. 갈바는 자신이 늙기도 했지만, 자식이 없어서 멸시를 당한다고 생각하고는 이름난 집안의 젊은이를 양아들로 맞이해 후계자로 삼을 계획을 했다. 마르쿠스 오토의 경우 혈통은 좋았으나 매우 어린 시절부터 사치에 물들어 살았고 쾌락을 추구했는데 로마에서 비할 자가 없을 정도였다.

그리고 호메로스가 종종 파리스를 '금발의 헬레네의 남편'이라고 부르며 파리스에게 아내에서 비롯된 지위를 부여하듯 오토 역시 로마에서는 별다른 명성이 없었고 오직 폼파이아와의 혼인 덕분에 이름을 날렸다. 네로는 폼파이아가 크리스피누스의 아내일 때부터 폼파이아를 사랑했지만, 아내를 존중했고 어머니를 두려워했기 때문에 오토를 이용해 폼파이아의 환심을 사려고 애썼다.

• 벤자민 웨스트(Benjamin West)가 그린 『파리스에게 온 헬레네』.

네로는 오토의 호화롭고 방탕한 생활도 마음에 들었으므로 그를 가까이 두었고 오토가 종종 네로의 인색하고 쩨쩨한 행동을 조롱해도 기분 나빠하지 않았다. 하루는 네로가 값비싼 기름을 바르면서 오토에게 이것을 몇 방울 뿌려주었다고 한다. 그러자 오토는 다음날 네로를 만찬에 초대했고 만찬장의 모든 면에 금관과 은관을 설치해 관에서 기름이 물처럼 콸콸 쏟아지게 했다고 한다.

오토는 네로의 애정을 빌미로 폽파이아의 마음을 산 다음, 자신이 직접 유혹했고 남편과 이혼하게 설득했다. 그러나 폽파이아를 아내로 맞이한 뒤에는 폽파이아의 애정을 나눠 가져야 한다는 사실에 불만이 컸고 네로에게 아내를 내어주기를 극히 싫어했다. 그러나 폽파이아는 두 사람 간의 경쟁을 딱히 불쾌하게 여기지 않았다고 한다.

오토가 없을 때도 폽파이아는 네로를 거부할 때가 있었다. 네로가 싫증을 내지 않길 원했기 때문이거나 혹자가 말하듯 워낙 방탕했던 까닭에 황제의 애인이 될 수는 있어도 아내가 되기는 싫었기 때문일 것이다. 아무튼, 이 일로 오토는 목숨이 위험에 처하게 된다. 그런데 네로가 이 일로 폽파이아와 오토의 누이를 죽였을지언정 오토는 살려두었다는 사실은 잘 납득이 가지 않는다.

XX.

대신 네로는 오토에게 호감을 갖고 있었던 세네카의 조언과 설득을 받아들여 오토를 루시타니아 지방관으로 임명했고 서쪽 바다대서양와 인접한 해안으로 보냈다. 오토는 자신에게 주어진 관직이 명분에 지나지 않고 사실은 귀양살이와 다름없다는 것을 알았지만, 주민들의 인정을 받고 호감을 얻고자 애썼다. 그리고 갈바가 반란을 일으켰을 때 오토는 갈바 측으로 넘어간 최초의 지방관이었다. 오토는 주로 술잔과 식탁의 형태로 되어 있었던, 가지고 있는 모든 금은을 갈바에게 가져갔고 화폐로 바꾸도록 했다. 뿐만 아니라 황제의 지위에 어울리는 식탁을 차릴 수 있도록 거느리고 있던 시종도 내놓았다.

여러 가지 면에서 갈바는 오토를 신뢰했고 오토는 결정적인 순간에 실무를 처리하는 데도 누구보다 유능했다. 갈바가 로마로 이동할 당시에도 오토는 모든 여정을 함께했고 여러 날 동안 갈바와 같은 마차를 탔다. 그리고 함께 여정에 오른 비니우스와 가까이 지내면서 비니우스의 호감을 사기 위해 물심양면으로 노력했다. 무엇보다 비니우스에게 최고 자리를 양보함으로써 비니우스의 도움을 받아 곁에서 안정적으로 영향력을 행사할 수 있었다.

오토는 시기심을 피하는 능력이 비니우스보다 훨씬 뛰어났다. 그는 탄원자에게 어떤 대가도 받지 않고 온갖 도움을 주었으며 상냥했고 누구든 접근하기가 쉬웠다. 그러나 군대를 가장 앞장서서 도왔다. 여러 병사를 지휘 계급으로 올리기도 했는데 때로는 황제에게 직접 임명을 부탁하기도 하고 때로는 비니우스의 도움을 받기도 했다. 궁정에서 가장 영향력이 컸던 해방 노예 이켈루스와 아시아티쿠스의 도움도 구했다.

뿐만 아니라 갈바를 만찬에 초대할 때마다 그날 호위 임무를 맡은 병사에게 각각 금전을 하나씩 선사함으로써 황제에 대한 존경을 표시하는 것처럼 여겨졌으나 실은 군대의 지지와 호의를 얻기 위한 행동이었다.

XXI.

갈바가 후계자를 고민하는 동안, 비니우스는 오토를 추천했다. 이조차 대가 없는 추천은 아니었다. 비니우스는 오토가 갈바의 양아들이 되고 후계자로 지명된 다음, 제 딸과 결혼한다는 조건을 걸었고 오토는 동의한 바 있었다. 그러나 갈바는 언제나 공공의 선을 개인의 이익보다 우선시한다고 강조했으므로 이번 경우에도 자신을 가장 기분 좋게 하는 사람보다 로마에 가장 이로울 사람을 입양하기로 했다.

게다가 갈바가 오토에게 재산을 물려주었을 것 같지는 않다. 오토가 무절제하고 사치스러우며 5백만 데나리우스에 달하는 빚을 지고 있다는 사실을 모르지 않았기 때문이다. 따라서 갈바는 비니우스의 추천을 말없이 듣고만 있다가 결정을 미루었다. 그러나 갈바가 이듬해 자신과 비니우스를 집정관으로 임명했고 갈바는 집정관 취임식 때 후계자를 발표하리라고 여겨졌다. 다른 사람이 아닌 오토가 후계자로 지명이 된다면 군대는 기뻐할 터였다.

XXII.

그러나 갈바가 망설이고 고민하고 있을 때 게르마니아에 있는 로마군이 동요했으므로 갈바는 잠시 정신이 팔렸다. 온 로마 제국의 병사가 하나같이 보상금을 주지 않은 갈바에게 증오심을 갖고 있었지만 그중에서도 게르마니아 병사의 증오심이 컸는데 베르기니우스 루푸스가 불명예스럽게 버림을 받았기 때문이다. 심지어 상대편의 갈리아 인은 보상을 받았는데 빈덱스를 따르지 않았던 사람은 오히려 처벌을 받고 있다고 주장했다. 그리고 갈바가 죽은 빈덱스에게 경의를 표하고 국장을 치러 예우함으로써 오직 빈덱스에게 감사를 보낸 것은 빈덱스가 갈바를 로마 황제로 선포했기 때문이 아니냐고 질책했다.

이런 주장이 로마군 진영에서 공공연히 퍼지는 가운데 새해의 첫날, 즉 칼렌다이 야누아리아이가 되었다. 이날 플락쿠스는 병사들을 소집해 관례에 따라 황제에게 충성을 맹세하도록 했다. 그러나 병사들은 갈바의 조각상을 찾아 모조리 뒤집어엎고 쓰러뜨렸으며 원로원과 시민에게만 충성을 맹세한 뒤 숙소로 돌아갔다. 그러자 지휘관들은 병사들의 무지막지한 태도가 반란으로 이어질까 염려했고 한 지휘관은 이렇게 말했다.

"전우여, 이게 무슨 짓인가? 우리는 지금의 황제를 지지하고 있지도, 새로운 황제를 세우고 있지도 않다. 우리는 마치 갈바가 아닌 다스림과 복종 자체를 거부하는 사람들 같다. 플락쿠스 호르데오니우스는 갈바의 형상, 그림자에 지나지 않으니 무시해도 좋다. 그러나 우리에게는 하루만 행군하면 만날 수 있는, 게르마니아 저편에서 병력을 지휘하고 있는 비텔리우스가 있지 않은가. 비텔리우스의 아버지는 감찰관을 지냈고 세 번이나 집정관을 지냈으며 클라우디우스 카이사르의 동료에 다름없었다. 그리고 비텔리우스는 남들이 흉보기도 하는 가난 속에 살지만, 청렴과 아량의 눈부신 화신이다. 그러니 비텔리우스를 선택하여 우리가 저 이베리아와 루시타니아 사람들보다 황제를 보는 눈이 훨씬 뛰어나다는 사실을 세상에 보여주자."

병사들이 이 제안을 받아들이거나 거부하는 가운데 기수旗手 한 명이 몰래 빠져나가 그날 밤 여러 손님을 접대 중이었던 비텔리우스에게 소식을 전했다. 소식은 병사들 사이로 빠르게 퍼져나갔다. 그리고 다음 날 군단장 파비우스 발렌스가 대규모 기병대를 이끌고 비텔리우스를 찾아와 그를 황제로 칭했다. 이때까지 비텔리우스는 황제라는 중대한 지위를 거절하고 피하려는 듯 보였다. 그러나 이날만은 술과 식사에 배가 부른 나머지, 병사들 앞으로 나와 병사들이 내린 게르마니쿠스 칭호를 수락했다. 그러나 카이사르 칭호는 거부했다. 곧이어 플락쿠스 휘하의 병력도 원로원을 지지하겠다는 그 대단하고 민주적인 맹세를 내팽개치고 비텔리우스 황제의 명령을 따르겠다고 맹세했다.

XXIII.

비텔리우스는 이렇게 게르마니아에서 황제로 추대되었다. 반란에 대해 들은 갈바는 더 이상 입양을 미루지 않았다. 동료 일부는 돌라벨라, 대부분은 오토를 선호했으나 갈바는 둘 다 마음에 들지 않았으므로, 갑자기 어떤 귀띔도 없이 피소에게 사람을 보냈다. 피소는 네로의 손에 죽은 크랏수스와 스크리보니아의 아들이었고 모든 덕목을 추구할 수 있는 본성을 타고났으며 무엇보다 진중하고 예의 바른 젊은이였다.

갈바는 피소를 카이사르로 칭하고 황위의 후계자로 지명하고자 군 진영으로 갔다. 그러나 그가 길을 나서자마자 하늘에 여러 중요한 징조가 나타났고 그가 병사들 앞에서 선언문과 연설을 전달하기 시작한 뒤에는 천둥이 치고 번개가 번쩍이기 시작했으며 비와 어둠이 진영과 성안에 내려앉았으므로 피소의 입양이 상서롭지 못한 결정이고 하늘의 승인과 지지를 받지 못한 결정임이 명백해졌다. 게다가 여전히 보상금을 받지 못한 병사들은 표현하지 않았지만, 충성심도 없었고 기분도 언짢았다.

한편 현장에서 피소의 목소리와 표정을 관찰한 사람들은 피소가 감사의 표시를 제외하고 별다른 감정 없이 그토록 커다란 호의를 받아들이는 모습을 보고 감탄했다. 반면 기대가 깡그리 무너진 오토의 쓰라린 마음, 분노는 밖으로 명확히 드러났다. 오토는 가장 먼저 후계자로 고려되었던 데다 목표에 매우 가까이 도달했었기 때문에 결국 갈바의 악의와 증오를 후계자로 지목되지 못한 이유로 꼽았다. 오토는 앞날이 염려스러웠는 데다 피소가 두려웠고 갈바가 원망스러웠으며 비니우스에게 화가 나 있었으므로 넘치는 다양한 감정을 주체하지 못하고 자리를 떴다.

그러나 언제나 오토의 곁을 지켰던 여러 예언자와 칼다이아 사람들은 그가 기대를 버리거나 모든 걸 포기하게 내버려두지 않았다. 특히 프톨레마이오스는 자신의 예언에 미련을 가졌다. 네로가 오토를 죽이기 전에 먼저 죽을 것이며 살아남은 오토는 로마의 황제가 되리라는 예언이었다. 앞부분이 맞았으니 뒷부분에도 희망을 걸어보아야 한다는 것이 프톨레마이오스의 생각이었다.

뿐만 아니라 오토가 부당한 대접을 받았다고 여기고 비밀리에 오토와 함께 분개하고 원통해 했던 사람들도 오토에게 힘이 되었다. 뿐만 아니라 티겔리누스와 님피디우스의 지지자 대부분, 즉 한때 높은 지위를 누렸으나 버림을 받고 무명으로 전락한 사람들이 황제를 배신하고 오토에게 넘어갔으며 함께 분개했고 가만있지 말라고 부추겼다.

XXIV.

그중에는 벤투리우스와 바르비우스도 있었는데 한 사람은 옵티오, 즉 수색병, 한 사람은 텟세라리우스, 즉 전령이었다. 오토의 해방 노예 오노마스투스가 이 두 사람과 함께 다니며 병사들을 꼬드겼다. 돈을 뿌리기도 했고 허울 좋은 약속을 하기도 했다. 병사들은 이미 마음이 떠나 있었고 오직 반란을 일으킬 구실이 필요할 뿐이었다. 충성스러운 군대였다면 나흘 만에 배신하지 않았을 것이다. 그러나 입양에서 살인까지는 만 나흘밖에 걸리지 않았다. 입양 발표가 있고 엿새째 되는 날, 즉 로마 달력으로 1월 15일, 갈바와 피소가 죽임을 당한 것이다.

그날 동이 트자마자 갈바는 팔라티움에서 동료들이 지켜보는 가운데 제물을 바치고 있었다. 의식을 관장하던 사제 움브리키우스는 희생 제물의 내장을 두 손에 들고 관찰하더니 모호하지 않은 분명한 말로 커다란 소란이 일어날 운이며 반역과 관련된 위험이 황제를 괴롭힐 것이라고 말했다. 이렇게 신은 오토를 잡아들이지 않았을 뿐이지 모든 것을 드러냈다.

당시 갈바의 뒤편에 서 있던 오토는 움브리키우스가 무슨 말을 하고 무엇을 가리키는지 지켜보면서 몹시 당황했으며 오토의 낯빛은 두려움에 온갖 색깔로 변화하고 있었던 것이다. 그러나 때마침 해방 노예 오노마스투스가 다가오더니 인부들이 집에서 기다리고 있다고 전했다. 이것은 오토가 군대를 만나러 갈 시간이 되었다는 신호였다. 그러자 오토는 낡은 주택을 구입했으며 수리를 맡겨야 한다는 말을 남기고 자리를 떴다. 그리고 일명 티베리우스의 집을 지나 포룸으로 내려갔으며 금빛 기둥이 서 있는 위치로 갔다. 이탈리아의 모든 길은 바로 이 기둥에서 끝났다.

XXV.

여기서 오토를 맞이하고 그를 황제로 칭한 병사는 스물셋에 지나지 않았다고 한다. 오토는 몸이 연약하고 가냘픈 만큼 정신이 나약하지는 않았고 오히려 위험 앞에서 담대했고 모험심을 발휘했으나 이날만큼은 두려워하기 시작했다. 그러나 그 자리에 모인 병사들은 오토가 포기하게 내버려두지 않았으며 칼을 뽑아들고 오토의 가마를 에워싼 채 가마를 메라고 지시했다. 오토는 가마를 멘 시종들을 재촉하며 이제 다 끝났다고 여러 번 혼잣말을 되풀이했다고 한다. 지켜보던 사람들은 오토의 말을 들었고 반역의 무리가 워낙 작아서 두려워하기보다 놀라워했다. 그런데 오토가 가마를 타고 포룸을 지나는 동안 오토를 따르는 병사는 갑절이 되었고 계속해서 서넛이 짝을 지어 무리를 따랐다. 곧이어 모두가 가마를 에워싸고 오토를 황제로 칭했으며 뽑아든 칼을 치켜들었다.

군 진영에서 당시 보초를 책임지고 있던 군사 호민관 마르티알리스는 오토의 계획을 미리 알고 있지는 못했으나 오토 일행의 예기치 못한 등장에 겁을 집어먹고 일행을 진영으로 들여보내 주었다. 그리고 오토가 일단 진영 안으로 들어가자 누구도 그를 막지 않았다. 영문을 모르던 병사들은 뿔뿔이 흩어져 있었지만, 공모에 가담한 병사들이 의도적으로 이들을 에워쌌기 때문에 먼저 두려움으로 인해, 나중에는 설득을 당해 결국 군대는 오토를 지지하게 되었다.

이 모든 소식이 팔라티움에 있는 갈바에게 전달되었다. 사제는 여전히 두 손에 제물의 내장을 들고 있었다. 제물의 내장을 보고 점을 치는 일을 아주 무시하거나 의심했던 사람조차 신이 내린 계시가 몹시 놀랍고 어리둥절했다. 곧이어 포룸에서 잡다한 군중이 쏟아져 나왔다. 비니우스와 라코, 그리고 몇몇 해방 노예는 칼을 뽑아들고 갈바의 곁을 지켰다. 피소는 궁정의 보초를 서고 있는 근위병들과 의논을 하러 나갔다. 충신 마리우스 켈수스는 일명 빕사니아 주랑에 진영을 치고 있는 일뤼리아 군단의 지지를 확보하는 임무를 받았다.

XXVI.

갈바는 밖으로 나가려고 했지만 비니우스가 이를 허락하지 않았고 켈수스와 라코는 비니우스를 격렬히 비난하며 갈바가 나가야 한다고 주장했다. 이 무렵 오토가 진영에서 죽었다는 소문이 공공연히 퍼졌다. 그리고 얼마 지나지 않아 우수한 근위병 율리우스 앗티쿠스가 카이사르의 적을 죽였다고 외치며 칼을 뽑아들고 달려오는 모습이 보였다. 그는 갈바를 에워싼 무리를 비집고 들어오며 피로 물든 칼을 내보였다. 그러자 갈바가 앗티쿠스를 똑바로 바라보며 물었다.

"누가 그렇게 하라고 명령했느냐?"

그러자 앗티쿠스는 충성심과 황제에 대한 맹세가 지시했다고 대답했고 모두가 앗티쿠스를 칭찬하며 환호했다. 곧이어 갈바는 유피테르에게 제물을 바치고 시민 앞에 모습을 드러내고자 가마를 타고 나갔다. 그러나 그가 포룸에 당도하자 마치 바람 방향이 바뀌듯 오토가 군대를 장악했다는 소식이 그를 맞이했다. 군중은 자연히 의견이 갈리어 갈바에게 돌아가라는 무리도 있었고 계속 전진하라는 무리도 있었으며 혹자는 힘을 내라고, 혹자는 조심하라고 외쳤다.

이 가운데 갈바의 가마는 마치 파도가 심한 바다를 떠다니듯 이리저리 휩쓸렸고 종종 전복될 위기에 처하기도 했다. 그러던 중 먼저 기병들이, 이어서 중장비 보병들이 파울루스의 바실리카바실리카 아이밀리아를 가로질러 진격하며 한목소리로 시민은 모두 비키라고 명령했다. 그러자 군중은 등을 돌려 달아났는데 흩어져 도주한 것이 아니라 구경하기 좋은 주랑이나 포룸의 높은 곳을 찾아갔다.

앗틸리우스 베르길리오가 갈바의 조각상을 뒤엎으면서 공격은 시작되었다. 이어서 병사들이 가마에 투창을 던졌다. 그러나 명중하지 못하자 칼을 뽑아들고 접근했다. 누구도 말리거나 황제를 보호하려 하지 않는 가운데 단 한 사람, 태양이 지켜보고 있는 수천 명 가운데 이 한 사람만이 로마 제국에 부끄럽지 않은 행동을 했다. 이 사람의 이름은 셈프로니우스 덴수스로 백부장이었는데 갈바로부터 어떤 특별한 호의도 받은 적이 없었지만, 법과 명예를 수호하기 위해 가마 앞에 버티고 섰다. 처음에는 백부장이 병사를 벌 줄 때 사용하는 회초리를 들었고 공격해오는 병사들에게 황제를 놔두라고 고함을 쳤다. 그래도 계속 다가오자 칼을 뽑았으며 한참 동안 상대를 저지하다가 결국 사타구니에 부상을 입고 쓰러졌다.

XXVII.

가마는 라쿠스 쿠르티우스라는 곳에서 뒤집어졌으며 병사들은 가마에서 떨어져 흉갑을 찬 채로 넘어져 있는 갈바를 찔렀다. 그러나 갈바는 날아오는 칼에 목을 내밀고 이렇게 말했을 뿐이다.

"이것이 로마를 위한 최선이라면 할 일을 하게."

이리하여 팔다리에 수많은 부상을 입고 갈바는 마침내 15군단의 카무리우스라는 병사의 손에 죽음을 맞았다고 대부분의 기록은 전한다. 그러나 갈바를 죽인 병사가 테렌티우스, 혹은 레카니우스였다는 기록도 있고 파비우스 파불루스였다는 기록도 있다. 파비우스는 갈바의 머리를 자른 뒤 외투로 감싸 들고 다녔다고 하는데 대머리여서 머리카락으로 움켜쥘 수가 없었기 때문이다. 그러자 동료들은 그가 용맹한 행위를 숨기지 말고 온 세상에 알려야 한다고 고집했고 파비우스는 노인의 머리를 창끝에 꽂아 높이 쳐들었다. 온화한 군주였으며 최고 사제였고 집정관이었던 갈바의 머리를 창끝에 꽂고 마치 주신의 축제에 참가한 사람처럼 뛰어다니며 빙글빙글 돌고 피가 뚝뚝 떨어지는 창을 치켜들었던 것이다.

그러나 오토는 갈바의 머리가 당도하자 이렇게 외쳤다고 한다.

"전우여, 이것은 아무것도 아니다. 피소의 머리를 보여달라."

그리고 얼마 후 피소의 머리가 당도했다. 피소는 부상을 입고 도망치려다가 베스타 신전에서 무르쿠스라는 자에게 붙잡혀 죽음을 맞았다. 비니우스도 죽임을 당했다. 죽으면서 비니우스는 이것이 오토가 바라는 바가 아니라고 외치면서 자신 역시 갈바를 몰아내기 위한 음모에 가담하고 있었다는 사실을 인정했다. 그러나 병사들은 비니우스의 목을 베고 라코의 목도 베어 오토에게 가져갔으며 상금을 요구했다.

아르킬로코스는 이렇게 말한 적이 있다.

"죽어서 우리 발에 밟힌 사람은 일곱에 지나지 않았다. 그러나 죽었다는 사람은 1천 명."

이처럼 살인에 가담조차 하지 않은 수많은 사람이 손과 칼에 피를 묻혀 오토에게 보여주었으며 상금을 요구하는 탄원서를 제출했다. 이 탄원서를 통해 1백20명의 신원이 확인되었으며 비텔리우스는 이들을 찾아 모조리 죽였다. 마리우스 켈수스도 진영으로 돌아왔다. 갈바를 보호해야 한다고 부하들을 설득한 켈수스는 비난을 받았고 대다수가 요란하게 처형을 주장했지만 오토는 사형을 원하지 않았다. 그러나 반대하기는 두려웠으므로 먼저 심문을 해야 하니 당장 죽일 수는 없다고 말했다. 따라서 오토는 켈수스에게 족쇄를 채우고 그를 감시하라고 명령했으며 가장 신뢰하는 부하들에게 넘겼다.

XXVIII.

곧장 원로원이 소집되었다. 의원들은 하나같이 안면을 몰수하고 마치 새로운 신을 만난 듯 오토를 지지하겠다는 맹세를 했다. 갈바를 지지하겠다고 다짐했던 오토가 저버렸던 바로 그 맹세였다. 나아가 원로원은 목이 잘려나간 시신이 여전히 포룸에 널린 상태에서 오토에게 카이사르와 아우구스투스 칭호를 내렸다. 그리고 잘려나간 목이 더 이상 필요가 없어지자 비니우스의 목은 딸에게 2천5백 데나리우스를 받고 팔았다. 피소의 목은 아내 베라니아가 기도한 대로 아내에게 돌아갔다. 한편 갈바의 목은 파트로비우스의 하인들이 받아 온갖 욕을 퍼붓고 모욕한 다음 셋소리움이라는 장소로 던졌다. 이곳은 황제가 유죄로 선고한 죄인이

처형을 당하는 장소였다. 갈바의 시신은 오토의 허락을 받아 프리스쿠스 헬비디우스가 수습했으며 해방 노예 아르기부스가 밤사이 매장했다.

XXIX.

갈바의 운명은 여기까지였다. 어떤 로마인에도 부와 혈통이 뒤지지 않았고 당대 최고였던 갈바였다. 다섯 황제가 군림하는 동안 그는 명예와 드높은 명성을 쌓았으므로 군사력보다는 드높은 명성으로 네로를 끌어내릴 수 있었다. 함께 일을 도모했던 다른 동료들은 황제가 될 자격을 인정받지 못했거나 스스로 황제가 될 자격이 있다고 생각지 않았다. 그러나 갈바의 경우, 남들이 먼저 그를 황제로 칭했으며 갈바 자신도 칭호를 받아들였다. 그리고 갈바가 빈덱스의 대담한 시도에 이름을 빌려주었다는 사실만으로, 반란이라고 불렸던 빈덱스의 반역 행위는 내전의 성격을 띠었다. 지배할 자격이 있는 우두머리를 얻은 덕분이었다.

따라서 갈바는 정사를 장악한다는 생각보다 정사에 투신한다는 생각으로 마치 스키피오와 파브리키우스, 카밀루스가 당대의 로마 시민을 지휘했듯 티겔리누스와 님피디우스의 불만 가득한 부하들을 지휘하러 나선 것이다. 그러나 갈수록 나이를 무시할 수 없었던 갈바는 무기를 들 때나 진영에서나 근엄하고 보수적인, 그야말로 공화정 시대의 임페라토르였다.

그리고 네로가 만족할 줄 모르는 총신들의 손에 자신을 맡겼듯 갈바역시 모든 것을 사고팔 대상으로 만들었던 비니우스와 라코, 해방 노예의 손에 자신을 맡겼다. 그래서 갈바가 죽자, 그가 돌아와 다시 다스려주길 바라는 사람은 하나도 없었고 죽음을 가엾이 여기는 사람만 많았다.

오
토

I.

동이 트자 신임 황제로 등극한 오토는 카피톨리움으로 나가 희생 제물을 바쳤다. 그리고 마리우스 켈수스를 데려오도록 지시한 뒤 인사를 하고 따뜻한 말을 건넸다. 투옥의 원인은 잊고 석방되었다는 사실만 기억하라고 권유한 것이다. 켈수스는 자신에게 어떤 특별한 호의도 베풀지 않은 갈바에게 충성했다는 혐의로 투옥되었으니 혐의가 오히려 제 성품을 보증했다고 굴욕적이지도 무례하지도 않은 대답을 했다. 지켜보던 사람들은 두 사람 모두에게 존경심을 가졌고 군대도 두 사람을 인정했다.

* 오토.
** 오토, 1550년경.

원로원에서 오토는 따뜻한 말투로 마치 민

중 지도자처럼 이야기했다. 그리고 자신이 맡은 집정관 임기를 베르기니우스 루푸스에게 맡겼으며 네로나 갈바가 집정관으로 선임하고 임기를 할당했던 사람들의 관직도 보장해주었다. 사제직에는 연령이 높고 관록이 뛰어난 사람을 임명했다. 뿐만 아니라 네로가 추방하고 갈바가 복권시켰던 원로원 의원급 시민에게는 팔리지 않은 남은 재산을 되찾아 주었다.

그러자 한때 사람이 아닌 복수의 정령이나 원혼이 나라를 덮쳤다고 생각했던 태생이 고귀하고 영향력이 큰 시민들은 오싹한 공포를 떨치고, 미소 띤 오토의 통치를 더 기쁜 마음으로 기대하게 되었다.

II.

그러나 무엇보다 티겔리누스에 대한 황제의 결정이 로마 시민을 하나같이 기쁘게 하고 신임 황제에 충성하게 만들었다. 잘 알려지지 않았지만 티겔리누스는 죗값을 요구하는 시민들이 내릴 처벌에 대한 두려움으로 이미 벌을 받고 있었고 불치병까지 걸린 상태였다. 뿐만 아니라 목숨이 고통스럽게 쇠퇴해가는데도 탐욕스러운 갈망을 여전히 주체하지 못하고 누구보다 불결한 창부들 사이에서 불경하고 입에 담을 수 없는 비굴한 모습으로 벌벌 기고 있었다. 합리적인 사람은 이것이 최악의 형벌이라고 생각했고 여러 번 처형을 당하는 것과 맞먹는다고 여겼다.

그럼에도 일반 시민은 수많은 선한 시민의 목숨을 앗아간 티겔리누스가 여전히 살아 있다는 사실을 불쾌하게 여겼다. 따라서 오토는 시누엣사의 별장에 있는 티겔리누스를 데려오도록 전령을 보냈다. 티겔리누스의 별장 옆에는 티겔리누스를 언제든 더 먼 곳으로 도망치게 도울 배 여러 척이 닻을 내리고 있었다. 티겔리누스는 전령이 당도하자 뇌물을 건네며 풀어달라고 청했지만 소용이 없자, 그래도 일단 뇌물을 건네고 면도를 할 시간을 달라고 간청했다. 그리고 면도날로 제 목을 그었다.

III.

오토는 시민의 원수를 이같이 정당하게 갚아주었으나 자신이 가졌던 불만은 누구에게 대해서였든 모두 잊었다. 그리고 민중의 환심을 사고자 민중이 극장에서 처음 그를 네로로 칭했을 때 거절하지 않았다. 그리고 네로의 조각상이 공개되자 이 또한 막지 않았다. 뿐만 아니라 클루비우스 루푸스에 따르면, 전령을 통해 히스파니아로 '디플로마'를 보낼 때 오토 뒤에 네로라고 서명했다고 한다. 그러나 누구보다 태생이 고귀하고 영향력이 큰 시민들이 이를 불쾌히 여긴다는 사실을 알고 더 이상 그렇게 하지 않았다.

오토가 이 같은 식으로 통치하는 가운데 직업 군인들이 문제를 일으키기 시작했다. 영향력 있는 시민들을 믿으면 안 되고 경계하고 제지해야 한다고 황제를 부추긴 것이다. 선의에서 우러나온 진심 어린 염려였는지 소란을 일으키고 전쟁을 벌일 구실이었는지는 분명하지 않다. 따라서 황제가 크리스피누스를 보내 오스티아에 있는 17군단을 이끌고 귀국하도록 했을 때, 그리고 크리스피누스가 밤까지 수레에 무기를 싣느라 애쓰고 있을 때 겁 없는 병사들은 크리스피누스에게 다른 속셈이 있으며 원로원이 반란을 일으키려 한다고 외쳤다. 그리고 황제의 지시에 따라 무기를 가져가는 것이 아니라 적대 행위를 벌이기 위해서라고 주장했다. 수많은 병사가 이 주장에 설득당했고 분노했다. 일부는 수레를 공격

• 「갈바」편 VIII.

했고 막아서는 백부장 두 명을 죽였으며 크리스피누스도 죽었다. 곧이어 온 군단이 황제를 도우러 가자고 서로 부추겼으며 열을 맞추어 로마로 행군했다.

로마에서는 마침 원로원 의원 80명이 오토와 저녁 식사를 하고 있었다. 군대는 황제의 적을 단번에 무찌를 기회라고 외치며 서둘러 궁전으로 갔다. 로마는 군대에 약탈을 당할 걱정에 몹시 술렁였다. 궁전에서도 모두가 우왕좌왕했고 오토는 극도로 난처한 상황에 처했다. 저녁 손님의 안전을 걱정하다가 문득 원로원 의원 모두가 자신을 두려워하고 있다는 사실을 깨달았기 때문이다. 의원들은 공포에 사로잡혀 말없이 오토를 바라만 보았다. 그중에는 아내를 데리고 참석한 의원도 있었다.

오토는 근위대장에게 사태를 설명하고 군대를 달래라는 지시를 내리는 한편, 의원들을 다른 문으로 빠져나가게 했다. 의원들이 아슬아슬하게 빠져나가자마자 군대가 근위대를 제치고 만찬장으로 쏟아져 들어왔으며 황제의 적은 어디로 갔는지 물었다. 위기에 처한 오토는 침상을 딛고 서서 눈물을 흘리며 여러 번 간청하고 애원한 끝에 군대를 돌려보냈다.

그러나 다음 날 병사에게 각각 1천2백50데나리우스를 선사하고 진영으로 들어갔다. 그리고 황제를 지키려는 선의와 의욕을 보여준 군단 전체를 칭찬했다. 그러나 그중에는 유익하지 않은 음모를 꾸미는 무리가 있어 황제의 아량과 군단의 충성심을 깎아내리고 있으니 이 무리를 괘씸하게 여기고 처벌할 수 있도록 도움을 달라고 했다. 청중은 하나같이 동조하며 원하는 대로 하라고 했고 오토는 처벌해도 여파가 크지 않을 것으로 보이는 두 사람을 데리고 진영을 떠났다.

IV.

　이미 오토에게 호감과 신뢰를 느끼고 있던 무리는 오토의 달라진 행동에 경의를 표했으나 혹자는 그것이 상황에 따른 어쩔 수 없는 행동이라고 여겼다. 전쟁이 다가오고 있었으므로 민중의 환심을 사야 했다는 것이다. 비텔리우스가 이미 황제의 지위와 권력을 취했다는 확실한 소식이 있었고 잇따라 발 빠른 전령이 도착해 자꾸만 또 다른 세력이 비텔리우스의 편으로 넘어갔음을 알렸기 때문이다. 그러나 판노니아, 달마티아, 뮈시아의 군대와 지휘관은 오토의 편이라고 분명히 말하는 무리도 있었다. 그리고 얼마지 않아 무키아누스와 베스파시아누스가 호의를 담은 서신을 보내왔다. 한 사람은 쉬리아에서, 다른 한 사람은 유다이아에서 대규모 병력을 거느리고 있었다.

　그러자 오토는 우쭐대며 비텔리우스에게 편지를 보내 군인답지 못한 야망을 갖지 말라고 조언했으며 그렇게만 해준다면 상당한 금전적 보상을 주고 방해받지 않고 편안하고 즐겁게 살 수 있는 도시를 선사하겠다고 했다. 그러자 비텔리우스는 처음에는 시치미를 뗐다. 그러나 얼마 가지 않아 두 사람은 흥분해 서로에게 고약한 폭언과 욕설로 가득한 편지를 보냈다. 근거 없는 비난은 아니었으나 두 사람 모두에게 해당되는 비방을 서로에게 퍼붓는 꼴은 우습고 어처구니가 없었다. 방탕하고, 나약하고, 전쟁 경험이 없고, 가난했던 시절 진 빚이 많기로 보면 두 사람의 우열을 가리기 힘들었기 때문이다.

　이때 나타났다는 여러 징조와 망령에 대해서는 다양한 이야기가 있지만 모두 그 출처가 불분명하고 의심스럽다. 그러나 확실한 사실은 카피톨리움에 있는 전차를 모는 승리의 여신의 형상이 고삐를 마치 들고 있을 힘이 없다는 듯 떨어뜨렸다는 것이다. 뿐만 아니라 티베리스 강의 하중도에 있는 가이우스 카이사르의 조각상이 지진도 바람도 없었는데 서쪽에서 동쪽으로 방향을 바꾸었다. 베스파시아누스가 기어이 최고 권력을 거머쥐고자 노골적으로 애를 쓸 무렵이었다.

티베리스 강의 움직임을 불길하게 여기는 사람도 많았다. 유량이 많을 시기였기는 해도 티베리스 강의 수위가 그처럼 높았던 적이 없었고 그처럼 심각한 피해를 입힌 적도 없었기 때문이다. 강이 둑 위로 넘치자 로마의 상당 부분이 물에 잠겼고 특히 곡물 시장이 수해를 입었기 때문에 여러 날 동안 식량 부족이 심각했다.

• 오토 다음으로 황제가 되는 비텔리우스.
•• 비텔리우스를 본뜬 것으로 여겨졌던 두상의 16세기 복제품.
••• 훗날 비텔리우스를 몰아내고 황제가 되는 베스파시아누스. 나폴리 국립고고학 박물관.

V.

이윽고 비텔리우스의 동료 지휘관 카이키나와 발렌스가 알페스 산맥을 손에 넣었다는 소식이 로마에 당도하자 근위대는 귀족 출신 돌라벨라가 반역을 꾀하고 있다고 의심했다. 오토는 돌라벨라가 두려웠는지 누가 두려웠는지 몰라도 돌라벨라를 아퀴눔으로 보냈다. 그리고 돌라벨라와 동행할 관리를 고르면서 비텔리우스의 형제 루키우스를 선택했다. 그러나 지위는 높이지도 낮추지도 않고 그대로 두었다. 그리고 비텔리우스의 아내와 어머니가 두려워하지 않도록 두 여인의 안전을 위해서도 강력한 조치를 취했다.

뿐만 아니라 베스파시아누스의 형제 플라비우스 사비누스를 도시 방위대장으로 임명했는데 사비누스의 지위를 높여 베스파시아누스에 대한 호의와 믿음을 과시하고 싶었던 것이 아니면 네로에 대한 추억에 경의를 표하고 싶었기 때문일 것이다. 네로는 사비누스를 도시 방위대장으로 임명했으나 갈바가 그를 끌어내렸다.

한편 오토 자신은 파두스 강변에 자리한 이탈리아 도시 브릭실룸에서 늑장을 부리고 있었다. 대신 마리우스 켈수스와 수에토니우스 파울리누스, 그리고 갈루스와 스푸리나에게 병력을 주어 보냈다. 이들은 모두 저명한 지휘관이었으나 원하는 계획과 바람에 따라 원정을 지휘할 수 없었는데 부하 병사들의 무질서하고 오만한 태도 때문이었다. 병사들은 황제를 지휘관으로 삼았으니 다른 지휘관의 말은 듣지 않겠다고 했다.

그렇다고 적의 군대가 상태가 좋았다거나 지휘관의 말을 잘 들었던 것은 아니다. 그들은 같은 이유에서 사납고 오만방자했다. 그럼에도 확실히 전투 경험이 많았고 고된 노동에 익숙했으므로 몸을 사리지 않았다. 반면 오토의 부하는 나약했다. 전투를 벌일 기회가 없었고 전시의 생활 방식에 익숙하지 않았으며 대부분의 시간을 경기장과 축제와 극장에서 보냈기 때문이다. 따라서 이들은 나약함을 숨기고자 무례하게 굴거나 큰소리를 쳤으며 주어진 일을 하지 않았는데, 할 수 없어서가 아니라 하잘것없는 일이라서 안 하는 것처럼 굴었다.

심지어 스푸리나는 복종을 강요하려다 죽임을 당할 뻔했다. 병사들은 아낌없이 욕설을 퍼붓고 무례하게 굴었으며 스푸리나가 황제의 기회를 빼앗고 계획을 망치고 있다고 주장했다. 심지어 술을 먹고 밤에 스푸리나의 막사로 들어가 황제 앞에서 지휘관을 고발해야 하니 여비를 달라고 한 병사도 있었다.

VI.

그런데 이 무렵 잠시나마 스푸리나와 오토를 도운 것은 플라켄티아에서 군대가 느낀 모멸감이었다. 비텔리우스의 군대가 플라켄티아 성벽을 공격하면서 방벽을 수비 중인 오토의 병사들을 배우, 춤꾼, 퓌티아 제전과 올림피아 제전의 관중에 비교했을 뿐만 아니라 그들이 원정이나 전투를 본 적도 없고 알지도 못한다고 비난한 것이다. 그리고 힘없는 노인, 즉 갈바의 목을 베었다고 우쭐해 하지만 정작 사내끼리의 싸움과 전투 앞에서 꽁무니를 빼고 있다고 말했다.

이 같은 비난에 얼마나 불쾌하고 화가 났으면 오토의 부하들은 스푸리나의 발치에 몸을 던지고 어떤 위험도 고난도 마다치 않을 테니 제발 자신들을 쓰고 지휘해달라고 간청할 정도였다. 그리하여 적의 군대가 여러 공성병기를 이용해 방벽을 맹렬히 공격해오자 스푸리나의 군대는 적을 압도했으며 엄청난 학살 끝에 적을 물리쳤다. 그리고 이탈리아의 그 어느 도시보다 풍요로롭기로 이름난 플라켄티아를 안전하게 지켜냈다.

한편 비텔리우스의 부하 지휘관들은 오토의 부하 지휘관들보다 도시나 개인을 대할 때 상대를 불편하게 했다. 카이키나는 겉모습도 로마인 같지 않았고 로마어를 하지도 않았다. 험상궂고 낯선 외모에 덩치는 거대했으며 갈리아 식 바지와 팔이 긴 웃옷을 입었다. 그리고 로마의 관리를 상대할 때조차 손짓으로 의사소통을 했다. 화려하게 치장한 카이키나의 아내는 말을 타고 정예 기병대의 호위를 받으며 카이키나의 곁을 지켰다.

한편 또 다른 지휘관 파비우스 발렌스는 어찌나 탐욕스러웠는지 적으로부터 약탈한 물건도, 동맹군으로부터 훔치거나 선물로 받은 물건도 발렌스의 욕심을 채우지 못했다. 플라켄티아 전투 당시 제때 도착하지 못한 것도 탐욕이 행군을 늦추었기 때문이라고 한다. 그러나 카이키나를 탓하는 사람도 있다. 발렌스가 오기 전에 승리를 쟁취하고 싶은 마음에 여러 사소한 실수를 저질렀고 열의 없이 성급하게 전투를 벌임으로써 전체를 그르칠 뻔했다는 것이다.

VII.

플라켄티아에서 물러난 카이키나가 또 다른 크고 풍족한 도시 크레모나를 공격하러 이동했을 때였다. 스푸리나를 도우러 플라켄티아로 가던 안니우스 갈루스는 행군하던 도중 플라켄티아는 무사하나 크레모나가 위험에 처했다는 소식을 들었다. 그는 방향을 바꾸어 크레모나로 군대를 이끌었고 적과 멀리 떨어지지 않은 곳에 진영을 쳤다. 그러자 동료 지휘관이 하나둘 그를 도우러 왔다.

한편 카이키나는 지표면이 불규칙하고 나무가 많은 곳에 적지 않은 중무장 보병을 매복시켰다. 그리고 기병대에게 적을 향해 진격하되 적이 반격을 해오면 점차 뒤로 물러나 매복한 보병으로 하여금 추격해오는 적을 덮치게 하라고 지시했다. 그러나 적의 편으로 넘어간 카이키나의 병사가 켈수스에게 이를 알렸고 켈수스는 실력 있는 기병을 동원해 적과 맞붙었으며 신중하게 추격했다. 그리고 매복을 하고 있던 적병을 에워싸 혼란에 빠뜨렸다. 이어서 켈수스는 진영에 있는 중무장 보병을 호출했다.

만약 중무장 보병이 제때 합류해 기병대를 도왔다면 적은 단 한 사람도 살아남지 못했을 것이며 카이키나의 전 군대를 깡그리 섬멸할 수 있었을 것이다. 그러나 파울리누스는 너무 천천히, 너무 늦게 나타났으며 지나친 경계심으로 인해 지휘관으로서의 명성을 훼손했다는 비난을 들었다. 그러나 대부분의 병사들은 그를 역적으로 몰았으며 오토 황제의 분노를 부추겼다. 적을 이겼지만 비겁한 지휘관들 때문에 완승할 수 없었다고 큰 소리로 떠든 것이다.

오토는 이 말을 믿지 않았지만, 믿지 않는다고 여겨지기는 싫었다. 따라서 군대로 형 티티아누스와 근위대장 프로쿨루스를 보냈다. 두 사람 중 프로쿨루스가 실제로 전권을 가지고 있었고 티티아누스는 그렇게 보일 뿐이었다. 켈수스와 파울리누스도 황제의 이름뿐인 동료이자 고문이었고 정세에 어떤 힘도 영향도 끼칠 수 없었다.

상대편에서도, 특히 발렌스의 병력 사이에서 동요가 일었다. 크레모나에서 벌어진 전투에 대해 들은 발렌스의 병사들은 그토록 많은 병사가 목숨을 잃었는데 그 자리에 있지도 않았고 도움도 주지 못했다는 사실에 격분했다. 심지어 발렌스에게 돌을 던지기 시작했다. 발렌스는 가까스로 부하들을 달랬고 진영을 철수해 카이키나와 합류했다.

VIII.

오토는 크레모나 근방의 작은 마을 베드리쿰에 있는 진영에 도착해 참모 회의를 가졌다. 프로쿨루스와 티티아누스는 승리를 쟁취한 군대가 흥분해 있을 때 결정적인 전투를 벌여야 한다고 생각했다. 아무것도 하지 않고 군대의 능률이 떨어질 때까지 기다린다면 어느새 비텔리우스가 갈리아에서 도착할 터였다.

그러나 파울리누스는 적이 이미 전투에 소비할 모든 자원을 가지고 있고 부족함이 없는 반면, 오토는 뮈시아와 판노니아에서 현 병력과 동일한 규모의 병력이 올 수 있는 만큼 적에게 유리한 시기에 맞추어 전투를 벌이면 안 되고 아군에게 가장 적절한 시기를 노려야 한다고 주장했다. 아군은 수적 열세에도 사기가 넘쳤으므로 원군이 온다고 의욕이 줄지 않을 것이며 오히려 우세한 상황에서 더 잘 싸울 것이라고 파울리누스는 말했다. 뿐만 아니라 전투를 지체할 경우, 물자가 풍족한 아군이 유리했다. 반면 상대편 영토에 들어와 있는 적은 시간이 지날수록 물자가 떨어질 터였다.

파울리누스는 이렇게 주장했고 마리우스 켈수스가 동조했다. 안니우스 겔루스는 말에서 떨어져 치료를 받느라 자리에 없었다. 그러나 오토는 편지를 써서 의견을 물었고 안니우스는 전투를 서두르지 말고 이미 뮈시아를 출발한 병력이 도착할 때까지 기다리라고 조언했다. 그럼에도 오토는 이 같은 조언에 귀 기울이지 않았고 당장 전투를 하자고 부추긴 측의 손을 들어주었다.

IX.

그 이유는 다양한 기록에서 다양하게 나타난다. 그러나 가장 뚜렷한 이유는 황제의 신변을 보호하는 임무를 맡은 근위대, 이른바 프라이토리아니가 진정한 군복무의 쓴맛을 알아가고 있었고, 축제는 풍성하고 전쟁은 몰랐던 시절 로마에서 누렸던 익숙하고 즐거운 생활을 그리워했다는 점이다. 근위대는 전쟁을 하고 싶어 안달이었고 제지가 불가능했다. 공격하기만 하면 적을 압도하리라는 확신이 있었던 것이다.

뿐만 아니라 오토 역시 승패가 불확실한 상황을 더 이상 견딜 수 없었던 것으로 보인다. 그는 또 나약했고 전쟁 지휘에 능숙하지 않아서 앞에 놓인 극도의 위험에 대한 상념조차 견딜 수 없었다. 불안에 지친 오토는 눈을 가리고 마치 절벽에서 뛰어내리려는 사람처럼 서둘러 승패를 운명에 맡기려고 했다. 오토의 서기이자 수사학자였던 세쿤두스의 기록에 따르면 그렇다. 그러나 다른 기록에 따르면, 양측은 협의를 하고자 하는 바람이 컸다. 뿐만 아니라 모두의 동의 아래 최고의 지휘관을 황제로 선출할 수 있다면 선출하고, 그럴 수 없다면 원로원을 소집하여 원로원에 선택을 맡기고 싶어 했다.

뿐만 아니라 당시 황제 칭호를 갖고 있었던 두 사람 중 누구도 딱히 명성이 높지 않았다. 분별력이 있고 고생을 아는 진정한 병사들은 술라와 마리우스, 그리고 카이사르와 폼페이우스로 인해 로마 시민이 불행히도 서로 입히고 입어야 했던 피해를 떠올렸을 것이다. 만약 비텔리우스가 탐욕과 주정을, 오토가 사치와 방종을 누리는 데 사용할 권력을 위해 그런 불행을 다시 한 번 견디어야 한다면 극도로 끔찍하고 혐오스러운 처사가 아닌가 하고 병사들은 생각했다.

켈수스는 이 같은 분위기를 감지하고 있었으므로 전투를 늦추려 했다고 여겨진다. 어려움이나 싸움 없이도 승패가 가려지길 바랐던 것이다. 그러나 오토는 바로 이것을 두려워하며 전투를 서둘렀다.

X.

오토는 브릭실룸으로 돌아왔는데, 이것 또한 실수였다. 황제의 존재와 감독이 전투병들 사이에서 불러일으킨 존경심과 열정을 간과했을 뿐만 아니라 황제의 환심을 사려고 가장 애쓰고 열심이었던 근위대의 보병과 기병을 데리고 떠남으로써 말하자면 군대의 머리이자 앞을 잘라버린 격이었다.

그러는 동안 파두스 강에서도 충돌이 벌어졌다. 카이키나가 강에 다리를 건설하려는데 오토의 군대가 이를 막으려고 공격해왔다. 그러나 성과가 없자 오토의 군대는 유황과 역청투성이인 횃불용 나뭇단을 배에 싣고 강을 건너기 시작했다. 그런데 적을 상대로 사용하려고 준비했던 이 나뭇단에 돌풍이 불어닥쳤고 불을 부채질하기 시작했다. 먼저 연기가 피어났고 곧이어 밝은 불길이 솟았으며 당황한 병사들이 강으로 뛰어드는 바람에 배가 뒤집혔다. 결국, 이들의 운명은 비웃으며 지켜보던 적의 손안에 들어갔다. 뿐만 아니라 게르마니아 병사들이 하중도에 있는 오토의 검투사들을 공격했고 압도하여 적지 않은 숫자를 죽였다.

XI.

이 같은 재앙에 베드리아쿰에 있는 오토의 부하들은 전투를 벌이고 싶어 날뛰었다. 그리하여 프로쿨루스는 먼저 이들을 이끌고 베드리아쿰을 떠났고 50스타디온을 행군한 뒤 진영을 쳤다. 그러나 얼마나 무지하고 어처구니없는 방식으로 진영을 쳤으면 봄철인데다 주변 평야에는 마르지 않는 냇물과 강물이 천지였는데도 병사들은 물이 부족해 고민이었다.

다음 날 프로쿨루스는 적어도 1백 스타디온을 행군한 뒤 적을 공격하자고 제안했으나 파울리누스가 반대했다. 파울리누스는 군대를 지치게 하지 말고 대기해야 한다고 생각했고 행군 직후에 전투를 벌여서는 안 된다고 했다. 아군이 짐 나르는 가축과 식솔을 데리고 먼 길을 이동할 동안 적은 느긋하게 무장을 마치고 전투 대형을 짤 터였기 때문이다.

지휘관들의 의견이 엇갈리는 가운데 오토가 보낸 누미디아 인 전령이 당도했다. 지체하지 말고 적을 향해 진격하라는 명령이었다. 군대는 결국 진영을 철수하고 진군했으며 적이 접근하고 있다는 소식을 접한 카이키나는 다리의 건설을 멈추고 황급히 진영으로 돌아왔다. 병사 대부분은 이미 무장을 마친 뒤였고 발렌스가 암호를 전달하고 있었다. 군단은 제 위치를 찾아가는 중이었고 기병대는 이미 전장에 배치되어 있었다.

XII.

어떤 이유에선지 이 당시 오토 측 군대의 선봉은 비텔리우스의 지휘관들이 저희 편으로 넘어올 것으로 생각했고 그런 소문이 돌았다. 따라서 적이 가까이 오자 오토 측 병사들은 따뜻한 인사를 건넸고 동료로 칭했다. 그러나 적은 친절한 인사를 건네기는커녕 분노와 적대적인 고함으로 응답했으므로 오토 측 병사들은 실망했고 아군으로부터 반란을 꾀하고 있다는 의심만 받았다. 이것이 오토의 군대를 혼란에 빠뜨린 첫 번째 사건이었다. 게다가 적은 코앞에 있는 상황이었다. 뿐만 아니라 무엇 하나 제대로 되는 것이 없었다. 일단 짐수레 하나가 전투병 사이를 헤집고 다니며 엄청난 혼란을 일으켰다. 그리고 웅덩이와 도랑이 산재한 지형 때문에 전선은 군데군데 끊어져 있었고 병사들은 웅덩이를 피하느라 소규모 단위로 무질서하게 적을 공격할 수밖에 없었다.

두 군단만이 나무가 없고 넓게 펼쳐진 들판에서 제대로 대형을 갖추고 맞붙었는데 비텔리우스 측 군단의 이름은 라팍스, 즉 먹어치우는 자였고 오토의 군단은 아디우트릭스, 즉 도움을 주는 자였다. 양측은 한참 동안 제대로 된 전투에 임했다. 오토의 병사는 기운차고 용감했으나 처음으로 전쟁과 전투의 맛을 보는 중이었다. 반면 비텔리우스의 병사는 수많은 전투를 겪어 관록이 있었으나 나이가 많았다.

결국, 오토의 군대가 적을 압도하고 밀어냈으며 적의 표장을 가로챘다.

전방에 선 적병은 거의 모두 죽임을 당했다. 그러나 남은 적병은 수치와 분노에 내몰려 상대를 덮쳤고 군단장 오르피디우스를 죽였으며 표장을 여러 개 빼앗았다. 접근전에 익숙하고 용감할 것 같았던 오토의 검투사 부대는 알페누스 바루스가 이끄는 바타비아 부대가 상대했다. 하지만 로다누스 강이 만든 바타비아 섬사람들로 이루어진 이 부대는 게르마니아 최고의 기병대였다. 검투사 소수는 이들에 저항했지만, 대부분은 강의 방향으로 도주했고 전투 대형을 갖춘 적의 보병대와 맞닥뜨렸다. 그리고 전투 끝에 전멸하다시피 했다. 그러나 누구보다 근위대가 가장 치욕스럽게 싸웠다. 적이 가까이 올 때까지 기다리지조차 않았고 건재한 아군 병사 사이로 도주함으로써 아군을 공포와 혼란에 빠뜨렸다. 그럼에도 적지 않은 오토 측 병사들이 공격해오는 상대를 무찔렀으며 승리한 적을 헤치고 나아가 아군 진영을 되찾았다.

XIII.

그러나 오토의 부하 지휘관들 가운데 프로쿨루스와 파울리누스는 감히 진영으로 들어갈 생각조차 하지 못했다. 이미 패배를 지휘관들의 탓으로 돌리고 있는 병사들이 두려웠기 때문에 발길을 돌린 것이다. 반면 안니우스 갈루스는 마을에서, 전투가 끝나고 모여든 병사들을 맞이했고 격려했다. 전투는 막상막하였고 아군이 승리한 지점도 많았다고 위로했다.

뿐만 아니라 마리우스 켈수스는 지휘관들을 모아 공공의 이익을 고려하자고 주장했다. 오토가 만약 선한 사람이라면 이같이 많은 시민이 학살을 당하는 크나큰 불행을 겪고도 제 운명을 다시 시험에 부치지는 않을 것이라고 했다. 심지어 카토와 스키피오는 로마의 자유를 위해 싸웠음에도, 파르살로스 전투 이후 승리자 카이사르에게 항복하지 않은 결과 아프리카에서 여러 용감한 시민의 목숨을 불필요하게 낭비했다는 비난을 받았다. 인간은 대체로 운명의 명령에 따라야 하지만 운명이 선한 사람으로부터 빼앗을 수 없는 단 한 가지가 있다면 역경 앞에서 상황을 바로잡기 위한 합리적인 조치를 취할 특권이었다.

이 같은 주장으로 켈수스는 지휘관들의 마음을 움직였다. 지휘관들이 파악해보니 병사들도 평화를 원하고 있었다. 티티아누스는 평화를 위해 사절을 보내자고 제안했고 켈수스와 갈루스는 카이키나와 발렌스를 찾아가 논의를 하기로 결심했다. 그런데 가던 중 마침 상대편 백부장들을 만났다. 백부장들은 저희 군대가 베드리아쿰으로 움직이고 있으며, 협정을 제안하고자 앞장서 왔다고 말했다. 켈수스는 백부장들을 칭찬하며 발길을 돌려 함께 카이키나를 만나러 가자고 했다.

그러나 카이키나의 군대에 근접했을 때, 켈수스는 목숨이 위험할 뻔했다. 매복 공격을 시도했다가 켈수스에게 패주를 당했던 기병대가 맨 앞에서 다가오고 있었기 때문이다. 기병대는 켈수스를 보자마자 고함을 지르고 냅다 돌진했다. 그러나 백부장들이 켈수스를 가로막고 기병대를 말렸다. 다른 지휘관들도 켈수스를 놔두라고 기병대에 외쳤고 그 소리를 들은 카이키나가 말을 타고 다가와 신속하게 기병대를 진정시켰다.

카이키나는 켈수스에게 따뜻한 인사를 건네고 함께 베드리아쿰으로 향했다. 한편 티티아누스는 사절단을 보낸 것을 후회했고 좀 더 의연한 병사들을 다시 방벽에 세운 다음, 나머지 병사들에게 지원하도록 지시했다. 그러나 카이키나가 말을 타고 다가와 두 팔을 벌리자 막상 아무도 저항하지 못했다. 오토의 병사들은 방벽에서 카이키나의 군대에 인사를 건네는가 하면 성문을 활짝 열고 밖으로 나가 다가오는 군대와 섞였다. 어떤 적대적인 행위도 하지 않았고 오직 상냥한 인사를 건네고 안부를 물었다. 그리고 비텔리우스에게 충성하겠다는 맹세를 하고 상대편으로 넘어갔다.

XIV.

전투에 참가했던 사람들은 대체로 이렇게 이야기하고 있다. 그러나 그들도 전투 당시에는 상세한 내용을 모르고 있었다고 고백한다. 혼란스러웠을 뿐 아니라 여러 다른 무리가 여러 다른 결과를 맞았기 때문이다. 이후 내가 전투가 벌어졌던 들판을 지나고 있을 때 강요에 의해 오토의 편에서 싸웠던 전 집정관 중 하나였던 메스트리우스 플로루스가 오래된 신전을 가리켰다. 전투가 끝나고 신전을 지나가게 되었는데 죽은 병사의 시신이 얼마나 높게 쌓여 있었으면 신전의 지붕에 닿을 정도였다는 것이다. 그 이유는 알 수도 없었고 들을 수도 없었다고 한다. 내전에서 한 편이 패주하면 훨씬 더 많은 전사자가 발생하는 것은 당연하다. 포로를 잡아도 소용이 없으므로 인정사정없이 공격하기 때문이다. 그러나 전사자의 시신을 모아 그렇게 쌓아둔 이유는 설명하기 쉽지 않다.

XV.

대참사가 벌어지면 으레 그렇듯 오토에게는 먼저 결과에 대한 불확실한 소문만이 도착했다. 그러나 곧이어 부상을 입은 병사들이 찾아와 전투 소식을 직접 전했다. 그러자 오토의 동료들은 친구를 포기하지 않았고 그를 위로하고 격려했는데 이것은 딱히 놀랍지 않다. 그러나 오토의 병사들이 보여준 감정은 도무지 믿기 어렵다. 단 한 사람도 오토를 떠나거나 승자의 편으로 넘어가지 않았고 황제의 앞날에 절망하거나 제 안전만을 찾지도 않았다.

모두가 오토의 문앞으로 가서 그를 황제로 칭했으며 황제가 나타나자 겸손한 탄원자가 되었다. 큰 소리로 외치고 기도하며 그의 손을 붙잡았고 발치에 쓰러져 울기도 했다. 그러면서 저들을 버리지 말고 적에게 넘기지도 말아 달라고, 숨이 붙어 있는 동안 저희 몸과 목숨을 황제를 위해 써달라고 빌었다. 모두 한목소리로 탄원했던 것이다. 심지어 한 이름 없는 병사는 칼을 뽑아들더니 "우리 모두가 이런 각오로 곁을 지키고 있다는 것을 아십시오"라고 말하고 스스로 목숨을 끊었다.

그러나 이런 상황에도 오토는 이성을 잃지 않았고 침착하고 밝은 얼굴로 주변을 돌아보며 말했다.

"전우여, 이날은 그대들이 나를 처음 황제로 만든 날보다 더욱 기쁜 날이다. 그대들이 나에게 이처럼 헌신하고 이같이 드높은 경의를 표하다니. 그러나 더 큰 기쁨, 선하디선한 수많은 동료 시민을 위해 당당히 죽을 기쁨을 빼앗지는 마라. 내게 로마 황제가 될 자격이 있다면 나는 나라를 위해 기꺼이 목숨을 내놓을 줄도 알아야 할 것이다.

나는 적의 승리가 결정적이지도 확실하지도 않다는 사실을 안다. 뮈시아에 있는 병력이 이미 아드리아 해에 근접했으며 며칠 후면 당도한다는 소식도 도착했다. 아시아, 쉬리아, 아이귑토스가 우리 편이고 유대인들과 싸우고 있는 군대도 우리 편이다. 원로원 역시 우리 편이며 적의 아내와 자식들도 마찬가지다. 그러나 이 전쟁은 한니발이나 퓌르로스, 킴브리 족으로부터 이탈리아를 지켜내기 위한 전쟁이 아니고 양측이 로마인을 상대로 싸우고 있으므로 우리는 지든 이기든 나라에 죄를 짓는 것이다. 승자의 이득은 곧 나라의 손실이기 때문이다.

나는 나라를 다스릴 때보다 더 고귀한 태도로 죽음을 맞을 테니 믿어도 좋다. 내가 승리하기보다 평화와 화합을 위해 목숨을 내놓고 이탈리아가 같은 참극을 다시 보지 못하게 하는 편이 로마에 더 큰 이익이다."

XVI.

황제는 이같이 말하고는 그를 만류하고 뜯어말리려는 사람들을 단호하게 물리친 다음, 자리에 있던 친구들과 원로원 의원을 지냈던 시민들에게 어서 떠나라고 했다. 자리에 없는 사람들에게도 같은 지시를 내렸고 여러 도시에 전령을 보내 길을 떠난 사람들을 존중해주고 보호해달라고 부탁했다. 그런 다음, 조카 콕케이우스에게 사람을 보냈다. 그는 아직 성인이 되지 않은 조카에게 슬퍼하지 말고, 자신이 비텔리우스의 어머니와 아내를 제 어머니와 아내처럼 안전하게 보살폈으니 비텔리우스를 두려워하지도 말라고 했다. 그리고 콕케이우스를 아들로 삼고 싶었지만, 권력을 장악하는 데 실패하면 그 실패도 함께하게 될까 봐 권력을 장악한 다음 그 권력을 나누기 위해 입양을 미루었다고 설명했다.

"이제 너에게 단 한 가지만 부탁하겠다. 네 삼촌이 황제였다는 사실을 아주 잊지도, 아주 잘 기억하지도 말기를 바란다."

얼마 후 문밖에서 소란이 일고 고함소리가 들렸다. 원로원급 시민들이 길을 떠나려는데 오토의 군대가 성안에 남아 황제를 지키지 않으면 죽이겠다고 위협한 것이다. 그러자 오토는 시민들의 안전이 염려되어 다시 한 번 밖으로 나갔다. 그러나 더 이상 상냥하게 애원하지 않았다. 오토가 근엄한 표정을 하고 가장 큰 소란을 피우고 있는 병사들을 성난 얼굴로 타이르자 병사들은 겁을 먹고 순순히 자리를 떴다.

XVII.

어느새 저녁이 되었고 목이 말랐던 오토는 물을 조금 마셨다. 오토에게는 칼이 두 개 있었다. 오토는 각 칼날을 오랫동안 살펴보더니 한 칼은 옆에 두고 한 칼은 팔 아래 놓은 다음 하인들을 불렀다. 그리고 따뜻한 말을 건네면서 돈을 주었다. 한 하인에게 다른 하인보다 더 많은 액수를 주었는데 더 이상 쓸 수 없는 돈을 헤프게 낭비한다는 인상이 아니라 절도를 지켜서, 그리고 하인의 기여도를 엄격히 고려해서 준다는 인상을 남겼다.

두 하인을 내보낸 뒤 오토는 밤새 휴식을 취했고 얼마나 곤히 잠을 잤으면 시종들에게 오토의 깊은 숨소리가 들릴 정도였다. 동이 트기 직전 오토는 한 해방 노예를 불렀다. 원로원급 시민들의 대피를 담당한 이 해방 노예에게 오토는 시민들이 어떻게 되었는지 물었다. 그리고 모두가 여정에 필요한 준비를 갖추었다는 대답을 듣자 오토는 말했다.

"그러면 이제 근위대에 가 있거라. 날 죽게 도왔다고 해서 근위대의 손에 비참한 죽음을 맞고 싶지 않다면."

사내가 나가자 오토는 두 손으로 칼을 붙잡고 그 위로 쓰러졌다. 고통이 느껴지자 외마디 신음을 내뱉었을 뿐이다. 문밖에 있던 하인들은 신음소리를 듣고 통곡을 시작했으며 곧이어 온 진영과 도시가 곡소리로 가득 찼다. 병사들은 울부짖으며 문을 박차고 들어왔고 몹시 원통해 하며 황제의 운명을 슬퍼했다. 그리고 황제를 지켜보지 않고 저희를 위해 죽게 내버려두었다고 자책했다.

적이 가까이 왔지만 누구도 자리를 뜨지 않았고 시신을 수습하고 화장을 위한 장작더미를 준비한 다음 전사한 군인에게 내리는 경의를 표하며 장작더미로 옮겼다. 상여를 나를 특권을 가지게 된 자들은 몹시 자랑스러워했다. 나머지는 황제의 시신을 끌어안고 상처에 입을 맞추는가 하면 손을 붙잡는 사람도 있었고 멀리서 인사를 하는 사람도 있었다. 심지어 장작더미에 불을 붙인 뒤 그 자리에서 목숨을 끊은 사람도 있었다. 그러나 밝혀진 바에 따르면, 황제의 호의를 갚지 못했거나 승자의 처벌이 두려웠기 때문은 아니다.

그 어떤 왕이나 참주가 가졌던 간절하고 광기 어린 지배욕도 오토의 다스림과 지휘를 받고자 했던 부하들의 열정만큼 지독하지 않았을 것이다. 오토가 죽은 뒤에도 부하들의 그리움은 잦아들지 않고 남았으며 마침내 비텔리우스에 대한 씻을 수 없는 증오로 바뀌었다.

XVIII.

이제 남은 이야기도 제자리를 찾았다. 오토의 유해가 매장된 무덤은 봉분의 규모가 크지도 않았고 무덤의 비문에도 과장이 없었으므로 시기를 불러일으키지 않았다. 나 또한 브릭실룸에서 이 무덤을 보았다. 소박한 무덤이었고 비문은 번역하면 이렇다.

"마르쿠스 오토를 추모하며."

오토는 서른일곱에 죽었으나 황제로 다스린 기간은 단 석 달이었다. 오토가 세상을 떠난 뒤 그의 죽음을 칭송한 사람들은 오토의 생활 방식을 비난했던 사람보다 적지도 않았고 명성이 덜하지도 않았다. 오토가 네로보다 더 방정한 삶을 살지는 않았으나 더 고귀하게 죽은 까닭이다.

한편 살아남은 근위대장 폴리오가 비텔리우스에게 충성을 맹세하도록 지시하자 오토의 근위대는 격분했다. 그리고 성안에 원로원급 시민이 남아 있다는 사실을 알고는 베르기니우스 루푸스를 제외한 전부를 떠나보냈다. 그런 다음 전투 대형을 갖추어 베르기니우스 루푸스의 집으로 가서 그를 성가시게 했고 심지어 스스로 황제가 되든가, 근위대를 대표해 사절로 가달라고 부추겼다. 그러나 베르기니우스는 승리했을 당시 거절했던 황권을 패배를 겪은 마당에 받아들이는 어처구니없는 짓을 할 수는 없다고 여겼다. 그리고 사절로서 게르마니아에 있는 군대와 대화를 하기도 꺼려졌는데 군대는 베르기니우스가 종종 터무니없는 폭력을 휘둘렀다고 생각하고 있었기 때문이다. 결국, 베르기니우스는 다른 문으로 몰래 빠져나갔다. 이를 안 근위대는 결국 비텔리우스에게 충성을 맹세하기로 동의하고 카이키나의 군대와 합류함으로써 처벌을 면했다.

권	헬라스	로마
1권	테세우스(아테나이)	로물루스(로마)
	뤼쿠르고스(스파르테)	누마(로마)
	솔론(아테나이)	푸블리콜라(로마)
2권	테미스토클레스(아테나이)	카밀루스(로마)
	아리스테이데스(아테나이)	마르쿠스 카토(로마)
	키몬(아테나이)	루쿨루스(로마)
3권	페리클레스(아테나이)	파비우스 막시무스(로마)
	니키아스(아테나이)	크랏수스(로마)
4권	알키비아데스(아테나이)	가이우스 마르키우스 코리올라누스(로마)
	뤼산드로스(스파르테)	술라(로마)
5권	아게실라오스(스파르테)	폼페이우스(로마)
	펠로피다스(테바이)	마르켈루스(로마)
6권	디온(쉬라쿠사이)	브루투스(로마)
	티몰레온(코린토스)	아이밀리우스 파울루스(로마)
	아르타크세르크세스(페르시아)	
7권	데모스테네스(아테나이)	키케로(로마)
	알렉산드로스(마케도니아)	카이사르(로마)
	세르토리우스(로마)	에우메네스(마케도니아)
8권	포키온(아테나이)	카토(로마)
	데메트리오스(마케도니아)	안토니우스(로마)
9권	퓌르로스(에페이로스)	가이우스 마리우스(로마)
	아기스(스파르테), 클레오메네스(스파르테)	티베리우스 그락쿠스(로마), 가이우스 그락쿠스(로마)

196

10권	아라토스(시퀴온)	
	필로포이멘(아카이아)	티투스 플라미니누스(로마)
	갈바(로마)	
	오토(로마)	

• 플루타르코스는 『영웅전』에서 헬라스 아테나이의 '테세우스'와 이탈리아 로마의 '로물루스'와 같이 서로 비슷한 부분이 있는 인물들에 대해서는 짝을 지어 서로 비교해 기술했다. 이렇게 비교 기술한 인물은 46명이며, 개별적으로 기술한 인물은 4명으로, 모두 50명에 이른다.

*1권

테세우스(아테나이)

생몰년 미상(BC 9세기 초반에 활동한 것으로 추정), 아테나이의 왕

아테나이의 왕 아이게우스와 핏테우스의 딸 아이트라 사이에서 태어나 어머니의 고향인 트로이젠에서 자랐다. 헤라클레스의 용맹함을 동경했고, 자신 또한 용맹스러움과 정의로움으로 인정받고자 했다. 트로이젠에서 아테나이까지 아버지 아이게우스를 찾아 나선 여정에서 많은 악한들을 물리치고 마침내 아버지를 만나 왕자로서 인정받았다. 이후 크레테 섬의 라뷔린토스미로에 사는 괴물 미노타우로스의 밥이 될 위기에 처했으나 크레타 섬의 왕녀 아리아드네의 가르침 덕분에 미노타우로스를 처치하고 섬을 빠져나왔다. 아버지 아이게우스가 죽고 왕위를 잇게 되자 민주정을 펼치며 여러 지역을 정복, 아테나이를 대도시로 성장시켰다. 스퀴로스 섬에서 말년을 보내고 세상을 떠났다. 이후 키몬BC 510?~BC 449년이 유골을 거두어 아테나이에서 장례를 치렀다.

로물루스(로마)

생몰년 미상, 로마의 초대 왕(재위 BC 753~BC 716년)

마르스 신과 알바 왕 누미토르의 딸 사이에서 태어난 쌍둥이 가운데 형이다동생은 레무스 또는 로무스. 알바 왕국을 빼앗은 아물리우스에 의해 버

려져 암늑대의 젖으로 자라다가 파우스툴루스에게 발견되어 양육되었다. 아물리우스 왕을 증오하던 시민들과 큰 병력을 이끌고 아물리우스를 붙잡아 죽인 뒤 외할아버지 누미토르에게 왕권을 되찾아 주었다. 그후 레무스와 협력해 처음 늑대에게 보살핌을 받았던 지역에 도시를 세우고자 했으나 그 구체적인 위치를 두고 의견이 맞섰으며 이 과정에서 동생 레무스가 죽임을 당했다. 동생과 양아버지의 시신을 묻고, BC 753년 4월 21일 마침내 로마를 세웠다. 사비니 족과 전투를 벌였으나 화의를 이룬 뒤 로마와 사비니, 두 민족을 지배하면서 인구 증가, 법 제정, 원로원 확립 등에 힘을 기울였다. 54세즉위 38년에 모습을 감추고 행운의 신 퀴리누스군신가 되었다고 전한다.

뤼쿠르고스(스파르테)

BC 800?~BC 730년, 입법자이자 정치가

프로클레스의 6세손, 헤라클레스의 11세손이다. 형 폴뤼덱테스가 죽고 라케다이몬스파르테가 자리한 라코니케 지방의 옛 이름. 스파르테와 동일한 뜻으로 쓰기도 한다의 왕위에 올랐으나 형의 아들이 태어나자 왕좌를 내놓았으므로 8개월 동안 왕위에 있었을 뿐이다. 덕성과 강직한 성품으로 시민들에게 존경을 받았다. 크레테로 가서 다양한 나라 체제를 살펴보았으며, 가장 강력한 입법자 가운데 하나였던 탈레스에게 어느 정도 영향을 받았다. 또한 아시아에서는 호메로스의 시에서 정치적, 규범적 교훈을 간파,

여기저기 떠돌아다니던 이 시를 세상에 제대로 알렸다. 고향 라케다이몬으로 돌아와서는 원로원을 확립하고 토지를 재분배하는 등 기존의 질서를 바꾸고 나라 체제를 개혁해 나갔다. 또한 금과 은이 아닌 철로 된 화폐만 사용하도록 했는데, 화폐의 가치를 무게나 부피에 비해 작게 매김으로써 다양한 형태의 불평등과 불균등을 사라지게 했다. 불필요하거나 남아도는 기술을 없애고, 공동 식사를 통해 사치와 물욕을 억제하는 등 수많은 법과 제도를 세웠다. 이렇게 확립한 법률은 14명의 왕이 바뀌는 동안 개정됨이 없이 5백 년간 이어졌다.

누마(로마)

BC 753?~BC 673년, 제2대 왕(재위 BC 715~BC 673년)

사비니 족이 세운 도시 퀴레스 사람으로, 이름은 누마 폼필리우스이다. 로물루스와 함께 로마를 다스리던 타티우스 왕의 외동딸 타티아와 결혼했다. 로마와 사비니 족 사람들의 지지에 따라 시민 투표를 통해 로물루스를 이을 왕으로 뽑혔다. 통치권을 쥔 뒤 로물루스가 늘 곁에 두었던 켈레레스재빠른 자들 3백 명을 해산하고, 유피테르와 마르스의 두 사제에 덧붙여 로물루스의 사제를 봉했다. 퓌타고라스와의 친분으로 지혜와 교양을 쌓아 나갔으며, 종교 의식을 세우고, '폰티펙스고등 사제'와 '살리이군 신에 대한 제사를 주관하는 제사단' 등 여러 사제 계급을 제정했다. 또한 꺼지지 않는 불을 보관하는 베스타의 신전을 지었다. 죽은 자의 장례를 주관하는 여신 리비티나를 받들도록 함으로써 사람의 탄생과 죽음에 대한 신의 권능을 나누었으며, 죽은 자의 나이에 따른 애도 기간을 정했다. 이어 베스타 신전 가까이에 레기아^{왕궁}를 지었다. 도시의 경계를 정하고, 영토를 가난한 시민들에게 분배해 가난을 없애고 농사를 권장하고자 했다. 또한 사람들을 부족이 아니라 직업과 기술 등에 따라 나누었으며, 달의 순서를 바꾸는 등 달력을 조정했다. 노령과 가벼운 병으로 서서히 쇠약해지다 죽음을 맞았다.

솔론(아테나이)

BC 640?~BC 560년?, 정치가이자 시인, '헬라스 7현인' 중 한 명

BC 596년 살라미스 섬을 둘러싼 메가라 인들과의 전쟁 과정에서 명성을 얻게 되었다. BC 594년에 아르콘으로 선출되어 중재자와 입법자의 역할을 했다. 당시 빈부의 극심한 차이에서 빚어진 사회 불안을 없애고자 '솔론의 개혁'이라 일컫는 여러 개혁을 단행했다. 가난한 자들의 빚을 탕감해 주었으며, 살인에 관한 법을 제외하고 드라콘의 법을 모두 폐지했다. 또한 시민들의 사유 재산을 평가하고 소득에 따라 등급을 매겨 민중에게 통치권의 일부를 주어 나라 운영에 참여할 수 있게 했다. 평의회를 만들어 나라 문제 전반을 살피고 법을 수호하는 역할을 부여했다. 솔론이 만든 모든 법은 1백 년간 효력이 있었다.

푸블리콜라(로마)

?~BC 503년, 정치가

집정관을 네 차례나 역임했으며, 본래 이름은 푸블리우스 발레리우스이다. 민중의 주권을 강조하는 정책을 펼쳐 '푸블리콜라민중을 아끼는 사람'라는 이름을 얻었다. 루키우스 브루투스에 힘을 보태 폭군 타르퀴니우스 수페르부스고대 로마 최후의 제7대 왕으로, 재위 기간은 BC 534~BC 510년이다를 왕의 자리에서 물러나게 했다. 에트루리아-로마 간 전투에서 승리, 말네 마리가 끄는 전차를 타고 로마로 들어온 집정관이 되었다. 평민들의 지위 강화, 항소, 민중이 수여하지 않은 관직에 관한 법과 가난한 자들을 위한 법 등 여러 새로운 법을 제정했다. 또한 민중에게 재무관콰이스토르 임명의 특권을 주었다. 도시 시글리우리아를 건설했으나 에트루리아의 왕 라르스 포르세나의 공격을 받고 치명상을 입었다. 피테나이와의 싸움에서 승리, 도시를 다음 집정관들에게 넘겨준 직후 세상을 떠났다.

*2권

테미스토클레스(아테나이)

BC 528?~BC 462년?, 장군이자 정치가

BC 493년 집정관으로 뽑혔으며, 페르시아의 위협에 대비, 페이라이에우스지금의 피레우스 군항 건설과 해군 증강에 돌입했다. BC 489년 정치적으로 대립 관계였던 밀티아데스가 죽고 나서 세력을 키웠다. BC 483년에는 라우레이온 은광에서 나오는 수익을 군함 건조에 충당하도록 민회를 설득, 이에 반대하는 아리스테이데스를 도편 추방하고, 아테나이를 트리에레스노가 3단으로 달린 배 선단을 보유한 헬라스 제일의 해군국으로 만들었다. BC 480년에는 사령관으로서 아테나이 함대를 지휘하고, 페르시아군이 육로로 앗티케를 공격하자 노인과 부녀자를 살라미스 등으로 피난시키고 나머지 아테나이 사람 전부를 군함에 태웠다. 살라미스에 집결한 헬라스 연합 함대는 페르시아 해군과 결전을 벌여 크게 승리했다. 그후, 스파르테와 갈등이 빚어지자 아테나이의 성벽을 재건, 방비를 강화했지만 점차 세력을 잃고 결국 BC 473~BC 471년 도편 추방당했다. 추방 중 페르시아 왕과 내통하고 있다는 모함으로 사형 선고를 받자 소아시아로 탈출, 페르시아의 크세르크세스 밑에서 여생을 보내다 헬라스와의 전쟁에 나설 수 없다고 판단, 스스로 생을 마감했다.

카밀루스(로마)

?~BC 365년, 장군이자 정치가

이름은 푸리우스 카밀루스로, 독재관 자리에 5번 올랐으며 개선 행진을 4번했고 '로마의 제2의 건국자'라는 칭호를 얻기까지 했음에도 평민들이 집정관 통치에 반대하는 정치적 환경을 고려해 집정관 선거에는 나가지 않았다. 감찰관으로 있는 동안 결혼하지 않은 남자들과 과부가 된 여인들의 혼인을 추진했으며, 고아들에게 세금을 징수해 계속되는 군사 작전 자금을 충당했다. 독재관이 된 뒤에는 로마를 둘로 나누는 법안의 통과에 반대해 시민들의 미움을 샀다. 팔리스키 족의 영토를 점령하고 팔레리이를 포위했으며, 팔리스키 족 모두와 동맹 관계를 맺었다. BC 396년경 에트루리아의 베이이웨이를 점령, 이를 파괴했다. 뒷날 로마를 버리고 아르데아에서 은둔했으나 BC 387년 갈리아 인이 로마를 점령했을 때 다시 독재관에 임명되어 적을 무찌르고 빼앗겼던 황금을 되찾아 로물루스를 잇는 로마 제2의 건국자로 일컬어지게 되었다. 선거를 주관해 귀족 출신 집정관과 최초의 평민 출신 집정관을 뽑았다. 로마에 들이닥친 전염병으로 세상을 떠났다.

아리스테이데스(아테나이)

BC 520?~BC 468?년, 장군이자 정치가

뤼시마코스의 아들이며, '정의로운 아리스테이데스'라는 별명으로 불렸다. 마라톤 전투에서 장군의 한 사람으로 페르시아 군을 물리치는 데 크게 활약했고, BC 489~BC 488년 집정관이 되었다. 테미스토클레스와 대립, 시기와 혐오를 샀고 결국 BC 483~BC 482년 도편 추방되었다가 크세르크세스가 헬라스로 침입했을 때인 BC 480년에 귀국이 허용되어 살라미스 해전에서 테미스토클레스를 도왔다. BC 479년에는 플라타

이아 전투에서 아테나이 총사령관으로 활약했다. BC 478년 아테나이 해
군을 이끌고 소아시아를 중심으로 활약, 스파르테의 파우사니아스의 세
력을 약화시키고 아테나이의 지도권을 확립했다. BC 477년 델로스 동맹
이 결성되자, 동맹국에 전쟁 부담금을 할당하는 임무를 위임받아 엄정
한 태도로 임하여 존경을 받았다.

마르쿠스 카토(로마)

BC 234~BC 149년, 장군이자 정치가, 문인, 연설가

처음 이름은 프리스쿠스였으며, '대ᄎ카토'라고도 불렸다. 검소함과 절제
로 유명하다. 발레리우스 플락쿠스를 통해 로마에서 공직 활동을 시작
해 먼저 군사 호민관이 되었다. 제2차 포에니 전쟁BC 218~BC 202년에서
전공을 세워 시켈리아에서 재무관, 사르데냐에서 법무관을 지내다가 BC
195년에는 발레리우스 플락쿠스와 집정관직에 올라 히스파니아동부 스
페인를 통치했다. 스키피오 일족과 대립하면서도 정계에서 기반을 닦아
BC 184년 감찰관에 선출되어 세금을 정비하고 엄격한 정책을 펼치는 등
로마의 도덕적·사회적·경제적 재건을 꾀했다. 라틴 산문학의 시조로 일
컬어지며 로마어로 로마 최고最古의 역사서 『로마의 역사』를 썼다. 또한
『농업론』에서는 농업 경영의 실제를 풀이했다.

키몬(아테나이)

BC 510?~ BC 449년, 장군이자 정치가

마라톤에서의 승전 장군 밀티아데스와 트라키아의 공주 헤게시퓔레 사이에서 태어났다. BC 480년경 아테나이의 명문 알크메온가의 딸과 결혼했다. BC 478년 장군으로 선출되어 아리스테이데스의 델로스 동맹의 결성을 도왔으며, 테미스토클레스를 대신해 살라미스 해전 후의 페르시아에 대한 헬라스 해방 전쟁을 수행했다. 트라키아 연안의 소아시아 서안에서 페르시아 세력을 일소, 델로스 동맹을 확대하는 데 기여했다. BC 468년경 페르시아 군과의 에우리메돈 전투에서 중요한 전과를 올렸으나, BC 462년 그의 친스파르타적인 행동이 정치적 선견을 지니지 못하여 시민의 지지를 잃게 되었고, 이듬해 도편 추방을 당했다. 그러나 기한 전에 귀국이 허용되었다. BC 449년 퀴프로스 원정 중 사망했다.

루쿨루스(로마)

BC 118?~BC 56년, 군인이자 정치가

이름은 루키우스 리키니우스 루쿨루스이다. 로마어와 헬라스어를 유창하게 사용했으며, 헬라스어로 마르시 전쟁_{동맹시 전쟁, BC 90~BC 89년}에 관한 역사서를 남기기도 했다. 술라 휘하에서 마르시 전쟁에 참가했으며, BC 88년 재무관으로 선출, 술라와 함께 로마로 진군했다. 제1차 미트리다테스 전쟁 때 술라와 함께 동방에서 싸우고 로마로 돌아왔다. BC 79

년 안찰관이 되었고, 이듬해에는 법무관으로 선출되었다. BC 74년 집정관 자리에 올라 때마침 터진 미트리다테스 6세와의 전쟁에서 성과를 거두어 개선했다. 미트리다테스의 사위이자 동맹자인 아르메니아의 티그라네스 2세를 공격했으며, BC 69년에 아르메니아의 수도인 티그라노케르타를 함락시켰다. 이듬해 아르탁사타 전투에서 승리했으나 병사들의 불만과 반란 조짐으로 더 이상 진격하지 못한 채 뜻을 접었다. 로마의 요구에 따라 BC 66년 폼페이우스에게 지휘권을 넘긴 이후 정치에 회의를 느껴 죽는 날까지 나랏일에 전혀 관여하지 않았다. 전쟁 때 가져온 재물을 바탕으로 매우 사치스러운 생활을 즐겼다.

*3권

페리클레스(아테나이)

BC 495?~BC 429년, 군인이자 정치가

아버지는 크산팁포스, 어머니는 클레이스테네스의 손녀 아가리테스이다. 최고의 명문 출신이었으나 키몬과 대립해 가난한 다수인 시민평민 계급의 지도자로 나섰다. BC 462년 에피알테스와 함께 귀족 세력의 거점인 아레이오파고스 회의의 권리를 빼앗고 평의회, 민중재판소, 민회에 실권을 가지도록 하는 법안을 제출해 민주 정치의 전성기를 이끌었다. BC

454년 델로스 동맹의 기금을 델로스 섬에서 아테나이로 옮기면서 동맹의 여러 도시는 거의 모두 아테나이의 속국이 되었고, 아테나이는 제국으로 불리게 되었다. BC 447년부터는 파르테논 신전을 짓기 시작했고, 외교적으로는 페르시아와 '카리아스 화약'을 맺었다. BC 443년에는 정적인 투퀴디데스를 도편 추방한 뒤 아테나이를 장악했다. 강국과 평화를 유지하는 동시에 델로스 동맹의 지배를 강화해 아테나이 최성기를 이루었다. BC 431년 펠로폰네소스 전쟁이 시작되자 해군을 보내 펠로폰네소스 군에 맞서게 하는 한편 자신은 뒤에 남아 도시를 지키고 안정을 꾀하는 전술을 취했다. 그 무렵 아테나이에 유행한 질병에 걸려 죽었다.

파비우스 막시무스(로마)

BC 275?~BC 203년, 정치가이자 장군

로마의 크고 이름 높은 파비우스 가문 출신으로, 이름은 퀸투스 파비우스 막시무스이다. 룰루스 막시무스의 4대 아래 후손이며, 모두 다섯 차례 집정관의 자리에 올랐다. 제2차 포에니 전쟁BC 218~BC 202년 기간 중 독재관과 집정관으로서 한니발의 군대를 맞아 정면 대결은 피하면서 끈질기게 한니발의 뒤를 추격하는 지구 전술을 구사해 유명해졌다. BC 216년 독재관 자리에서 물러났고, 테렌티우스 바르로와 파울루스 아이밀리우스가 집정관 자리에 올랐다. BC 215~BC 213년 1차로 집정관을 지냈고 뒤이어 아들을 대신해 다시 섭정했으며 BC 209~BC 208년에 또다시 집정관을 지낸 뒤 원로원 의장의 자리에 올랐다. BC 204년에 스키피오 아프리카누스를 보내 아프리카를 침공시키자 이 소식을 들은 한니발이 철수를 서둘렀다. BC 203년 한니발 군대를 이탈리아에서 몰아냈으며, 다음 해 자마 전투에서 승리해 카르타고를 점령 직전까지 몰아 휴전을 맺었다. 그러나 전쟁의 끝을 보지 못하고 한니발이 이탈리아 땅을 떠날 무렵 병을 얻어 죽었다.

니키아스(아테나이)

BC 470?~BC 413년, 정치가이자 장군

페리클레스가 죽은 뒤 곧장 정치가로 자리를 굳히며 지도자의 위치에 섰다. 넘쳐나는 재물을 이용해 민중을 사로잡으려고 했다. 트라키아 여러 도시들의 반란을 잠재우고, 코린토스를 제압하는 등 장군으로서 역할을 무난히 수행했다. 펠로폰네소스 전쟁 중 스파르테와의 싸움에서는 온건 노선을 밟으며 화해와 평화를 꾀해 BC 421년 '니키아스의 평화'를 성립시켰다. BC 415년에 알키비아데스의 강경 노선에 휘말려 자신의 뜻과는 달리 시켈리아 원정군의 지휘를 맡았으나 승리의 기회를 놓치고 참패한 뒤 붙잡혀 처형되었다.

크랏수스(로마)

BC 115~BC 53년, 정치가이자 장군, 연설가

이름은 마르쿠스 크랏수스로, 아버지는 감찰관직을 지내고 개선 행진까지 한 위인이다. BC 72년 스파르타쿠스 전쟁을 토벌하고, BC 70년 비교와 시기의 대상이던 폼페이우스와 함께 집정관에 올랐다. BC 60년부터 폼페이우스, 카이사르와 제1회 삼두 정치를 시작했으며, BC 55년 다시 집정관이 된 뒤 속주 장관으로서 쉬리아를 얻었다. 그러나 BC 53년 파르티아 인과의 싸움에서 패해 죽음을 맞았다. 그가 죽은 뒤 카이사르와 폼페이우스 간에 내전BC 49~BC 45년이 일어났다.

*4권

알키비아데스(아테나이)

BC 450?~BC 404년, 정치가이자 군인

아버지는 클레이니아스, 어머니는 데이노마케로, 아버지의 죽음 이후 가까운 친척 페리클레스와 아리프론의 보호 아래 길러졌다. BC 421년 스파르테와 체결한 화약으로 니키아스 평화가 찾아와 펠로폰네소스 동맹에 분열 징후가 나타나자, 스파르테의 고립화를 꾀한 공세를 주장하면서 BC 420년 장군으로 선출되었다. 서방으로의 세력 확장이라는 민중의 바람대로 시켈리아 원정을 결의, BC 415년 의견을 달리하는 니키아스와 함께 출전했다. 그러나 헤르마이헤르메스 신에게 바치는 기둥을 두루 일컫는 말 훼손 용의자로 소환 명령이 내려지자 스파르테에 망명, 다시 소아시아로 건너가 페르시아와 스파르테의 동맹을 주선함으로써 모국을 괴롭혔다. BC 408년 시민의 열렬한 환영을 받으며 귀국했으나, 페르시아의 원조를 받은 스파르테 해군이 세력을 만회하자 또다시 실각했다. BC 404년 아테나이 해군의 패배 직후 프뤼기아에서 페르시아에서 온 암살자들의 손에 죽음을 맞았다.

가이우스 마르키우스 코리올라누스(로마)

BC 5세기 무렵, 장군

로마의 왕이었다가 추방된 타르퀴니우스와의 전투에서 활약을 펼쳐 시민의 상인 떡갈나무 관을 받으면서 영예를 얻었다. 볼스키 족과의 싸움에서 연이어 승리를 이끌었고, 이때 코리올리 군을 무찌른 공을 치하하는 뜻으로 '코리올라누스'라는 이름을 받았다. 이후 집정관 선거에서 민중들에게 외면당하고 대중과 대립하게 되었다. 정치적인 싸움에서 패하면서 로마에서 영구 추방되자 로마와 적대 관계에 있던 볼스키 족에 망명, 그곳 군대를 이끌고 로마로 쳐들어가던 중 어머니 볼룸니아의 설득으로 귀국해 처형되었다.

뤼산드로스(스파르테)

?~BC 395년, 장군

BC 408년 해군 제독으로 임명되어 펠로폰네소스 전쟁 말기에 활약했다. 펠로폰네소스 해군을 재건하고, BC 406년에는 페르시아 왕자 퀴로스의 도움으로 노티움에서, BC 405년에는 아이고스포타모이에서 아테나이의 함대를 격파했다. 그 후 아테나이 내에 지배자 서른 명을 두어 '30인 정치' 체제를 세웠으며, 아테나이 편에 섰던 여러 도시에도 과두 정부를 강제로 수립시켰다. 이러한 강압적인 태도 때문에 인기가 떨어졌고, 아테나이에 민주정치가 부활했다. BC 400년 스파르테로 돌아가 선거 왕제를 정하려고 했으나 실패했고, 또한 왕으로 세워 주었던 아게실라오스에게 마저도 배척당했다. BC 395년 코린토스 전쟁이 일어나자 보이오티아로 쳐들어갔으나 할리아르토스에서 전사했다.

술라(로마)

BC 138?~BC 78년, 장군이자 정치가

이름은 루키우스 코르넬리우스 술라로, 코르넬리우스 가문에 속하는 귀족 집안에서 태어났지만 가세가 기울어 가난했다. 활발함과 친밀함으로 양어머니와 연인을 통해 많은 재산을 물려받았다. BC 107년 재무관으로 임명되어 집정관 가이우스 마리우스와 함께 아프리카 리뷔에로 가서 유구르타와 전쟁을 치렀고, 유구르타를 사로잡음으로써 전쟁을 종결시키는 수훈을 세웠다. 나중에는 퀸투스 루타티우스 카툴루스 휘하에서 싸우기도 했으며, 동맹시 전쟁에서 승리를 거두었다. BC 88년 집정관이 되었다. 대제사장 메텔루스의 딸과 결혼해 유력한 가문과 유대 관계를 넓혔다. 로마 동맹시의 시민들에게 선거권을 부여하는 것을 두고 호민관 술피키우스와 대립했으며, 민중파에 의해 권력을 상실하고 로마에서 탈출했다. 놀라에서 병사를 모아 로마로 진군해 원로원을 소집, 민중파 호민관 술피키우스에게 사형을 선고하게 하고술피키우스는 사형 집행 전 배신한 노예의 손에 죽는다, 마리우스의 목에 현상금을 거는 것으로 다시 권력을 장악했다. BC 82년 '국가 재건 명목'으로 종신 임기의 독재관이 되어 호민관 및 민회의 권한을 축소하고 원로원의 규모와 권한을 확대해 공화정 체제를 더욱 강화했다. BC 79년 자신이 추진했던 개혁 법안들이 확정되자 독재관을 사임하고 캄파니아에 은퇴, 이듬해 별장에서 죽었다.

*5권

아게실라오스(스파르테)

BC 444~BC 360년, 왕(재위 BC 399~BC 360년)

아르키다모스 2세의 아들로, 이복형 아기스 2세의 아들인 레오튀키데스를 폐하고 즉위했다. 헬라스의 여러 도시를 페르시아로부터 해방시키고자 BC 396년부터 소아시아 내륙 깊숙이 진격했으나, BC 394년 코린토스 전쟁 때 헬라스 본토로 돌아와 보이오티아 군을 무찔렀다. BC 371년 레욱트라 전투에서 테바이에 패했지만, BC 370년, BC 362년 두 차례에 걸쳐 테바이 에파메이논다스의 공격을 막아 냈다. BC 361년에는 국력 부흥 자금을 마련하려고 용병 대장이 되어 이집트로 출정했으나, 이듬해 스파르테로 돌아오는 길에 죽었다.

폼페이우스(로마)

BC 106년 9월 29일~BC 48년 9월 28일, 장군이자 정치가

BC 89년 집정관이었던 아버지 스트라보를 따라 아스쿨룸 원정에 나서 공을 세웠다. 로마에서 평판이 좋지 않았던 아버지 때문에 정계에 나아가 입지를 높이는 데 어려움이 따랐으며, 오히려 공금을 횡령했다는 혐의로 재판에 부쳐졌다. 이후 무죄로 석방되어 절제된 생활로 신망을 쌓아 나가는 가운데 당시 정계 최고 실력자인 킨나의 진영에 가담하고자 했지만 받아들여지지 않고 오히려 생명의 위협을 받자 고향에서 숨어 살며 자신의 세력을 모았다. BC 82년 로마 정규군 장군이 되었고, 시켈리아와 북아프리카에서 술라를 반대하며 일어난 반란을 진압함에 따라 '임페라토르전쟁에서 여러 차례 큰 승리를 얻은 사람을 일컫는 말'라고 불렸다. 또한 '마그누스위대한'라는 칭호도 받았다. 지방관 자격으로 이베리아스페인로 건너가 세르토리우스를 토벌한 뒤 스파르타쿠스의 반란을 진압하고, 크랏수스와 함께 BC 70년에 집정관이 되었다. BC 67년 지중해에서 로마의 상선을 약탈하던 해적을 소탕했으며, BC 63년까지 이집트를 제외한

동방의 대부분을 평정했다. BC 60년 크랏수스, 카이사르와 함께 삼두 정치를 실시했다. BC 55년과 BC 52년에 집정관 자리에 올랐다. BC 49년 갈리아에서 카이사르가 루비콘 강을 건너 로마로 진군하자 로마를 포기, 자기 세력 기반이 있는 동방으로 갔다. BC 48년 8월 9일 파르살로스의 들판에서 카이사르에게 패한 뒤 아이귑토스로 도피했으나 항구에 정박하기 위해 옮겨 탄 배에서 셉티미우스에게 암살당했다.

펠로피다스(테바이)

BC 410?~BC 364년, 장군이자 정치가

테바이의 고귀한 집안 출신이다. 민주화를 꾀하다 BC 382년 스파르테 군으로부터 테바이를 점령당하면서 아테나이로 망명했다. BC 379~BC 378년 아테나이에서 기습해 테바이의 과두파와 스파르테 군을 쫓아낸 뒤 친구 에파메이논다스와 같이 테바이의 정치적 지도자가 되었다. BC 375년 '신성대'를 이끌고 테귀라에서 싸웠고, BC 371년 레욱트라에서는 결정적으로 스파르테에 이겼다. BC 370~BC 369년 펠로폰네소스 원정에 나섰으며, BC 367년에는 페르시아로 가서 스파르테를 원조하지 못하도록 대왕을 설득했다. 텟살리아의 퀴노스케팔라이를 페라이의 참주 알렉산드로스의 공격에서 지키고자 BC 364년 퀴노스케팔라이에서 싸워 승리했으나 그곳에서 전사했다.

마르켈루스(로마)

BC 268?~BC 208년, 정치가이자 장군

경험을 통해 전쟁에 능숙해짐에 따라 마르스를 닮았다는 뜻의 '마르켈루스'라는 이름을 얻어 마르쿠스 클라우디우스 마르켈루스가 되었다. '로마의 검劍'이라 불렸으며, 5차례 집정관을 지냈다. 제1차 카르타고 전쟁포에니 전쟁 후 여러 관직에 올랐고, BC 222년에는 켈토이 족 혈통을 이어받은 인수브레스 족을 정복했다. 제2차 카르타고 전쟁에서 '로마의 방패'라고 불리는 퀸투스 파비우스 막시무스와 함께 한니발이 이끄는 카르타고 군대와 맞서 싸웠으며, BC 216년 놀라에서 한니발 군을 격파했다. BC 214~BC 211년 시켈리아로 진군해 레온티노이를 공략, 최후에는 아르키메데스가 고안한 병기로 맞서는 쉬라쿠사이를 함락시켜 로마에 방대한 전리품을 안겼다. BC 208년 베누시아에서 전사할 때까지 이탈리아 각지에서 한니발과 맞서 싸웠다.

*6권

디온(쉬라쿠사이)

BC 408?~BC 354년, 귀족, 정치가

참주 디오뉘시오스 1세의 아내 중 한 명인 아리스토마케의 오빠로, 지혜와 능력으로 디오뉘시오스 1세의 신임을 얻어 그의 재상이 되었다. 이탈리아에서 시켈리아로 온 플라톤의 제자이자 찬미자로서 철인 정치의 실현을 꾀했다. 디오뉘시오스 1세가 죽자 플라톤을 초빙해 조카 디오뉘시오스 2세를 교육하려다가 실패하고, BC 366년 플라톤과 같이 추방되어 아테나이로 망명했다. BC 357년 군대를 이끌고 쉬라쿠사이로 돌아와 이듬해 디오뉘시오스 2세를 몰아내고 쉬라쿠사이의 지배자가 되었다. 친구 칼립포스의 음모로 암살되었다.

브루투스(로마)

BC 85~BC 42년, 정치가

유니우스 브루투스의 자손으로, BC 83년 호민관이던 아버지 브루투스가 죽자 외숙부인 소小카토의 지도를 받으며 원로원파에 속해 BC 58~BC 56년 카토와 함께 퀴프로스에서 활약했다. 공화정 말기의 내란 때는 폼페이우스 편에 가담해 카이사르에게 대항했다. BC 48년 파르살로스 전투에서 폼페이우스가 패했으나, 브루투스의 재능을 높이 산 카이사르가 그를 사면해 주고 BC 46년에는 갈리아 키살피나 지방의 지방관에, BC 44년에는 프라이토르 우르바누스법무관에 임명했다. BC 44년 3월 15일 동지 캇시우스 등과 함께 카이사르를 암살했다. 그 뒤 로마에 머무를 형편이 못 되어 이탈리아를 떠나 엘레아로, 다시 아테나이로 건너갔다. 마케도니아 법무관 호르텐시우스의 지지를 얻어 군대를 모으고, 원로원에 의해 발칸 반도에서의 군대 명령권을 부여받았다. BC 42년 안토니우스, 옥타비우스의 군대와 캄피 필리피에서 싸우다 패한 뒤 스스로 목숨을 끊었다.

티몰레온(코린토스)

BC 411?~BC 337년, 정치가이자 장군

코린토스의 티모데모스의 아들이다. BC 344년 쉬라쿠사이의 정치적 문제와 카르타고의 위협 때문에 겁먹은 시켈리아 사람들이 코린토스에 도움을 요청했을 때 원정대 지휘관이 되었으나 정치적 이유로 형을 죽이게 되고 슬픔에 잠겨 모든 공직에서 사퇴, 20년 동안 은둔 생활을 했다. 그러던 중 히케테스가 카르타고 사람들과 협력해 디오뉘시오스를 몰아내고 쉬라쿠사이 참주 자리를 차지하려고 한다는 소식에 서둘러 원정에 나서게 되었다. 전쟁에 타고난 재능이 있어 연이은 전쟁에서 승리를 거두었고, 결국 히케테스의 패배로 전쟁이 끝났다. 말년에는 '민중의 아버지'라고 불렸으며, 세상을 떠나자 시민들이 '티몰레온테이온'이라는 체육관을 지어 청년들을 위한 체육 학교로 썼다. 정치 체제와 법체계의 확립을 통해 쉬라쿠사이 사람들이 오랫동안 행복과 번영을 누리게 해 주었다.

아이밀리우스 파울루스(로마)

?~BC 160년, 장군이자 정치가

귀족 가문 출신으로, 이름은 루키우스 아이밀리우스 파울루스이다. 원로원에 의한 소수 지배 집단의 주요 인물이었으며, 이름이 같은 아버지 루키우스 파울루스는 칸나이 전투에서 적과 싸우다 죽었다. BC 191년부터 법무관으로서 이베리아스페인 반도를 원정했고, BC 182년부터 집정관 및 지방 총독으로 북이탈리아 알페스알프스 산맥의 리구리아 정벌에 나서 장군으로서의 재능을 발휘했다. BC 168년 두 번째로 집정관이 되어 제3차 마케도니아 전쟁을 지휘, 퓌드나에서 대승함으로써 마케도니아 왕국을 멸망시켰다. 이로써 밖으로는 강적이던 발칸의 여러 민족의 결속을 깨뜨려 이들을 로마 세력으로 만들었고, 안으로는 로마 구舊 귀족층의 위신을 높였다. 자유로운 정신에 청렴하고 온화하고 너그러운 성품으로 민주정 복원과 나라 체제 확립에 힘썼다.

아르타크세르크세스(페르시아)

?~BC 358년, 왕(재위 BC 404~BC 358년)

제2대 아르타크세르크세스별칭은 '기억하는 사람'이라는 뜻의 므네몬이다로, 제1대 페르시아 왕 아르타크세르크세스크세르크세스의 아들의 딸 파뤼사티스와 다레이오스 사이에서 태어난 4형제 중 맏아들이다. 왕이 되고 초기에 왕좌를 탐내던 동생 퀴로스가 페르시아 사람들로 이루어진 거대한 군대와 헬라스 용병 1만 3천 명을 이끌고 반란을 일으켰으나 이후 쿠낙사 전투에서 동생을 죽이고 헬라스 용병을 패주시켰다. 이 내용은 크세노폰의 『아나바시스』에 "헬라스 용병 1만 명의 퇴각"이라고 자세히 기록되어 있다. 크니도스 앞바다로 파견한 파르나바조스와 코논이 해전에서 승리를 거두자 이를 기반으로 라케다이몬의 해상 권력을 빼앗은 뒤 헬라스를 굴복시켰으며, 이로써 BC 386년에 스파르테 사람 안탈키다스의 평화 협약을 얻어냈다. 아이귑토스 원정에는 실패해 에우프라테스 강 서쪽 땅을 잃는 결과를 초래했다. 소아시아에서 반란이 일어나 국내가 동요하고 궁정 안에서도 암살과 음모가 끊이지 않던 중 아내와 아들이 비참한 죽음을 당하자 더는 견디지 못하고 슬픔과 절망에 빠져 숨을 거두었다. 이때 나이는 94세, 재위 기간은 64년이었다.

*7권

데모스테네스(아테나이)

BC 384~BC 322년, 연설가, 정치가

아테나이에서 태어났으며, 7세 때 아버지가 죽고 상당한 유산을 받았으나 데모스테네스의 법적 보호자들이 이를 개인적으로 유용하고 나머지 또한 전혀 돌보지 않았다. BC 366년 일어난 오로포스 사건에 대해 연설가 칼리스트라토스가 주장을 펼친 공판을 본 뒤 연설이 지닌 힘에 빠져 이사이오스에게 연설을 배웠다. 성인이 되자마자 유산을 빼돌렸던 자신의 법적 보호자들을 고소해 결국 승소했으나 아버지의 유산은 이미 바닥이 난 뒤였다. 이후 직업적인 법정 변호가가 되었다. 정계로 진출해 반(反)마케도니아 운동의 선두에 서서 정열적인 의회 연설로써 헬라스가 떨쳐 일어나게 했다. 또 마케도니아의 왕 필립포스 2세에 맞서 헬라스의 자유를 지켜야 한다고 끊임없이 설파한 결과 마침내 아테나이와 테바이가 연합했지만, BC 338년 카이로네이아에서 필립포스 군대에 패배했다. 그의 연설 61편 중 『필립포스 탄핵 제1~제3』 세 편을 비롯한 정치 연설이 특히 유명하다. 처음에는 이소크라테스의 영향으로 조화롭고 세련된 문체를 사용했으나 점차 중후하고 압도하는 문체로 바뀌었다. 알렉산드로스 대왕이 죽은 뒤 다시 반마케도니아 운동을 펼치다가 실패, 마케도니아에 의해 사형을 선고받자 칼라우리아로 가서 독을 마시고 목숨을 끊었다.

키케로(로마)

BC 106년 1월 3일~BC 43년 12월 7일, 문인이자 철학자, 변론가, 정치가

이름은 마르쿠스 툴리우스 키케로로, 라티움의 아르피눔에서 태어났다. 탁월한 두뇌로 로마와 아테나이에서 공부했으며, 아카데메이아 학파 필론의 제자가 되었다. 또한 정치가이자 원로원 수장이었던 무키우스 스카이볼라에게 법을 배웠고, 마르시 족과의 전쟁에서 술라의 지휘 아래 군복무를 했으며, 재무관에 임명되어 시켈리아 지방을 맡았다. 폼페이우스

와 인연을 계기로 그의 지지자가 되어 처음에는 원로원 민중파 정치가로 활약했다. BC 64년 집정관에 출마해 당선되었으며, 반란으로 로마를 손에 넣으려던 카틸리나의 음모를 타도해 '국부'라는 칭호도 받았다. 이때 집정관으로서 음모에 가담한 자들에게 사형을 선고하고, 원로원의 의결 과정 없이 형을 집행했다. 이 때문에 탄핵을 받고 정계에서 물러나 유배되었다. 폼페이우스의 도움으로 유배에서 풀려났지만 로마는 삼두 정치로 공화정이 무력해져 있었다. 폼페이우스가 카이사르와의 전투에서 패하고 사망하자 모든 것을 체념하고 이탈리아로 돌아왔다. 공화파의 한 사람으로서 반反카이사르파를 형성했으며, 카이사르가 암살된 뒤 가이우스 안토니우스를 탄핵한 일로 원한을 사 안토니우스의 부하에게 암살되었다.

알렉산드로스(마케도니아)

BC 356~BC 323년, 왕(재위 BC 336~BC 323년)

'알렉산드로스 대왕', '알렉산더 대왕', '알렉산드로스 3세'라고도 한다. 필립포스 2세와 올림피아스의 아들로, 헬라스, 페르시아, 인디아에 이르는 대제국을 건설, 헬라스 문화와 오리엔트 문화를 융합한 새로운 헬레니즘 문화를 이루었다. 아리스토텔레스에게 3년 동안 윤리학, 철학, 문학, 정치학, 자연과학, 의학 등을 배웠다. 학문과 독서를 좋아했으며, 특히 『일리아스일리아드』를 병법의 필수라고 여겨 어디든 가지고 다녔다. 뷔잔티온으로 원정을 간 부왕을 대신해 16세부터 섭정을 했고, 마이도이 족의 반란을 진압, 그 도시를 빼앗아 '알렉산드로폴리스'라고 이름 붙였다. BC 338년 카이로네이아 전투에 직접 참가해 테바이 신성군의 대오를 처음으로 흩어놓았다. 부왕이 암살되고 군대의 추대를 받아 20세에 왕이 되어 아버지처럼 헬라스 연맹의 맹주로 뽑혔다. BC 334년 마케도니아 군과 헬라스 연맹군을 거느리고 페르시아 원정을 위해 소小아시아로 건너가 먼저 그라니코스 강변에서 페르시아 군과 싸워 승리하고, 페르시아의 지배하에 있던 헬라스의 여러 도시를 해방했다. 이어 사르데이스를 비롯해 근방의 다른 지역들을 점령한 뒤 북北쉬리아를 공격했다. BC 333년 킬리키아의 잇소스 전투에서 다레이오스 3세 군대를 크게 무찔렀으며, 페르시아 함대의 근거지인 튀로스티루스, 가자 등을 점령했다. 그리고 쉬리아, 페니키아를 정복한 다음 아이귑토스를 정복했다. 아이귑토스에서는 나일 강 하구에 자신의 이름을 딴 알렉산드리아를 건설하고, 1천 킬로미터가 넘는 사막을 거쳐 제우스 암몬 신전에 참배했다. BC 330년 다시 군대를 돌려서 메소포타미아로 가, 가우가멜라에서 세 번이나 페르시아 군과 싸워 크게 승리했다. 이때 페르시아의 다레이오스 3세는 도주하다가 신하인 베소스에게 죽임을 당했다. 이어 바빌로니아, 수사, 페르세폴리스, 엑바타나 등의 여러 도시를 장악해 나갔다. 다시 동쪽으로 이란 고원을 정복한 뒤 인디아의 인더스 강에 이르렀으나 열병이 퍼지고 장마가 계속되자 BC 324년 군대를 페르세폴리스로 되돌렸다. BC 323년 바빌론에 도착해 아라비아 원정을 준비하던 중 33세의 나이로 갑자기 숨을 거두었다. 자신이 정복한 땅에 '알렉산드리아'라는 이름의 도시를 70개나 건설했다.

카이사르(로마)

BC 100년 7월 12일~BC 44년 3월 15일, 정치가이자 장군

이름은 율리우스 카이사르이며, 영어로는 '시저'라고 읽는다. 정치 연설에 타고난 소질이 있었으나 원정과 정치 활동에 몰두해 최고 권력을 얻었다. BC 69년 재무관, BC 65년 안찰관, BC 63년 법무관 등 여러 관직에 올랐다. BC 60년 폼페이우스, 크랏수스와 제1회 삼두 동맹을 맺고, 이를 토대로 BC 59년 집정관 자리에 올랐다. 이때 국유지 분배 법안을 비롯해 각종 법안을 제시해 민중의 인기를 얻었다. BC 58년부터 BC 50년까지 속주 갈리아의 지방 장관으로 재임하며 갈리아 전쟁을 벌여 지도력과 위대함을 입증했다. 또한 레누스 강(라인 강)을 건너 게르마니 족과 두 차례, 영국 해협을 건너 브리튼 섬에서 두 차례 전쟁을 벌여 공을 세웠다. BC 52년 베르겐토릭스의 총지휘로 일어난 갈리아 사람들의 대반란을 진압함으로써 갈리아 전쟁을 일단락 지었다. BC 53년 메소포타미아에서 크랏수스가 쓰러짐에 따라 제1회 삼두 정치가 무너지고 원로원 보수파를 등에 업은 폼페이우스와도 관계가 악화되어 충돌하기에 이르렀다. 군대를 해산하고 돌아오라는 원로원의 결의에, BC 49년 1월 "주사위를 던져

지게 하라."라는 말과 함께 루비콘 강을 건너 로마로 진격, 먼저 폼페이우스의 거점인 이베리아에스파냐를 제압한 뒤 동쪽으로 도망친 폼페이우스를 추격해 BC 48년 8월 헬라스 파르살로스에서 그의 병력을 격퇴시켰다. 계속 폼페이우스를 추격해 아이귑토스에 닿았으나 폼페이우스가 암살된 직후 알렉산드리아에 도착했다. 알렉산드리아 전쟁BC 48년 10월~BC 47년 3월에서 승리를 거두고 클레오파트라 7세를 왕위에 오르게 한 뒤 그녀와의 사이에 아들 카이사리온프톨레마이오스 15세을 낳았다. BC 47년 9월 소아시아 젤라에서 미트리다테스 대왕의 아들 파르나케스 군대를 전멸시켰다. 이어 BC 46년 4월 스키피오가 이끄는 폼페이우스의 잔당을 속주인 아프리카 탑소스에서 소탕했다. BC 45년 3월에는 이베리아의 문다에서 폼페이우스의 두 아들과 싸워 승리해 BC 49년부터 이어진 내란에 종지부를 찍었다. 종신 독재관직에 올라 1인 지배자가 되자 식민, 간척, 항만·도로 건설, 구제 사업 등을 벌이고 달력을 조정하는율리우스력 등의 개혁 사업을 추진했다. 각종 특권과 특전이 주어지면서 왕권을 갈망하는 자라는 의심을 사 BC 44년 마르쿠스 브루투스와 캇시우스 롱기누스를 주모자로 하는 원로원 공화정 옹호파에 암살당했다.

세르토리우스(로마)

BC 122~BC 72년, 장군이자 정치가

이름은 퀸투스 세르토리우스로, 사비니 족의 도시 눗사의 명망 있는 집안에서 태어났다. 지휘관 마리우스 밑에서 여러 업적을 이루며 마리우스의 신임을 얻었다. 군사 호민관 자격으로 이베리아로 가서 오리타니 족을 몰살하고 로마로 돌아가 갈리아 키살피나의 재무관이 되었다. 술라와 마리우스 양 파의 항쟁에서 마리우스파가 패함에 따라 BC 83년 무렵 취임했던 이베리아의 속주 장관직에서 BC 81년 무렵 추방되었다. 그러나 마리우스가 죽고 킨나가 살해된 뒤 민중 정당의 목적이 희미해지자 로마를 포기하고 이베리아로 돌아가 그 땅을 손에 넣었다. 이어 그곳 주민들에게 호의를 얻어 이베리아의 로마화를 꾀했다. 로마를 탈출해 자기편에 선 원로원 의원들의 무리를 원로원으로 칭하고 그중 재무관과 법무관을 임명하는 등 술라파에 대항하는 '제2의 로마'를 수립했다. 한편 게릴라전을 통한 반反로마 투쟁을 지휘했으며, 소아시아의 미트리다테스와 공수 동맹을 맺었다. BC 76년 이베리아에 도착한 폼페이우스의 군대에 패했으며, BC 72년 부하 페르펜나의 음모로 안토니우스를 비롯한 많은 사람들의 칼을 맞고 죽었다.

에우메네스(마케도니아)

BC 362?~BC 316년, 장군이자 학자

'카르디아의 에우메네스'라고 불렸다. 필립포스 2세재위 BC 359~BC 336년 때부터 왕실의 비서로 활약했다. 알렉산드로스 3세재위 BC 336~BC 323년의 동방 원정에서 중요한 역할을 해 기병 지휘관이 되었다. 알렉산드로

226

스 3세가 바빌론에서 33세의 나이로 갑자기 죽은 뒤 알렉산드로스 3세
의 이복동생인 필립포스 3세 아리다이오스재위 BC 323~BC 317년와 유복
자로 태어난 알렉산드로스 4세재위 BC 323~BC 309년가 공동으로 왕위에
올랐으나 각지의 장군들이 실질적인 권력을 나누어 가지며 왕위 계승권
을 놓고 대립하는 '디아도코이후계자 전쟁'이 벌어졌다. BC 322년 페르딕
카스의 지원을 받아 소아시아의 캅파도키아와 파플라고니아를 점령하
고 총독이 되었다. 안티파트로스와 크라테로스가 안티고노스, 셀레우코
스, 프톨레마이오스 등의 장군들과 연합해 페르딕카스와 대립하자 소
아시아 지역에서 크라테로스, 네오프톨레모스 등과 전투를 벌였다. BC
321년에는 소아시아의 북서부 헬레스폰토스다르다넬스 해협에서 크라테로
스와 네오프톨레모스의 부대를 무너뜨리고 승리를 거두었다. 그러나 프
톨레마이오스를 공격하기 위해 아이귑토스 원정을 하던 페르딕카스가
부하에게 살해된 뒤 쉬리아의 트리파라디소스에서 열린 장군들의 회의
에서 안티파트로스가 왕국의 섭정이 되고 에우메네스의 처형이 결정되
면서 안티고노스를 총사령관으로 정벌군이 조직되면서 리카오니아의 산
악 요새 노라에서 정벌군에 포위된 채 고립되는 처지가 되었다. BC 319
년 안티파트로스가 죽고 폴뤼스페르콘이 섭정이 되자, 안티파트로스의
아들 캇산드로스가 안티고노스 등과 연합해 폴뤼스페르콘에 맞섰다. 폴
뤼스페르콘의 지원으로 포위에서 벗어나 세력을 회복한 뒤 티그리스 강
을 건너 메소포타미아로 가 알렉산드로스 3세의 친위대를 중심으로 왕

국의 군대를 정비했다. BC 317년부터 안티고노스와 파라이타케네^{지금의} ^{이란 북부의 고원 지대}와 가비에네 등지에서 전투를 벌였다. 하지만 BC 316년 가비에네 전투에서 페르시스^{지금의 이란 파르스} 총독이던 페우케스타스의 태만 때문에 후방에 남겨 두었던 병사의 가족들과 수송대를 잃는 패배를 당했다. 알렉산드로스 3세의 친위대 지휘관 안티게네스가 포로로 사로잡힌 가족들을 구하고자 배신함에 따라 안티고노스에게 넘겨져 살해되었다.

*8권

포키온(아테나이)

BC 402?~BC 318년?, 웅변가이자 정치가, 장군

카브리아스 장군을 가까이 따라다니면서 전투 경험을 쌓으며 신임을 얻어 여러 임무와 지휘권을 맡았다. 낙소스 해전에서 좌측 날개를 맡아 신속하게 승리를 결정지음으로써 명예와 명성을 얻었다. 카브리아스가 죽자 그에 대한 관심과 존경을 바탕으로 그의 가족과 친척들, 특히 아들 크테십포스를 잘 보살폈다. 평화와 고요를 추구하는 정책을 펼쳤으며, 모두 45차례 전쟁을 지휘했다. 마케도니아의 필립포스 2세가 에우보이아를 침략했을 때 병력을 이끌고 가서 적을 무찔렀다. 이어 에레트리아 사

람 플루타르코스를 에레트리아에서 추방하고 자레트라를 손에 넣었다. 헬레스폰토스의 여러 동맹국을 지원하는 임무를 맡아 뷔잔티온으로 가서 필립포스를 쫓아냈으며, 그의 함대 일부를 사로잡고 잃었던 몇몇 도시를 되찾았다. 메가라의 구원 요청에 무장한 부하들과 함께 그들을 지원했다. 테바이를 파괴한 알렉산드로스를 만나 아테나이 사람들이 통과시킨 법령을 전하고, 상황에 따른 여러 조언을 해 주었다. 아들 포코스를 호화로운 생활방식에서 멀어지게 하려고 라케다이몬스파르테으로 데려가 '아고게'라고 하는 교육과정을 따르는 젊은이들과 함께 지내게 했다. 하르팔로스가 죽은 뒤 카리클레스와 함께 그의 딸을 거두어 정성들여 교육시켰다. 미키온이 마케도니아 군대와 용병 부대를 이끌고 람노스에 상륙해 해안과 인접 영토를 짓밟자 아테나이 군을 이끌고 나가 미키온을 죽이고 적을 무찔렀다. 크란논 전투에서 헬라스 군이 패하자 사절로 안티파트로스에게 가서 평화 협정을 맺었고, 이 협정의 조건에 따라 아테나이는 마케도니아 주둔군을 받아들이게 되었다. 아테나이 사람들에 의해 역적죄로 고발되어 사형을 선고받고 생을 마감했다.

카토(로마)

BC 95~BC 46년, 정치가

'소小카토'라고도 한다. 대大카토의 증손자이자 리비우스 드루수스의 외조카이다. 튀로스 출신 스토아 철학자 안티파트로스와 가까이 지내며 윤리적, 정치적 가르침에 열중했다. 노예 전쟁BC 73~BC 71년의 스파르타쿠스 전쟁이 한창일 당시 겔리우스가 지휘하는 원정에서 뛰어난 자제력과 용맹함, 총명함을 나타내 상과 명예를 내렸으나 받지 않았다. 민중 호민관에 임명되어 마케도니아로 발령을 받아 법무관 루브리우스 밑에서 복무했다. 스토아 철학에 대한 이해가 넓었던 아테노도로스 코르딜리온을 설득해 자신의 진영으로 데려왔고, 로마에 돌아와서도 함께 보내는 시간이 많았다. 재무관직의 권한과 범위에 대해 대략적인 개념을 세운 뒤 관직에 올라 옳지 못한 관례를 처벌하는 등 커다란 변화를 이끌어 냈다. 카이사르와 대립, 공화정 로마와 운명을 함께했다. BC 49년부터 카이사르와 폼페이우스원로원 측와의 내전에 즈음해 폼페이우스의 이념적 지주로서 활약했다. BC 48년 파르살로스 전투에서 폼페이우스가 카이사르에게 패하고 아이컵토스로 도주했다가 살해당하면서 세력이 크게 줄었다. 메텔루스 스키피오와 함께 폼페이우스의 잔여 병력을 이끌고 아프리카의 우티카로 피신해 재기를 모색했다. 카이사르가 원로원 세력을 소탕하기 위해 카토 세력을 뒤쫓자 스키피오가 아프리카의 탑소스에서 카이사르와 맞섰지만 패전했다. BC 46년 스키피오의 패전 소식을 전해 듣고 스스로 목숨을 끊었다.

데메트리오스(마케도니아)

BC 336~BC 283년, 왕(재위 BC 293~BC 287년)

데메트리오스 1세로, '도시를 공격하는 자폴리오르케테스'로 불렸다. 아버지는 안티고노스, 어머니는 스트라토니케이며, 아테나이의 팔레론 구에서 태어났다. 아리스토텔레스의 제자이다. 부왕 안티고노스 1세의 구舊 알렉산드로스 제국 재통일 정책을 실현하고자 여러 지역에 전전했으며, 살라미스 해전에서 프톨레마이오스에게서 해상에 관한 모든 권력을 빼앗아 BC 302년 코린토스 동맹을 부흥시켰다. 입소스 전투 후 헬라스 본토에서의 왕국 경영에 노력을 기울여 BC 293년 정식으로 마케도니아 왕위를 얻었다. 이후 7년간 나라를 안정적으로 다스리다가 퓌르로스에게 권력을 빼앗긴 뒤 캇산드레이아로 피신해 재기를 꿈꾸었으나 실패했다. 쉬리아 케르소네소스에서 포로의 몸으로 3년을 보낸 뒤 운동 부족과 과식, 음주로 인하여 병에 걸려 생을 마감했다.

안토니우스(로마)

BC 82?~BC 30년 8월, 정치가

'임페라토르'라고 불렸다. BC 57년부터 집정관이던 가비니우스의 부하로 동방 원정에 나서 공을 세웠고, 율리우스 카이사르의 갈리아 전쟁 때 카이사르의 신임을 얻었다. BC 49년 호민관이 된 뒤 로마에서 활약, 카이사르 대 폼페이우스의 내란 때 카이사르를 도왔다. BC 44년 집정관이 되고, 그해 3월 15일 카이사르가 암살되자 그의 유언장을 발표한 뒤, 암살자들과 타협하는 동시에 카이사르의 세력 기반이던 로마의 대중과 병사의 마음을 사는 데 성공했다. 그러나 카이사르의 양자 옥타비우스아우구스투스의 출현과 이에 힘입은 공화파의 공격으로 궁지에 몰리게 되자 남프랑스 지방으로 피신했다. BC 43년 말 옥타비우스, 레피두스와 '국가 건설 3인 위원'으로서 제2차 삼두 정치를 이루었다. BC 42년 필리피 전투에서 브루투스와 캇시우스를 누르고 승리함으로써 이름을 떨쳤다. BC 37년 그 임기를 연장해 동방 원정에 온 힘을 쏟았다. BC 30년대에 아이컵토스 여왕 클레오파트라 7세를 포함하는 5인의 왕의 '대大패트런Patron'이 되었고, 로마 지배 아래 있는 여러 주를 장악하며 군사적, 경제적으로 세력을 키웠다. 옥타비우스와의 관계가 나빠지자 다시금 결속을 다지고자 그의 누이 옥타비아를 아내로 맞았으나, 이미 클레오파트라에게 마음을 빼앗겼던 터라 관계를 오래 지속하지 못했다. 파르티아 출정에서 패배한 뒤 옥타비우스를 비롯한 원로원의 신임을 잃었으며, BC 31년 9월 악티움 해전에서 카이사르에게 크게 패하고 아이컵토스로 도망쳤다. 다음 해 알렉산드리아에서 목숨을 끊었다.

*9권

퓌르로스(에페이로스)

BC 319~BC 272년, 왕(재위 BC 307~BC 303년, BC 297~BC 272년)

아버지는 아이아키데스, 어머니는 프티아이다. 아버지가 몰롯소이 족 사이의 파벌 싸움으로 추방당하고, 네오프톨레모스의 아들들이 왕위를 가로챘다. 이때 적들은 아직 아기였던 퓌르로스를 찾았지만 안드로클레이데스와 안겔로스가 빼돌려 일뤼리아의 글라우키아스 왕을 찾아갔다. 왕은 퓌르로스를 자기 자식들과 함께 키우도록 해 주었으며, 퓌르로스가 12세가 되자 그와 병력을 이끌고 에페이로스로 가서 그를 왕좌에 앉혔다. 어려서 왕위에 올라 얼마 뒤 추방되었다가 프톨레마이오스 왕가와 인척 관계를 맺으면서 다시 왕의 자리에 올랐다. 마케도니아로부터 에페이로스 독립을 이루고자 온 힘을 쏟았다. 마케도니아 왕가의 내분을 틈타 마케도니아 왕 데메트리오스와 전쟁을 벌여 마케도니아와 텟살리아의 태반을 빼앗고 아이톨리아, 아테나이와 동맹을 맺었으나, BC 283년 뤼시마코스에게 격퇴당했다. BC 280년에는 타렌툼을 구하러 이탈리아에 원정, 헤라클레이아에서 로마군을 격파했다. BC 279년에도 아스쿨룸에서 로마군을 격파하고 시켈리아로 나아가 카르타고 군을 추격했다. BC 276년 이탈리아로 돌아와 다음 해 베네벤툼에서 힘겹게 전투를 치른 뒤 에페이로스로 돌아왔다. BC 273년 마케도니아에 맞서 펠로폰네소스에 원정, 스파르테 공격에 실패한 뒤 아르고스에서 전사했다.

가이우스 마리우스(로마)

BC 157?~BC 86년, 장군이자 정치가

이탈리아의 아르피눔 지방에서 가난한 부모 아래 태어났다. 처음 군인이 되어 로마가 이베리아 반도를 정복하기 위해 벌인 켈티베리아 전쟁에서 무용을 떨쳐 스키피오 아프리카누스BC 185~BC 129년의 총애를 받았다. 20대에 스키피오의 부대 가운데 하나를 이끄는 사령관으로 지명되었고, BC 133년에는 켈티베리아 인들의 거점인 누만티아를 점령하는 데 큰 공을 세웠다. BC 122년에 관직 선거에 나서 재무관에 선출되었다. 또한 BC 119년에는 로마의 유력 가문이던 카이킬리우스 메텔루스 가문의 도움을 받아 호민관이 되었고, 원로원 의원의 지위도 얻었다. BC 115년 법무관 선거에 당선되었고 장군임페라토르의 지위를 얻었다. BC 114년 이베리아 반도에 위치한 루시타니아지금의 포르투갈의 총독이 되었다. 루시타니아 총독의 임기를 마치고 귀국한 후 율리이 카이사레스 가문의 율리아와 결혼했다. BC 109년 아프리카 북부 누미디아 인들과 벌인 유구르타 전쟁에 최고 사령관 메텔루스의 부관으로 참전했고, 이듬해 로마로 돌아와 전쟁을 조기 종결하겠다는 공약을 내세워 집정관에 출마해 당선되었다. BC 107년 로마의 집정관이 되어 군사 제도의 대대적인 개혁을 추진, 이를 기반으로 유구르타 전쟁을 승리로 이끌었다. BC 104년 민회에 의해 다시 집정관으로 선출되었다. BC 102년 아쿠아이 섹스티아이 전투에서 테우토네스 족의 침공을 물리쳤으며, 이듬해 베르켈라이 전투에서는 킴브리 족을 패퇴시켰다. BC 100년에 전쟁을 마치고 개선한 뒤 평민파의 지지로 다시 집정관이 되었다. 동맹시 전쟁이 장기화되자 BC 89년 폰

투스의 왕 미트리다테스가 헬라스를 침공하며 전쟁을 일으켰다. BC 87
년 술라가 새로 집정관이 된 킨나와 옥타비우스에게 로마를 맡기고 미
트리다테스 정벌에 나서자, 평민파의 복권을 추진한 킨나와 손잡고 로마
로 돌아와 원로원파를 대대적으로 숙청했다. 일곱 번째로 집정관으로 선
출되었으나 집정관 취임 직후 병세가 악화되어 BC 86년 1월 13일에 사망
했다.

아기스(스파르테)

BC 262~BC 241년, 왕(재위 BC 244?~BC 241년)

아기스 4세이다. 에우뤼폰티데스 왕가의 후손으로, 에우다미다스의 아
들이자 아게실라오스의 5대손이다. BC 4세기 초부터 스파르테에서 가문
내에서만 토지를 상속할 수 있던 토지·재산의 자유 처분 금지의 원칙이
무너지면서 나라의 부가 빠르게 소수에게 집중되었고, 대다수는 가난하
게 되었다. 그 결과 즉위 무렵인 BC 244년경에는 예로부터 이어져 온 스
파르테 가문이 7백도 남지 않았으며, 채무 때문에 몰락하는 시민이 속출
했으므로, 국방의 측면에서 볼 때 커다란 사회문제가 되었다. 이러한 국
가적 위기에서 벗어나고자 BC 242년 채무를 탕감하고 토지를 재분배해
시민을 늘린다는 계획을 골자로 하는 법안을 상정, 이를 단행하기에 앞
서 반대파인 레오니다스 왕을 폐위시켰다. 그 자리에는 레오니다스의 사
위 클레옴브로토스가 앉았다. 그러나 관리 아게실라오스의 탐욕과 속임

수 때문에 스파르테는 소요와 반란에 휩싸여, BC 241년 테게아에 있던 레오니다스를 스파르테로 데려와 왕권을 행사하도록 했다. 그 결과 아게 실라오스와 클레옴브로토스는 추방되었고, 아기스는 붙잡혀 처형되었다.

클레오메네스(스파르테)

BC 259?~BC 219년, 왕(재위 BC 235~BC 219년)

클레오메네스 3세로, 스파르테의 왕 레오니다스 2세와 크라테시클레이아 사이에서 태어났다. 아버지 레오니다스가 죽은 아기스의 아내 아기아티스를 데려와 강제로 혼인시켰다. BC 235년 레오니다스가 죽고 왕위를 물려받은 그는 아기스의 개혁안에서 영감을 얻어 해이해진 스파르테를 개혁하는 데 전쟁을 이용하고자 했다. 그 무렵 아카이아에서 가장 세력이 컸던 시퀴온의 아라토스는 펠로폰네소스의 모든 민족을 통일하겠다는 오랜 목표 아래 레오니다스가 죽자마자 아카이아와 인접한 아르카디아 영토를 약탈하기 시작했다. 이에 당시 메갈로폴리스가 소유권을 주장하고 있던 벨비나의 '아테네 여신의 성역(라코니아의 관문 역할을 하는 지점이었다)'으로 가 이 지역을 점령하고 방비하는 등 아라토스가 지휘하는 아카이아 연합군을 상대로 BC 229년부터 BC 222년까지 여러 차례 전쟁을 벌였다. BC 229년에는 아이톨리아 동맹과 연합한 테게아, 만티네이아, 카퓌아이 및 오르코메노스의 도시들을 스파르테의 수중에 넣었다. BC

236

222년, 셀라시아 전투에서 마케도니아의 안티고노스에게서 군사 지원을 받은 아카이아 연합군에 크게 패하고 프톨레마이오스 왕의 아이컵토스 이집트로 도망쳤다. 스파르테로 돌아갈 수 있도록 함선과 재물을 마련해 주겠다고 약속했던 프톨레마이오스가 약속을 지키기 전에 죽고, 왕위를 이어받은 새 왕은 술과 여인에 찌들어 지냈을 뿐 그를 등한시했다. BC 219년 니카고라스와 소시비오스의 모함과 음모에 휩쓸려 왕의 분노를 사 가택 연금되었다. 이때 왕의 부당하고 오만한 행위에 복수하기로 결심하고 일행들과 함께 연금되었던 집에서 탈출해 반란을 선동했으나 실패하고 스파르테 왕과 과거의 업적에 부끄럽지 않은 방법으로 목숨을 끊기로 합의, 일행들과 함께 스스로 목숨을 끊었다.

티베리우스 그락쿠스(로마)

BC 169~BC 133년 6월, 정치가

평민 가문이었으나 증조부가 최고 관직인 집정관을 지내면서 정치적으로 힘 있는 가문으로 거듭났다. 조부는 카르타고의 한니발과 싸울 때 전사한 티베리우스 셈프로니우스 그락쿠스이다. 당시 그락쿠스 가문에서는 명예로운 아버지의 이름을 자식특히 맏아들이 물려받았으므로, 3대에 걸쳐 이름이 같다. 아버지 티베리우스는 감찰관을 지냈으며 집정관을 두 차례나 역임했고 개선 행진도 두 차례나 했으며, 뛰어난 덕으로 명성을 누렸다. 어머니는 포에니 전쟁에서 카르타고를 물리친 대大스키피오위대한 아프리카누스 장군의 딸인 코르넬리아로, BC 약 153년에 남편이 먼저 세상을 떠나자 재혼하지 않고 티베리우스와 가이우스 두 아들의 교육에 전념했다. 티베리우스는 소小스키피오 장군이 주도하는 제3차 포에니 전쟁에 참전, 공을 세웠다. BC 134년 호민관 자리에 올라 새로운 농지법을 추진하는 등 개혁 정책을 펼쳤으며, 로마의 국유지를 귀족이든 평민이든 한 사람이 소유할 수 있는 면적에 상한선을 두는 법안을 내놓았다. 이로써 로마 시민은 한정된 국유지를 소유하며 임차된 국유지는 양도할 수 없게 되었다. 국유지를 지나치게 소유한 사람은 그 토지를 국가에 반납하고 평민에게 재분배해야 한다는 농지 개혁 정책을 펼쳤는데, 이는 평민들에게는 뜨거운 지지를 얻었으나 귀족들에게는 크게 반감을 샀다. 특히 원로원 중심의 보수 귀족 세력들은 보수적인 성향의 호민관 마르쿠스 옥타비우스를 찾아가 티베리우스 그락쿠스가 추진하는 농지 개혁 법안에 반대하도록 그를 설득했다. 보수적인 성향인 외가 스키피오 가문과도 정치적으로 대립했다. 임기 1년에 중임이 금지된 호민관직에 연달아 취임하면서 개혁 법안을 공고히 다지려 했으나 오히려 합법적이지 않은 재임이라고 주장하는 원로원에 빌미만 제공한 셈이 되었다. 결국 보수파 원로원의 불만과 반대가 깊어져 평민파 대학살이라는 결과를 가져왔다. 이종사촌 푸블리우스 스키피오 나시카가 앞장선 보수파가 그락쿠스와 그를 따르는 사람들을 학살하는 등 약 3백 명을 처참하게 죽였다. 티베리우스 그락쿠스 역시 살해당해 티베리스 강테베레 강에 버려졌다. 그가

238

죽었음에도 농지 개혁 법안은 폐지되지 않고 동생 가이우스 그락쿠스가
호민관이 되어 형의 뜻을 이어 개혁 법안을 추진했다.

가이우스 그락쿠스(로마)

BC 160/153?~BC 121년, 평민 개혁파 정치가

로마의 평민을 대변해 개혁적인 토지 분배 정책을 주도했던 티베리우스
그락쿠스의 동생이다. BC 133년 호민관이었던 형이 보수파에게 학살당
했을 당시 소小스키피오 휘하에서 누만티아 전쟁에 종군했다. 로마로 돌
아와 토지 분배 위원 3명 중 한 명으로 뽑혔으며, BC 124년과 BC 122년
에 호민관에 선출되어 개혁적 입법을 추진했다. 그 주된 내용은 로마 시
민이 불법적으로 차지하고 있는 공유지를 국가가 환수해 평민들에게 나
누어주는 것이었다. 이에 따라 로마의 동맹국 또한 한 사람이 소유할 수
있는 토지에 제한을 두었으며, 불법적 점유 토지는 국가가 환수해 평민
들에게 고르게 분배함으로써 소득 격차를 없애고 국가 운영의 안정을
꾀했다. 하지만 많은 땅을 소유하고 있는 로마와 동맹국 귀족들이 심하
게 반발하자 보수파였던 소小스키피오가 토지 분배 위원의 권한을 줄였
다. 이에 관직을 버리고 은둔했다가 BC 124년 호민관에 선출되었고, 평
민을 위해 곡물법을 추진했다. 이 곡물법은 국가가 시민들에게 곡물을
배급하는 최초의 법안이었다. 곡물법안을 추진하는 데 필요한 막대한
국가 예산은 속주 아시아 지역에서 관세법 제도를 고치고, 아시아 총독

의 비리를 척결하고 부당하게 취득한 재산을 국고로 환수하는 것으로 마련했다. 이런 개혁적인 법안은 찬사를 받는 한편으로 원로원을 중심으로 활동하는 귀족 세력의 반대를 불러일으켰다. 이 밖에도 토지식민시법안, 군사법안, 시민권 법안, 재판법안 등 다양한 개혁 법안을 추진했으나 이것이 원로원 강경파이자 가이우스에 반대했던 집정관 오피미우스에게 빌미를 제공하게 되어 뜻을 함께하는 동지들과 무력으로 싸우다 목숨을 잃었다. 이때 동지 3천 명도 재판 과정 없이 살해되었다.

*10권

아라토스(시퀴온)

BC 271~BC 213년?, 군인이자 정치가

펠로폰네소스 남부 아카이아의 시퀴온에서 태어나 7세 때인 BC 264년에 아버지 클레이니아스가 당쟁으로 살해된 뒤 아르고스로 몸을 피했다. BC 251년 다시 돌아와서 참주 니코클레스를 타도하고 시퀴온을 반反마케도니아의 아카이아 동맹에 참여시켰다. 이후 아이귑토스의 프톨레마이오스 3세에게 재정적 지원을 받아 시퀴온의 부유층과 빈곤층 사이의 분쟁을 조정, 민족 전체의 안전과 안보를 확립했다. 아카이아 동맹의 사령관이 된 뒤 안티고노스의 수중에 있던 아크로코린토스를 되찾을 계획을 세우고 코린토스를 공격해 요새를 빼앗고 승리를 거두었다. 또 자기를 키워준 도시 아르고스가 연이어 폭군 아리스토마코스와 아리스팁 포스의 지배 아래 있게 되자 병력을 이끌고 전투를 벌여 아리스팁포스를 처치했다. BC 245년 이후 아이톨리아 군대를 물리치고 도망치는 적을 쫓아 펠레네에 이르렀으나 아카이아에 대항하는 다른 민족들을 견제하고자 아이톨리아와 협정을 맺고 아이톨리아 동맹을 결성했다. 전권을 가진 사령관이 되어 마케도니아를 물리쳤으며, BC 228년경에는 동맹의 최성기를 이루었으나 BC 227년 스파르테의 클레오메네스 3세의 공격을 물리치기 위해 싸우다 패해 마케도니아 진영에 가담했다. 안티고노스가 죽고 마케도니아 필립포스 왕 가까이에서 현명한 조언을 아끼지 않았으나 필립포스가 비열한 방법으로 멧세네 영토를 약탈하자 필립포스에게 완전히 등을 돌렸다. 결국 필립포스의 지시를 받은 타우리온에게 독살되었다.

필로포이멘(아카이아)

BC 253~BC 183년, 장군

아카이아 연맹을 이끈 명장으로, '최후의 헬라스 사람'이라는 평을 듣는다. 아버지 크라우기스가 죽고 고아가 되었을 때 아버지의 절친한 친구 클레안드로스가 돌보았으며, 소년티를 벗을 무렵에는 메갈로폴리스의 엑데모스와 메갈로파네스가 그의 보호자가 되어 철학적 가르침을 주었다.

성인이 되어서는 동료 시민들과 함께 스파르테 영토를 침략했고 약탈과 도둑질에도 참여했다. 농사일도 했으며, 한가할 때는 사냥으로 몸을 단련했다. BC 223년 라케다이몬의 클레오메네스 왕이 메갈로폴리스를 공격했을 때 맹렬히 싸워 시민들을 성 밖으로 피신시키는 성과를 거두었다. BC 222~BC 221년 셀라시아 전투에서 마케도니아 기병대에 배치되어 큰 공을 세우고 명성을 날렸다. 안티고노스가 지휘관직과 보수를 제안했으나 이를 거절하고 전쟁 훈련과 연습을 위해 크레테로 가서 오랫동안 실력을 닦았다. 이후 아카이아로 돌아와 곧바로 기병대 지휘관에 올라 군대에 활력과 열정을 불어넣었으며, 전술 실행 시 중요한 요소인 대열과 대형 전개 훈련을 실시해 군의 실력을 향상시켰다. 또 라릿소스에서 펼쳐진 치열한 전투에서 아이톨리아와 엘레이아 군대를 물리침으로써 높은 칭송을 받았다. 스파르테의 참주 마카니다스가 대규모 군대를 이끌고 만티네이아에 침략했을 때에도 놀라운 지휘력을 발휘해 적의 군대를 무찔러 패주시켰다. 두 번째로 아카이아 사령관이 된 뒤 마케도니아와 보이오티아를 비롯한 적들이 두려워하는 유일한 장군으로서 자리를 굳혔다. 아카이아 동맹과 로마가 마카니다스의 뒤를 이어 스파르테의 참주가 된 나비스를 상대로 전쟁을 벌였을 때 사령관으로서 전쟁에 참여, 위험을 무릅쓰고 싸워 결국 승리를 이끌어 냈다. 이후 스파르테를 아카이아 동맹에 가입시키는 성과를 냈다. BC 183년 여덟 번째로 아카이아 사령관에 오른 뒤 멧세네의 데이노크라테스가 아카이아 동맹에 대

242

한 반란을 이끌며 콜로니스를 손에 넣으려 한다는 소식을 듣고 멧세네로 가서 싸우다 포로가 되어 독살되었다.

티투스 플라미니누스(로마)

BC 229년?~BC 174년?, 정치가이자 헬라스 정복에 중요한 역할을 한 장군

티투스 퀸티우스 플라미니누스이다. 젊어서부터 전술 훈련을 받았으며, 집정관 마르켈루스 휘하에서 군사 호민관으로 근무하며 아프리카의 한니발과 싸웠다. 타렌툼과 그 주변 지방의 지방관으로 임명되어 정의로운 법 집행과 전장에서의 활약으로 명성을 떨쳤고, 그 결과 나르니아와 코사로 가는 이주민의 총관리자로 뽑혔다. 이러한 성공에 힘입어 중간 관직을 건너뛰고 바로 집정관직을 노려 민중의 투표로써 섹스투스 아일리우스와 함께 집정관에 선출되었다. 형제 루키우스를 해군 사령관으로 앉힌 뒤 원정에 나서 이베리아에서 하스드루발을 정복하고 아프리카에서 한니발 본인을 무찔렀다. 이어 에페이로스로 가서 필립포스 5세가 이끄는 마케도니아 군대를 퇴각시킴으로써 헬라스의 도시들을 로마의 편에 서게 했다. 이에 아카이아 동맹 역시 로마군과 함께 필립포스에 맞서 전쟁을 하기로 결정했다. 로마 원로원으로부터 전쟁의 지휘권을 연장받아 BC 197년 퀴노스케팔라이 전투를 벌여 마케도니아 군을 격파했다. 무사히 도망쳤던 필립포스는 이후 로마와 협정을 맺어 자기의 신병과 영토를 로마에 넘겼고, 로마는 필립포스에게 다시는 헬라스를 넘보지 말 것

을 명령하며 마케도니아를 돌려주었다. BC 196년 헬라스의 자유에 대해 원로원이 보낸 10인 위원회와 깊이 논의한 끝에 코린토스에서 열린 이스트모스 경기에 전령을 보내 헬라스 도시들에 완전한 자유를 돌려주겠다고 선언하고 이를 실천에 옮겼다. 이어 스파르테의 폭군 나비스와 전투를 벌였으나 나비스를 잡아 없애는 대신 협정을 맺어 스타르테를 예속 상태로 남겨 둠으로써 헬라스의 실망을 샀다. 얼마 뒤 안티오코스의 대규모 군대가 헬라스로 건너와 아이톨리아와 합세, 도시를 하나둘 장악하자 총지휘관 마니우스 아킬리우스와 함께 부지휘관으로서 안티오코스를 무찔렀으며, 아이톨리아와 협정을 맺도록 하는 한편으로 칼키스를 위기에서 구했다. 이로써 감찰관에 임명되었다. 한니발의 죽음과 관련해 자신의 명성을 위해 그를 죽게 했다는 의심과 불명예를 산 뒤로 정치가나 군인으로서 별다른 활동을 하지 않고 평화롭게 죽음을 맞았다.

갈바(로마)

BC 3?~AD 69년, 제6대 황제(재위 AD 68~69년)

정식 이름은 세르비우스 술피키우스 갈바이다. 로마의 귀족 집안 출신이며, 처음에는 행정관으로 정치에 발을 내디뎠다. 로마 제국의 2대 황제인 티베리우스가 재임할 때 등용되어 속주인 갈리아 지방지금의 프랑스에 파견되어 행정관으로 근무했다. 이후 최고 행정관, 집정관 자리에 올랐다. 가이우스 카이사르칼리굴라 황제가 황제로 있을 때 레누스 강라인 강 군단장을 지냈다. 이후 브리타니아 정벌에 참여했으며 북아프리카 속주에 파견되어 총독을 지냈다. 원로원에서 정치를 펼치다 히스파니아 속주의 총독으로 부임했다. 이때까지 다양한 경험을 꾸준히 쌓아 나갔으며 통치하는 속주에서도 좋은 평판을 얻었다. 반면 로마 제국을 통치하는 네로 황제에 대한 여론과 소문은 점점 나빠지기 시작했고, 그 결과 갈리아에서 반란이 일어났다. 갈리아의 총독 빈덱스는 반란을 일으키면서 히스파니아 총독 갈바에게도 동참을 권유했고, 네로를 대신할 황제 자리에 오를 인물로 갈바를 내세웠다. 빈덱스의 반란은 진압되었으며, AD 68년 루시타니아의 총독 오토 등과 로마군 사령관들에 의해 황제로 추천되어 자기 지휘 아래에 있는 군단을 이끌고 로마로 진군했다. 원로원에서는 표면적으로는 갈바를 '국가의 적'으로 간주했지만 실제로는 그와 연락하며 네로를 몰아낼 전략을 진행시켰다. AD 68년 6월 9일, 궁지에 몰린 네로 황제가 스스로 목숨을 끊자 갈바는 로마로 입성, 원로원에 의해 황제로 추대되었다. 하지만 정치적 자질이 부족했고 제국을 통치할 역량이 부족했으며 70세가 넘은 고령으로 로마 제국과 자신이 처해 있는 상황을 제대로 판단하지 못했다. 그리고 군사 지휘력이 부족한 인사를 주요 방위군 요직에 배치함에 따라 군부의 반발을 샀다. 마침내 레누스 강을 수비하는 로마의 최정예 군단을 중심으로 갈바에 반대 의사를 표명하며 황제에 대한 충성 서약을 거부하는 사태가 일어났다. 원로원 의원 오토를 중심으로 진행된 암살 계획에 따라 살해되었다.

오토(로마)

AD 32~AD 69년 4월 16일, 제7대 황제(재위 69년 1월 15일~69년 4월 15일)

이름은 마르쿠스 살비우스 오토이다. 로마 신흥 원로원 계급 출신이다. 아버지는 아프리카 총독을 지냈으며 기사 계급에 속했지만 원로원에 진출, 정계에서 이름을 널리 알렸다. 로마 제국 제5대 황제였던 네로와 친구 사이였으나 네로가 속주 루시타니아의 지방관으로 임명함에 따라 로마에서 멀리 떨어진 해안으로 가서 지내게 되었다. 갈리아에서 네로를 반대하는 반란이 일어났을 때 네로에 반기를 들고 갈바를 지지했다. 하지만 갈바가 자신을 견제하자 배신감을 느끼고 친위대원을 선동해 갈바를 살해했다. AD 69년 친위대원의 추대를 받아 마침내 로마 황제 자리에 올랐으며, 아이컵토스, 에우프라테스 군단의 지지를 받았다. 황제의 자리에 오른 지 3개월, 레누스 군단의 지지를 받은 아울루스 비텔리우스가 10만 군사를 이끌고 이탈리아로 남하해 오자 이에 맞서 싸우다 패한 뒤 스스로 목숨을 끊었다.

246

헬라스	연대	로마
신석기 문화가 시작되다.	BC 6000년경	
지중해 동부의 에게 해 주변을 중심으로 에게 문명이 시작되다.	BC 3000년경	
에게 해에서 크레타 문명이 번성하다.	BC 2000년경	
에게 해에서 미케네 문명이 번성하다.	BC 1600년경	
헬라스 군과 트로이 군의 트로이 전쟁이 10년간 계속되다(헬라스군 승리).	BC 1200년경	
도리아 인의 침략으로 미케네 문명이 멸망하다.	BC 1100년경	
아테나이와 스파르테를 시작으로 헬라스에 도시 국가(폴리스)가 형성되다. 테세우스가 아테나이를 대도시로 성장시키다.	BC 850년경	
고대 올림피아 경기가 처음으로 개최되다(AD 393년까지 4년에 한 번씩 모두 293회의 제전이 열렸다).	BC 776년	
	BC 753년	로물루스와 로무스 쌍둥이 형제가 로마를 세우다.
아테나이가 민주 정치의 기반을 확립하다.	BC 508년	
페르시아 전쟁이 시작되다 (~BC 448년).	BC 492년	
제3차 페르시아 전쟁 중 헬라스 연합 해군이 살라미스 해협에서 페르시아 군을 크게 무찌르다(살라미스 해전).	BC 480년	
아테나이의 아리스테이데스가 주축이 되어 델로스 동맹을 결성하다.	BC 478~ BC 477년	

	BC 450년	로마 최초의 성문법 '12표법'이 제정되다.
펠로폰네소스 전쟁이 시작되다 (~BC 404년).	BC 431년	
아테나이가 스파르테에 항복하다.	BC 404년	
마케도니아의 알렉산드로스가 동방 원정을 시작하다(~BC 323년).	BC 334년	
	BC 264년	카르타고와 포에니 전쟁을 시작하다(제1차 포에니 전쟁).
	BC 218년	제2차 포에니 전쟁(한니발 전쟁)이 일어나다.
	BC 149년	제3차 포에니 전쟁이 일어나다 (~BC 146년).
	BC 146년	지중해 유역을 통일하다. 아테나이를 헬라스의 다른 도시 국가들과 함께 속주로 삼다.
	BC 133년	그락쿠스 형제(티베리우스 그락쿠스, 가이우스 그락쿠스)가 개혁을 실시하다.
	BC 73년	스파르타쿠스 반란이 일어나다.
	BC 27년	로마 제정을 수립하다.
	AD 72년	콜로세움을 짓기 시작하다 (~AD 80년).
	AD 96년	로마 제국에 5현제 시대가 열리다.
	313년	콘스탄티누스 황제가 밀라노 칙령을 통해 크리스트교를 공인하다.

	375년	게르만 족이 대이동을 시작하다.
	395년	로마 제국이 동서로 분열되다.
	476년	서로마 제국이 멸망하다.
	481년	프랑크 왕국이 성립하다.
	529년	동로마 제국, 『유스티니아누스 법전』을 펴내다.
	537년	동로마, 성 소피아 성당을 완성하다.
	726년	동로마의 레오 황제가 우상 파괴령을 실시하다.
	732년	프랑크 왕국이 사라센 제국의 침입을 막아 물리치다.
	800년	카롤루스가 프랑크 왕국의 공동 통치자로 임명되어 로마에서 대관식을 열다.
	829년	잉글랜드 왕국이 성립되다.
	843년	프랑크 왕국이 분열되다.
	924년	헬라스 정교회가 공인되다.
	962년	고대 로마 제국을 잇는 의미로 신성 로마 제국이 성립하다.
	987년	프랑스에서 카페 왕조가 성립되다.
	1054년	헬라스 정교회가 로마 가톨릭과 분리되다.
	1066년	영국에서 노르만 왕조가 성립되다.

	1077년	'카노사의 굴욕' 사건이 일어나다.
	1096년	십자군 전쟁이 시작되다.
	1215년	영국에서 존 왕의 실정(失政)에 격분한 귀족들이 '마그나카르타(대헌장)'을 제정하다.
	1241년	신성 로마 제국이 한자 동맹을 결성하다.
	1265년	영국에서 의회가 시작되다.
	1273년	토마스 아퀴나스가 『신학 대전』을 완성하다.
	1300년경	아즈텍 제국이 세워지다.
	1302년	프랑스의 필리프 4세가 삼부회를 결성하다.
	1309년	로마 교황청이 프랑스 아비뇽으로 옮겨 가다.
	1337년	영국과 프랑스가 백년전쟁을 시작하다(~1453년).
	1347년	유럽 전역에 흑사병이 유행하다.
	1440년경	잉카 제국이 성립되다.
	1450년경	구텐베르크가 활판 인쇄술을 발명하다.
	1453년	동로마 제국이 멸망하다.

250

PLUTARCH
LIVES